Winterland

Åke Edwardson

Winterland

pan

Av Åke Edwardson har tidigare utgivits:

Dans med en ängel 1997

Rop från långt avstånd 1998

Genomresa 1999

Sol och skugga 1999

Låt det aldrig ta slut 2000

Himlen är en plats på jorden 2001

Segel av sten 2002

Jukebox 2003

På andra förlag:

Göra tidning (med Per Andersson-Ek och
  Kenth Andréasson) 1994

Till allt som varit dött 1995

Börja skriva (med Per Andersson-Ek och
  Kenth Andréasson) 1996

Gå ut min själ 1996

ISBN 91-7263-538-X

© Åke Edwardson 2003

Norstedts Förlag, Stockholm

Omslag: Paul Eklund

Tryck: Nørhaven Paperback A/S, Danmark 2004

***

www.panbok.com

Pan ingår i P.A. Norstedt & Söner AB,
grundat 1823

En Panpocket från Norstedts

Till Rita

Några av novellerna i Winterland har tidigare tryckts i antologier och tidskrifter. De publiceras här i omarbetat skick tillsammans med nyskrivet material.

Fältet

Erik Winter hade försökt finna ett svar i kvinnans ansikte. Ett svar på vad? Varför? Nej, inte på varför, inte än. Det var något annat... som om kvinnan med sitt sista ansiktsuttryck hade berättat någonting som han, Winter, skulle ha förstått, som han skulle ha tagit med sig därifrån, från rummet som varit tyst som om det isolerats från alla ljud som hade kunnat tränga sig in där.

Men ingenting hade trängt sig in, inte på det sättet. Det hade inte funnits någon åverkan på dörren, eller låset. Det fanns inga spår av våld i lägenheten. Så mycket visste de nu.

Bara en död kvinna. Ett egendomligt uttryck i ansiktet, nästan ett leende. Kriminalkommissarie Erik Winter hade kommit att tänka på Mona Lisas leende när han stod lutad över kvinnan. Också det hade känts egendomligt. Winter kunde inte minnas att han någonsin tidigare tänkt på Mona Lisa i sitt arbete. Han hade sett tavlan, originalet, en gång som ung på Louvren och då funderat mycket kort på om hon verkligen hade ett leende på läpparna.

Han tänkte på kvinnans ansikte i det där rummet som såg ut precis som andra rum där människor levde. Och dog. Kvinnan hade dött i rummet, det visste de. En överraskande död, det visste de, överraskande för henne själv. Hon hade inte planerat det själv, så mycket trodde de sig veta.

Det var ungefär vad de visste.

Winter reste sig och gick bort till skivspelaren och vände på vinylskivan och gick tillbaka till fåtöljen medan en kontrabas rullade genom rummet. Han blev stående vid balkongdörren med blicken ut genom glaset som delvis täckts av rimfrost. Det var kallt därute. Han böjde sig fram och tog glaset med whisky som stod på bordet bredvid fåtöljen. Han tog en mycket liten klunk av den 60-procentiga Glenfarclasen han köpt under ett äventyr i Skottland året innan. Spriten var simmig av vattendropparna han hällt i. Den värmde omedelbart.

Winter satte ner glaset och lyfte telefonen som låg på bordet. Medan han knappade in numret hörde han kvällens, eller nattens, sista spårvagn skrapa sig fram genom isen nere på Vasaplatsen. Det var ett ensamt ljud, det hörde hemma därnere i ensamheten. Inga frivilliga rörde sig på gatorna i januarinatten.

Winter lyssnade på signalerna. Också de lät ensamma. En bekant röst svarade:

"Ja?"

"Du har väl inte lagt dig än, Bertil?"

Winter hörde en grymtning från kollegan Bertil Ringmar.

"Hur kan du tro det, Erik? Klockan är ju bara kvart i ett."

"Precis."

"Sen Angela och flickorna åkte ner till Marbella lever du ungkarlens glada dagar", sa Ringmar.

"Nätter", svarade Winter, "ungkarlens glada nätter."

"Det var det jag menade."

"Har du vaknat till nu?" sa Winter.

"Vad är det du vill?"

"Hennes ansikte", sa Winter. "Charlotte Sanders."

"Vad är det med det?"

"Det såg... annorlunda ut", sa Winter.

"Det kan bero på att hon var död", sa Ringmar. "Och är det fortfarande."

"Hur många döda ansikten har vi sett, du och jag?" frågade Winter. "Tillsammans, och var för sig?"

"Alltför många", sa Ringmar.

"Och nästan alla har nåt gemensamt", sa Winter.

"Vad tänker du på?"

"Jag vet inte... men det finns en... tomhet, ett... ingenting. Som om det inte går att finna nåt svar i dom där ansiktena. Att allt är... borta."

"Det är det ju", sa Ringmar.

"Inte den här gången."

"Hördu Erik, jag tänker inte som bäst vid den här tiden på dygnet, speciellt inte när jag håller på att somna."

"Håller du fortfarande på att somna?"

"Kan vi inte ta det här i morgon?" sa Ringmar.

"Sov du", sa Winter, "så tänker jag."

Han drack en liten klunk till. Spriten fortsatte att värma kroppen, stimulera tankarna.

"Jag hör att du dricker whisky", sa Ringmar. "Det kan ju få vem som helst att tro att han är en tänkare."

"Du borde testa själv."

"Tänka? Eller dricka whisky?"

"Det hör ihop, som du själv just sa."

"Fan, nu är jag ännu mer vaken", sa Ringmar.

Winter hörde ljud hos kollegan, sängkläder som prasslade.

"Du får be Birgitta om ursäkt om jag väckt henne", sa Winter.

"Hon är inte hemma", sa Ringmar. "Övernattar hos Moa, hänger gardiner och pysslar. Flickan har äntligen hittat en lägenhet."

"Det är bara att gratulera", sa Winter.

"Det är det jävlar", sa Ringmar. "Men där rök pensionspengarna."

"Nu är jag inte med, Bertil."

"Hur är det med tankens snabbhet, kommissarien?"

"Du har köpt henne en lägenhet?"

"Svar ja."

"Jag förstår."

"Sånt kan inte såna som du förstå", sa Ringmar. "Ni kan aldrig förstå dom ekonomiska villkoren för oss härnere på samhällets botten."

"Så det är klass mot klass nu, Bertil?"

"Det kan du ge dig fan på, kapitalistsvin."

"Du hinner jobba ihop till en pension till, grabben."

"Ha ha."

"Tänk på Moas glädje nu. Tänk på hennes framtid. Hur hon kommer att utvecklas till en fri och självständig människa."

"En fri och självständig proletär", sa Ringmar. "Det är fan på tiden för en tjugofemåring."

"Bostadssituationen är inte bra i stan."

"Det gläder mig att du följer med", sa Bertil.

"Vad är din åsikt om Mona Lisa?" sa Winter.

"Nu är inte *jag* med", sa Ringmar. "Trots att jag är klarvaken."

"Mona Lisas leende, Bertil. Är det ett leende?"

"Jag är glad att du ringde mig mitt i natten och ställde just den frågan", sa Ringmar.

"Det hänger ihop med Charlotte Sander", sa Winter.

"Naturligtvis", sa Ringmar.

"Det här är allvar", sa Winter.

"Det är 60-procentig Glenfarclas också."

Winter tittade på flaskan som stod framför honom. Det fanns relativt mycket kvar i den. Han hade sänkt nivån med en centimeter i kväll, kanske två. Bertil hade varit med och sänkt tidigare.

"Var det ett leende Charlotte Sander hade i ansiktet?" sa Winter.

"Var det ett leende Leonardo målade i Mona Lisas ansikte?" sa Ringmar. "Eller var det förvåning?"

"Precis", sa Winter.

"Jag ser ändå inte kopplingen", sa Ringmar.

"Charlottes ansikte säger oss något om hur hon dog", sa Winter. "Och varför."

Charlotte Sander. Hon hade levt ensam i en lägenhet i en av de södra förorterna. Husen var byggda för ungefär fyrtio år sedan och det var också då som Charlotte Sander hade fötts. Det var då som Winter hade fötts. Det var i övergången från den gamla tiden till den nya tiden. Winter tillhörde den nya tiden. Det hade också Charlotte Sander gjort, men nu tillhörde hon evigheten.

Levt ensam. Ibland kände han det som om han rörde sig i en värld som tillhörde de ensamma. De var så många att de bildade en egen gemenskap. En klubb som aldrig hade några sammanträden. En förening utan stadgar eller möteslokal.

Ensamma människor som kom och gick till sina ensamma lägenheter. Det hade också varit hans liv, men det hade varit en självvald ensamhet. Det var så han alltid hade sett det.

När han till slut hade börjat leva tillsammans med andra hade han förstått att han lurat sig själv.

Hur hade det varit för Charlotte Sander? Hade hon också lurat sig själv? Hade hon haft något val, som Winter en gång trott att han haft?

Han gick över fältet. Det omgav gruppen med trevåningshus som byggts som en oregelbunden mur. Husen hade byggs för framtiden, i tron att den lilla sorgsna klungan en gång skulle följas av flera och bli en egen stad, eller en del av den stora staden, en riktig del. Nu var kåkarna bara som en ofärdig tanke där resultatet kastats ut på det här jävla fältet som Winter gick på, på väg från parkeringsplatsen som hamnat långt bort i andra änden.

Han såg en buss komma från norr och stanna vid hållplatsen som åtminstone den låg nära husen. Bussen körde igen och försvann bakom de större fälten. Winter hörde inga ljud utom vinden, som plötsligt verkade ha anlänt från norr tillsammans med bussen. Men vinden höll sig kvar, Winter kunde se det frusna gräset på fältet böja sig, först åt söder och sedan åt väster. Han knäppte ännu en knapp i rocken som skydd mot januarivinden. Det var i slutet av månaden och vinden ven och det var kallt men ingen snö, och det var den värsta sorten. Det här var den värsta tiden under året, så långt man kunde komma från sommaren, oberoende av hur man räknade, bakåt eller framåt, ibland kunde det kännas som ett liv där det inte fanns vare sig förflutet eller framtid, så kunde han tänka, det fanns bara den förbannade vinden från ishaven, och en väntan på något bättre.

Vad hade Charlotte Sander väntat på?

Vem hade hon väntat på?

Winter stod framför husets ingång. Det stod "2 B" på lampan ovanför porten, eller det hade stått så en gång, men den svarta färgen var till hälften bortnött. Nej, mer. Den som ville hitta hit måste i förväg veta vad där stod.

Hur många gånger hade Charlotte gått ut och in genom den här porten?

Hur många gånger hade hon gjort det ensam?

Hon hade varit död i två dygn och de hade arbetat med att hitta alla som hon hade känt i sitt liv och det arbetet hade varit nedslående men kanske också tillfredsställande. Nedslående eftersom hon hade känt så få människor, och Winter hade tänkt på ensamheten när han höll det enda rapportpapperet i sin hand. Tillfredsställande eftersom de hade så få att fråga ut.

Men det kunde finnas fler.

Han öppnade ytterdörren med Charlottes nyckel. Det kändes som vanligt, som om han bröt sig in, inte genom dörren men in i en annan människas liv. Och som vanligt skedde det alltid när den andra människan var död. Han ville inte låsa upp främmande dörrar med andras nycklar men han gjorde det ständigt, år efter år, han gick uppför trappor som alltid var kalla men luktade av årstiderna. Han låste upp nya dörrar och steg in i lägenheter som fortfarande luktade av liv men som var döda nu, förbrukade, fyllda av tystnad.

Winter ringde på mobilen medan han betraktade Charlotte Sanders telefon. Den var röd, en skarp färg.

"Ringmar här."

"Hej, Bertil. Jag står i Charlottes lägenhet. Nåt nytt om telefonsamtalen?"

"Telefonkiosken ligger ungefär två kilometer från där du står. Det finns ju en annan sån där halvfärdig satellitby i närheten." Någon sa något bredvid Ringmar. "Ett par man är på väg dit i detta nu."

"Hur i helvete kan det ha tagit så lång tid att hitta den?"

"Det var nåt fel på beteckningarna", sa Ringmar. "Det har visst strulat en del med dom nya kortapparaterna."

Dessa förbannade kort, tänkte Winter.

"Och sen gjorde det nya datorsystemet resten", sa Ringmar.

Dessa förbannade datorsystem, tänkte Winter. Han höjde blicken och såg fälten och den halvfärdiga satellitbyn i närheten. Det svarta gräset böjde sig. Han kunde se silhuetterna av husen på andra sidan. Mitt ibland dem stod en telefonkiosk som han inte kunde se. Därifrån hade någon, någon de ännu inte kände, ringt till den röda telefonen och det hade skett några få timmar innan Charlotte mötte sin död.

Det behövde inte hänga ihop.

Det var bara detta enda samtal från telefonkiosken till den röda telefonen.

Det varade i trettio sekunder.

Ungefär så lång tid det tar att beskriva vägen därifrån och hit, tänkte Winter med blicken fortfarande fästad på fältet utanför, och på de grå silhuetterna bortom fältet.

Det är 2 B. Färgen är borta men det är andra ingången från vänster.

Hur lång tid kunde det ta att gå över fältet? Om inte husen därborta var en hägring... kanske tjugo minuter, en halvtimme.

Han såg sig om i rummet.

Hade de funnit spår av fältet i lägenheten? Det svarta gräset, stråna fastklistrade vid varandra av kölden.

"Vad säger Beier?" frågade Winter. Ringmar fanns fortfarande kvar i andra änden av telefonen.

"Om vad?"

"Om vad fan SOM HELST", sa Winter och såg den prydlige Lars Beier framför sig, chefen för tekniska roteln, prydligare än Winter någonsin varit, också när han varit som mest prydlig. Prydlig och rädd. En skitskraj ung kommissarie som klädd i Baldessarinikostymer försökte skydda sig mot avgrunden. Winter hade strukit sina pansarskjortor från Harvie & Hudson varje morgon och det hade tagit tid innan han hade förstått att han gick klädd i fel sorts pansar.

"Är du bakis, Erik?"

"Jag är otålig."

"Det är Beier också", sa Ringmar.

"Hälsa honom att vi ska leta efter gräs", sa Winter.

"Gräs?"

"Det finns ett fält här utanför och telefonkiosken vi talar om ligger på andra sidan", sa Winter. "Den som ringde kan ha gått rakt över fältet."

"Okej."

"Det finns ingen väg vad jag kan se", sa Winter.

"Kanske nån stig", sa Ringmar.

Det fanns en stig, svart som gräshavet runt omkring, och ännu svartare nu när januaridagen redan började förvandlas till skymning.

Winter stod vid stigens början, precis där den asfalterade gångvägen tog över. Stigen var en halvmeter bred och den kunde vara lika gammal som husen på båda sidor om fältet. Det hade aldrig byggs någon väg däremellan, tankarna och planerna hade aldrig tagit tillräcklig gestalt för det. Människorna hade fått trampa sin egen väg mellan husklungorna. Det var rena medeltiden.

Winter började gå, det gick uppför och sedan nedför och för några ögonblick såg han ingenting annat omkring sig än fält. Han fick en egendomlig känsla, som om han var ensam ute på en prärie och det var tusentals kilometer till närmaste boplats.

Han gick uppför och såg plötsligt husen på andra sidan, ljusen som tänts i några fönster nu när skymningen blivit nästan kväll. Han fortsatte över fältet. Vinden hade ett läte här som var annorlunda än när den strök utefter husen. Han hörde ett rassel från det frusna gräset.

Hade Charlotte gått här? Hade hon besökt någon som

bodde i de suddiga husen som låg framför honom? Någon som ringde sina samtal från en telefonkiosk? Eller gjorde det bara den enda gången.

Plötsligt såg han den målade bilen stå parkerad hundra meter bort, utefter en annan gångväg, och bredvid en telefonkiosk. Han såg två kolleger i uniform, lika svarta som gräset runtomkring honom.

Han vände sig om. Nu hade Charlottes hus blivit en silhuett. Det lyste inte i något fönster där.

Han hörde en bil och vände sig om igen och kände igen två av teknikerna från polishuset. De steg ur och omringade telefonkiosken tillsammans med de uniformerade poliserna.

Winter gick dit.

"Var kom du ifrån?" frågade en av teknikerna.

Winter gjorde en rörelse mot fältet.

"Mannen från vidderna", sa den andre teknikern.

"Var noga med den där", sa Winter och nickade mot telefonkiosken.

"Vi är alltid noga", sa den ene teknikern.

"Vad letar vi efter?" frågade den andre teknikern.

"En mördare", sa Winter.

"Tror du han var här?"

Winter svarade inte. Han vände sig om och såg ut över fältet. Det fanns ljus på andra sidan nu. Det såg ut att vara kortare väg dit nu när mörkret fallit och ljusen tänts.

"Tror du han var här, Winter?" upprepade teknikern.

Winter kunde inte urskilja någons ansikte längre.

"Ja", svarade han. "Han ringde och sen gick han hem till henne."

De visste att det var en han. Bara en man skulle kunnat till-
foga en kvinna de skador Charlotte hade fått.

"Hon försvann... direkt", hade rättsläkaren sagt, en kvin-
na Winter inte träffat förut och just nu inte mindes namnet
på. "På några sekunder."

"Tack och lov för det", hade Winters kollega, kriminal-
inspektör Aneta Djanali sagt.

"Varför ser hon så fridfull ut?" hade Winter frågat, men
mest för sig själv. "Eller är det nåt annat?"

"Det ser nästan ut som ett leende", hade Aneta Djanali
sagt.

Winter hade inte gått stigen tillbaka.

"Vi spärrar av fältet", hade han sagt till teknikerna.

Den ena av dem hade muttrat något.

"Vad var det där?" hade Winter frågat med skarp röst.

"Ingenting, chefen. Ingenting."

"Ta det lugnt, va", hade den andre teknikern sagt.

Men han ville inte ta det lugnt, inte nu. Det var alldeles
för många som tog det lugnt vid fel tillfällen, och stressade
på när det gällde att lugna ner sig. Som nu, han försökte lug-
na ner sig när han åter stod i Charlottes lägenhet, i mörkret,
och såg det svaga ljuset på andra sidan fältet, och hörde vin-
den, och försökte föreställa sig vad som hade hänt därinne
för två dygn sedan, nej inte vad som hade hänt, utan varför.
Detta förbannade *varför* som sällan fick ett svar och som var
det enda som kunde ge en lösning. Eller en del av en lösning.
Vad nu en lösning var. Han hade löst fall, löst gåtor, funnit

alla svaren, genomfört utredningar som skulle kunna förevisas som skolexempel på Polishögskolan, kanske redan hade använts så förresten, men i några av fallen hade han mitt i all sin skicklighet misslyckats. Han hade genomfört lyckade operationer där patienterna dog.

Allt sådant hade fått honom att tvivla, ibland på allt. På människorna.

Han såg sig om i den mörka lägenheten, som tycktes sotad av vinternattens ljus utanför. Här hade en människa levt. Här hade hon mött en annan människa. Ett plus ett. För ett ögonblick hade det blivit två, och sedan hade det blivit ett. Ett plus ett blir ett.

Winter såg ut genom fönstret, som en blind. Därute kanske han rörde sig nu. Kanske hade han sett Winter gå över fältet, sett honom komma tillbaka och gå in i porten igen.

Det var inte ovanligt att mördare återvände. De sökte något, något mer.

Kanske var det ett *varför*.

Winter gick närmare fönstret, utefter väggen.

Femtio meter till höger fanns en gatlykta. Den kastade ett blått ljus över platsen framför husen men det nådde inte långt.

En gestalt stod vid kanten av fältet, långt ute till vänster i Winters synfält.

Det var inget träd, det fanns inga träd där.

Gestalten rörde sig.

Det kunde vara vem som helst.

Winter störtade nedför trapporna.

Han rusade över planen framför huset.

Det fanns ingen där. Han lyssnade efter steg, hörde inga. Såg ingen gestalt ute på fältet som var som ett svart hav nu. Det enda han hörde var vinden.

Han såg tillbaka mot huset. Det lyste i lägenheten ovanför Charlottes. Det lyste i några fönster ovanför de andra uppgångarna. De hade förhört alla som bodde i de där stumma husen. Ingen visste någonting. Ingen kunde ens komma ihåg Charlotte Sander. Det var sant, de hade frågat och frågat.

Det var som om hon aldrig hade funnits.

Winter återvände till den mörka lägenheten. Han ställde sig dold vid fönstret men ingenting rörde sig därute, inte ens vinden över fältet. Han såg ingen människa. Han beslutade sig för att tända golvlampan vid soffan bakom sig. Ljuset återgav färgerna i rummet. Charlottes röda telefon lyste på soffbordet, som ett bloss.

Plötsligt ringde den.

Han hade vänt sig om och börjat knappa in ett kort sms till ledningscentralen, sedan hade han gått fram till telefonen och lyft den mitt i den fjärde eller femte signalen. De enda fingeravtryck som funnits på den var Charlottes.

"Hallå? Hallå?"

Han hörde vindens tjut i ledningarna, tydligare nu, och grövre. I en paus hörde han något annat.

"Vem är det?" sa han. "Vem är det som ringer?"

Den grova tystnaden igen.

En andning igen.

Ja. En andning.

Sedan var den borta. Bara vinden fanns kvar.

Winters mobiltelefon ringde. Han höll fortfarande Charlottes telefon mot sitt högra öra medan han svarade.

"Det försvann", sa den vakthavande kommissarien.

"Jag hörde det."

"Vi hade behövt... ja, du vet."

"Jag vill ha hit en telefonvakt för kvällen", sa Winter, "och natten."

Han var hemma när kvällen fortfarande var ung. Mörkret lurade alla, mörkret och tröttheten.

Det var mörkt också i hans lägenhet. Han tände lampan över spisen och blev sittande vid köksbordet med fönstret öppet mot kvällen som plötsligt klarnat, och kallnat. Han ryste till och reste sig och gick in i det stora rummet mot Vasaplatsen och hällde upp en Ardbeg. Han ville inte smutta på något 60-procentigt just nu, han ville ta en större mun. Whiskyn smakade som fältet utanför Charlottes lägenhet måste smaka, salt vind och svart gräs och torv, rök, peppar och tjära. Winter ryste till igen när allt detta störtade ner i hans mellangärde. Snart skulle värmen komma, inom några sekunder. Han satte sig och sparkade av sig skorna. Det första jag gör när jag kommer hem är att ta en whisky, tänkte han. Sedan tar jag av mig skorna.

Han lutade sig bakåt och slöt ögonen. Så här hade det varit förr, när han levde ensam, före Angela, och före Elsa och lilla Lilly. Han hade kommit hem och suttit i tystnaden och tystnaden hade omringat honom. Till slut hade han inte märkt den, den fanns alltid där, var en del av honom själv. Det var först när andra människor fanns i våningen som han märkte att den var borta. Hade han tyckt om den, tystnaden? Hade han velat ha den kvar? Ville han återvända dit? Nej. Nej nej. Men när han satt här uppskattade han den ensamma känslan, den ensamma tystnaden. Just nu i kväll behövde han den. Han ville tänka i den, dricka i den, och kanske lyssna i den.

Signalen från hans mobiltelefon bröt tystnaden.

"Vem tror du att det var?" frågade Ringmar.

Winter svarade inte, han andades bara.

"Nån som vet att hon är död eller nån som inte vet det", sa Ringmar.

"Mhm."

"Så vem är det?"

"Nån som såg mig gå in där", sa Winter.

"Såg du nån?"

"Kanske. Ja. Nej. Jag vet inte."

"Jag förstår", sa Ringmar och Winter kunde höra hans leende.

"Han ville mig nåt", sa Winter efter en liten stund.

"Vad ville han?"

"Han... ville tala om att han visste att jag var där."

"Är det mördaren vi talar om här?" sa Ringmar.

"Vem annars, Bertil?"

"Det finns en sak med vår Charlotte som jag inte kommer förbi", sa Ringmar.

"Vad är det?"

"Man får intrycket av att hon var den ensammaste människan på jorden. Inga föräldrar, inga syskon, ingen släkt vad vi vet. Inget arbete. Grannar som knappt minns henne.

Som faktiskt inte minns henne alls. Och inga vänner."

"Vad vi vet", sa Winter.

"Men hon hade en bekant", sa Ringmar. "Eller vän."

"Som ringde ett telefonsamtal timmarna innan hon dog. Eller timmen."

"Som kanske gjorde mer", sa Ringmar.

Winter svarade inte.

"Med såna vänner behöver man inga fiender", sa Ringmar.

"Det där är en klyscha."

"Den passar in här", sa Ringmar.

"Men du har rätt", sa Winter. "Varför mördas en människa som saknar umgänge?"

"Försökte hon skaffa sig umgänge?" sa Ringmar.

"Det vet vi ju inte än", sa Winter.

De gjorde vad de kunde för att spåra Charlottes liv. Hade hon tagit kontakt med någon? När? Hur? Var hon på väg att ta kontakt? Låg det en kontaktannons i trycket i detta nu? Eller hade en sådan publicerats?

"Det handlar om det förflutna", sa Ringmar.

Ja. När handlade det inte om det förflutna? Winter rörde handen över ansiktet. Det förflutna kastade sina skuggor över framtiden. Det gick inte att komma undan. Ingen kom undan. Man får skörda det man sår. Det var också en klyscha. Den kanske inte passade in i det här fallet.

Vad var det som Charlotte Sander inte kunde komma undan?

Kvällen djupnade. Rösterna dog bort nedifrån Vasaplatsen. Spårvagnarna rosslade förbi med glesare intervall. Det hade fortfarande inte kommit någon snö. Det var en svart vinter. Snön kom med ljus, och med andra ljud. Allt lät annorlunda när det fanns snö på marken.

Det var lättare att upptäcka spår i snö.

Det var svårare i fruset gräs.

Telefonen ringde. Winter tänkte på signalen hemma hos Charlotte när han lyfte luren. Han hade hemligt nummer. Han visste vem som ringde.

"Säg inte att solen skiner", sa han.

"Den har just gått ner", sa Angela.

"Ha!"

"Vad gör du, Erik?"

"Tänker på snö."

"Har det kommit nån?"

"Nej, inte än. Hur är det hos er?"

"Ingen snö i dag heller", sa Angela.

"Hur är det med flickorna?"

"Lilly badade fötterna i Medelhavet i dag."

"Nästa vecka är det min tur."

Han var på väg. Nästa vecka skulle han stå på stranden i Puerto Banus och sedan kliva i med Elsa på ena armen och Lilly på den andra.

"Din mamma har byggt om", sa Angela. "En större patio."

"Är det samma sak som uteplats?"

"Ingen aning", sa Angela.

"Murade hon själv?"

Angela skrattade till. Tanken var absurd. Winter såg det vita lilla huset framför sig, och ljuset uppe i Nueva Andalucía. Huset låg i ett slags övervintringsghetto befolkat av skandinaver, som en isolerad och skyddad ö, men ljuset var bra, och vinden, och himlen var stor.

"Angela?"

"Ja?"

"Om du var ensam, som ensam i hela världen... vad skulle du göra då?"

Klockan tre på morgonen var Winter tillbaka i Charlottes lägenhet. Varför? Väntade han på ett nytt samtal på den röda telefonen? Väntade han på en gestalt därute på fältet, på väg ditåt?

Han visste inte. Medan han väntade på ett tydligt svar gick han mycket långsamt igenom Charlottes få byrålådor, och alla hyllorna i lägenhetens garderober. Det var ett arbete som tidigare gjorts av teknikerna men det spelade ingen roll.

Han lyste med ficklampa bakom kökets vitvaror.

Han kände utefter alla golvlister.

Efter fyrtiofem minuter hittade han den tunna brevhögen, eller högen styva papper som såg ut som brev, utan kuvert. En låg tröskel hade rört sig när han försiktigt satt foten på den. Breven låg hårt rullade inne i fåran, som en spole.

Breven var hennes liv, Charlottes liv. De två första var skrivna av barnet. "Hej tant och farbror..." Hon hade skrivit sin ålder efter namnet: "Charlotte 10." Båda breven var till "tant och farbror". Winter kände inte till tant och farbror, inte än.

Nästa brev var skrivet tjugo år senare. Det fanns en date-

ring. Winter fann det märkligt, som om den skrivits dit
för... honom, som om Charlotte hade vetat att detta brev
skulle komma att brukas i en förundersökning. Men varför
hade hon då gömt det? Eller hade någon annan gjort det?

Winter läste, han började med den sista meningen: "Jag
vill inte att du skriver till mig." Det fanns inget namn i bre-
vet.

Han hade inte hittat några brev till Charlotte. Han höll
breven från henne i sin hand.

Han höll upp dem.

De såg inte ut som kopior, såvida hon inte kopierat all-
ting för hand.

Hade hon skrivit brev till sig själv? Nej. Men hon ville
spara sina ord till någon annan. Det måste vara så.

"Nån följde efter henne", sa Ringmar.

"Genom porten? Uppför trapporna?"

Winter stod i sitt rum och såg ut genom fönstret. Det
fanns gräs också utanför hans fönster, men tätt och tuktat
och kort, en strimma gräs ner till Fattighusån som låg orör-
lig i förmiddagsljuset. Husen på andra sidan var nybyggda
bostadsrätter som stod på de gamla fattighusens begrav-
ningsplats. En spårvagn gled västerut på andra sidan ån.
Den verkade inte ha bråttom.

"Han grep tag i porten innan den slog igen", sa Ringmar.
"Det är klassiskt."

"Hur kom han in i lägenheten då?" sa Winter.

"Ringde på", sa Ringmar med ett svagt leende. "Det är
också klassiskt."

"Det finns titthål på dörren", sa Winter. "Hon skulle inte ha öppnat för en främmande."

"Han kanske inte var en främmande", sa Ringmar.

"Då faller ju plötsligt din teori", sa Winter.

"Den gör väl det", sa Ringmar och log det svaga leendet igen. Det var som januaridagen därute, som något som knappt fanns. Ringmars leende nådde knappt läpparna.

"Dom här breven hon skrev som barn..." sa Winter och gjorde en gest mot skrivbordet. "Om det var hon... hon skriver ju från en koloni."

"Vad säger Beiers folk?" frågade Ringmar.

"Om vad?"

"Om att det är ett barn som har skrivit breven?"

"Dom är inte klara med åldersbestämningen av papperet, eller bläcket. Det är svårt. Det har inte gått tillräckligt lång tid, som dom säger. Och när det gäller åldern på brevskrivaren har jag just satt en expert på handstilar på det."

"Räcker det inte med en mellanstadielärare?"

"Hon är mellanstadielärare", sa Winter och kände att även han log svagt nu. "Också."

"Du sa att hon skrev från en koloni?"

"Ja."

Winter vände sig om från fönstret och gick fram till skrivbordet och tog upp ett av pappersarken som var kopior av de brev som nu granskades uppe på tekniska roteln.

"Du har ju läst själv", sa han och tittade upp. "Det låter ju som en koloni."

"Kan vara ett barnhem", sa Ringmar.

"Ja."

"Eller en ren fantasi."

"Har hon varit på koloni som barn så lär vi ju få veta det", sa Winter.

"Som omväxling till barnhemmet", sa Ringmar utan något leende. "Vilka är tant och farbror då?"

"Dom enda vi haft att gå på är ju döda", sa Winter. "Fosterföräldrarna."

"Vem är det som inte ska skriva till henne mer?" sa Ringmar.

Det fanns en koloni. Den låg vid en sjö. Barnhemmet hyrde in sig i en koloniverksamhet tjugofem mil sydost om Göteborg. Enligt handlingarna skulle Charlotte ha varit där två somrar i följd.

Winter och Ringmar hade kört dit i Winters bil under tystnad, ingen hade sagt särskilt mycket. De hade lyssnat på Sketches of Spain och stirrat ut på ett fruset landskap som låg långt från de brända jordarna i söder.

När de närmade sig höglandet hade snön börjat falla. Det verkade vara den första snön, men snöfallet hade upphört innan det hunnit lämna några spår på marken.

Nu körde de på en skogsväg som hade grova märken efter traktordäck. Också märkena var frusna och ojämnheterna fick bilen att kränga som en båt.

En skogsdunge öppnade sig och de såg en sjö vid sidan av en två våningar hög träbyggnad omgiven av två längor, som baracker. Vattnet var öppet ute på sjön, en långsam och tung rörelse, som av stål. Mot stranden låg isen, den var stilla, som förtöjd. Några lönnar spretade mot läderhimlen med sina döda grenar.

Winter parkerade på gårdsplanen framför den större byggnaden. De steg ur bilen. Winter tyckte att han hörde ett ljud som av vingar utifrån sjön.

En gunga svängde långsamt i en ställning på det frusna gräset ner mot stranden. Det stod en rutschkana bredvid, den blanka rännan som is. En ålderdomlig karusell var stilla, det mesta av färgen bortnött av vind och väder.

"Såna där är förbjudna nu", sa Ringmar och nickade mot karusellen.

"Varför det?" frågade Winter.

"Ungarna kan fastna med nån halsduk eller nåt och dras ner under plattan", sa Ringmar och gick fram och försökte skjuta igång karusellen. Den rörde sig inte, också den hade frusit fast i marken. "Det hände väl några olyckor. Men karusellen var rätt kul. Man kunde få upp en jävla fart."

"Jag fick aldrig pröva", sa Winter.

"Jag är ledsen för det", sa Ringmar. "Så är det när man föds för sent." Han släppte greppet om den kalla metallen. "Men du slapp spy i alla fall. Vi spydde alltid efter femti varv."

"Inte i farten, hoppas jag."

Ringmar svarade inte.

"Det kanske var därför dom förbjöds", sa Winter.

Ringmar svarade fortfarande inte. Han nickade mot någonting bakom Winter.

"Den där dörren är öppen", sa han.

Winter vände sig om. En av glasdörrarna till huvudbyggnaden verkade stå på glänt, det var som en mörk pelare invid dörren, eller om det var ett optiskt spratt skapat av alla de olika gråtonerna i landskapet omkring dem.

"Är det nån här?" sa Ringmar.

De stod i en sal där golvet blänkte som en hinna av is. Det grå ljuset kom in genom tre fönster som gick från golv till tak. Winter kunde se sjön, det öppna vattnet därute, och bortanför isen.

"Jag gissar att det här var matsalen", sa Ringmar.

"Har du varit på nån koloni nån gång?" frågade Winter.

"Nej. Varken som fast gäst eller tillfällig besökare."

"Gäst? Tror du dom kände sig som gäster? Barnen?"

"En del kanske kom hit från nånting värre", sa Ringmar.

"Det hänger visst några foton därborta", sa Winter och nickade mot den bortre väggen.

Ringmar kunde se en serie fotografier, ordnade på en anslagstavla.

De gick dit.

"Här har vi många gäster", sa Winter.

Det var fem fotografier. Vart och ett visade en stor grupp barn som stod vid ett träd. Bakom dem flöt sjön. Winter kände igen trädet och sjön. Han gick närmare och studerade noga ansiktena på varje fotografi, flickornas ansikten. Ringmar gjorde detsamma.

"Letar ni efter nån?"

De vände sig om.

Den plötsliga rösten i tystnaden hade fått dem att spritta till.

En äldre man kom långsamt gående över salsgolvet. Hans gymnastikskor gav inte ifrån sig något ljud.

"Vilka är ni?" frågade han.

Jonas Björk tittade på deras legitimationer och nickade mot plastkorten.

"Jag har ingen sån där så ni får väl lita på att jag är gårdskarl här", sa han, "eller var."

"Vad gör ni här nu?" frågade Ringmar så vänligt som möjligt.

"Jag har inte så mycket annat att göra", sa Björk. "Jag brukar gå hit av gammal vana."

"Har ni arbetat länge här?" frågade Winter.

"Så länge kolonin var i bruk", sa Björk. "Jag var med från starten, och till slutet."

Han viftade till med sin vantklädda hand mot bilderna på väggen.

"Är det nån särskild ni letar efter?"

"En flicka som heter Charlotte Sander", sa Winter.

Björk vände sig mot väggen och granskade fotografierna.

"Sander... det var ett ovanligt namn. Kan inte säga att jag minns nån..." Han tystnade och fortsatte att studera bilderna. "Det är ju en och annan man känner igen här..."

"Vem är kvinnan?" frågade Winter och pekade på en medelålders kvinna som stod i utkanten av barngruppen. Hon stod alltid på samma plats. Hon log inte på någon av bilderna.

"Det är tant Wilhemsson", sa Björk. "Det var hon som var föreståndarinnan."

"Hela tiden?"

"Ja. Alla tio åren." Björk nickade mot tant Wilhelmssons ansikte. "Sen blev hon sjuk och då stängdes kolonin." Han tittade upp på Winter. "Det fanns väl ingen annan som ville ta över."

"Fanns det nån farbror?" frågade Winter.

"Va?"

"Nån farbror Wilhelmsson. Du kallar ju henne tant."

"Alla kallade henne tant", sa Björk.

"Fanns det nån ni kallade farbror?"

"Nej. Hon var inte gift. Eller om hon var änka. Jag frågade aldrig."

"Vad var det för sjukdom?"

"Va?"

"Du sa att tant Wilhelmsson blev sjuk. Vad hände?"

"Jag vet inte. Efter sista säsongen kom hon aldrig tillbaka. Jag vet inte vad som hände med henne." Björk gjorde en svepande rörelse mot de svartvita fotografierna på väggen. De var bilder från sommaren. Alla barnen hade sommarkläder. "Ingen kom tillbaka."

"Vem är det där?" frågade Ringmar och satte fingret på en yngre mans blonda huvud. Han kunde vara tjugo, eller några år äldre. Frisyren gjorde honom äldre. Han stod på andra sidan av barngruppen från kvinnan sett. De båda vuxna var två huvuden högre än barnen. "Han är bara med på det där fotot."

"Det är Sivert", sa Björk och Winter uppfattade en förändring i den äldre mannens röst. "Sivert var tants pojk."

"Pojk? Menar du hennes son?"

"Ja."

"Varför är han med här?" frågade Winter och nickade mot fotografiet.

"Han var med och... hjälpte till ibland", sa Björk.

"Varje sommar?"

"Nä... det var väl i slutet." Björk tog av sig kepsen och kliade sig i det glesa håret och satte på sig kepsen igen. "Det var väl dom två... sista åren eller nåt."

"När stängde kolonin?" frågade Winter. "När var den sista säsongen?"

Björk tänkte efter och sa sedan ett årtal.

"Då var flickan här", sa Winter. "Charlotte Sander." Han vände sig mot fotografiet igen. "Då borde hon ju vara med här."

Han studerade fotografiet igen, ansikte för ansikte, men han kunde inte finna något ansikte som påminde om den döda kvinnans.

"Charlotte..." sa Björk som stod bredvid Winter, närmare fotografiet. "Charlotte Sander..." Han vände sig mot Winter, en plötslig rörelse. "Herregud."

"Vad är det?" sa Winter.

"Hon var ju med i båten", sa Björk. "När det hände. Det var ju hon!"

"Båten?" sa Ringmar.

"Vad var det som hände?" sa Winter.

"Sander. Jag kommer ihåg det. Jag vet att jag tänkte på att dom drog båten över sanden. Att det liksom var samma ord..."

Han vände sig mot fotografiet igen och betraktade det

intensivt med sina närsynta ögon.

"Där är hon", sa han och sträckte fram ett finger som nästan vidrörde ett litet flickansikte.

"Är det Charlotte?" sa Winter. Han såg ansiktet, ett ungt ansikte med ett svagt leende. Han kände en plötslig kyla över hjässan. Var det ett leende i flickans ansikte? Varför hade han inte sett det förut? "Är det hon?" Han frågade igen fast han visste.

"Det är hon", sa Björk och flyttade fingret. "Och där är hon som drunknade. Dom står ju jämte varandra. Att jag inte såg dom förut."

"Som... drunknade?" sa Ringmar.

"Dom var ute i båten", sa Björk. "Långt ute på sjön. Det var på kvällen men det var fortfarande ljust. Det var dom två flickorna. Dom två, och Sivert."

"Sivert? Sonen?"

"Han rodde ut med dom."

"Vad hände därute?" sa Winter. Han kände fortfarande kylan över hjässan. Han förstod att han måste få Björk att berätta så lättfattligt som möjligt, och samtidigt så snabbt det gick.

"Det är ingen som vet", sa Björk. "Den andra flickan... hon hette Lena... hoppade i... för att bada, sa Sivert... och tydligen sjönk hon som en sten." Han såg på fotografiet. Winter och Ringmar såg på henne. Hon såg lätt ut, lätt och glad. "Dom hittade henne nästa dag. Draggade efter henne."

"Kunde inte Sivert rädda henne?" frågade Ringmar.

"Tydligen inte", sa Björk. Winter kunde höra förändringen i hans röst igen.

"Vad sa Charlotte då?" frågade Ringmar. "Hon var ju med."

"Jag vet inte", sa Björk. "Hon var i sån där chock, eller vad det heter. Jag var ju inte med när dom pratade med henne. Efteråt."

"Hur var det med Sivert?" frågade Winter. "Var han i chock?"

"Det vet jag inte", sa Björk och vände bort huvudet.

"När hände detta?" frågade Ringmar.

"När? Vadå när?" Björk såg på Ringmar och sedan på fotografiet igen. "Det var väl i juli..."

"Vilket år?"

"Det var sista året. Sista sommarn. Två veckor efter... olyckan stängde dom och tant blev sjuk och ingen kom tillbaka."

"Vad gjorde Sivert när han var här?" frågade Winter. "Arbetade han med nåt? Hjälpte han till med nåt?"

Björk svarade inte. Han hade vänt ryggen mot fotografiet nu, som om han ville glömma det han sett.

Winter upprepade sin fråga.

"Han var inte till nån hjälp", sa Björk.

"Jaså?"

"Han var till skada."

"För vem?"

"För flickorna", sa Björk. "Han var till skada för flickorna."

"Hur då?"

"Han... han..." Men Björk verkade inte hitta orden.

"Herr Björk?"

"Jag försökte tala med tant... men hon lyssnade inte. Hon ville inte lyssna."

"Vad ville du säga till henne?"

"Att han... att han ville dom illa."

"Illa på vilket sätt?"

"Jag vet inte. Illa."

"Berättade barnen det för dig?"

"Jag hade mina misstankar."

"Ändå fick han ro ut på sjön med två flickor."

"Jag var inte här då", sa Björk.

"Men efteråt", sa Winter, "vad sa du efteråt? Efter drunkningen. Vad berättade du för polisen?"

"Polisen?"

"Det måste väl ha gjorts en utredning?"

"Ja... jo... men jag... jag visste ju ingenting. Jag hade ju inga bevis, eller vad det heter. Tant trodde ju inte på mig heller." Han såg upp mot Winter nu. "Jag var ju inte här på nätterna." Björk verkade göra en gest mot fönstren, mot sjön. "Och jag var ju inte med därute." Han såg ut mot sjön. "Jag har ångrat mig... många gånger."

"Ångrat vad?" frågade Ringmar.

"Att jag... aldrig sa nåt. Till nån annan än tant."

Tant Wilhelmsson hette Rosa Wilhelmsson och hade varit död i trettio år när Winter fick beskedet. Det är samma år, tänkte han, samma år som kolonin slog igen för gott. Han läste rapporten noggrant. Hon hade dött den tjugonionde augusti, två veckor efter att kolonin stängts.

Hon hade drunknat.

Enligt rapporten hade hon varit ensam när hon drunknade i en sjö som låg långt bort från sjön som Winter hade stått invid för två dagar sedan.

Det stod ingenting i rapporten om någon sjukdom.

Det stod ingenting om hennes son, Sivert, ingenting som förklarade någonting.

Sivert själv kunde inte förklara någonting, inte just nu. Han fanns inte just nu.

De hade spårat en Sivert Wilhelmsson till en lägenhet i de norra förorterna. Det fanns fält runt husen, där som i söder. Husen var byggda för ungefär fyrtio år sedan, i förhoppning om att de en gång skulle bilda en stad, en riktig stad.

När de gick in i Wilhelmssons lägenhet hade Winter känt lukten av instängdhet och tomhet. Här hade ingen varit på veckor, kanske månader. Winter visste att de skulle finna grässtrån därinne, från fält både i norr och i söder.

På en antik skänk hade ett fotografi som han känt igen stått.

"Han kan ha flytt stan", sa Ringmar.

De satt i Ringmars rum för omväxlings skull. Winter slapp se Fattighusån för någon timme.

"Gubben Björk kanske snackar skit", sa Ringmar. "Han kanske själv är förvirrad."

"Själv?"

"Sivert Wilhelmsson är nog en förvirrad själ."

"Björk är inte förvirrad."

Winter trodde inte det. Han hade läst vad som stod om

drunkningen. Den klassades till slut som en olycka. Sivert Wilhelmsson gick fri.

Charlotte Sander gick fri. Fri från vad? Vad hade hon sett? Hade hon själv gjort något? Nej.

Hon släpptes iväg, som vinden. Det fanns ingen som höll i henne. Hennes liv hade varit som vinden. Men det enda han egentligen visste om henne fanns i hennes ansikte.

"Har han haft en hållhake på henne i alla dessa år? Wilhelmsson?" sa Ringmar.

Winter svarade inte. Han tänkte fortfarande på hennes ansikte.

"I vilket fall visste hon nåt", sa Ringmar. "Hon såg nåt."

"Hon var ju med i båten", sa Winter.

"Hon såg honom kasta den andra flickan, Lena, över bord."

Winter svarade inte.

"Varför gav han sig inte på Charlotte också?" sa Ringmar.

"Det kanske han gjorde", sa Winter.

"Nej", sa Ringmar, "inte på det sättet. *En* drunkning kan kanske förklaras... eller klassas som olycka ... men två?"

"Varför gjorde han det?" sa Winter.

"Han hade gjort nåt emot henne. Hon skulle berätta det."

"För vem?"

"Föreståndarinnan. För hans mor."

"Skulle det hjälpa?"

"Jag vet inte", sa Ringmar.

Winter tänkte. Han tänkte på en sjö, sjö och is. Han såg en båt. Han såg en båt till.

"Hon kanske redan hade gjort det", sa han. "Berättat för tant Wilhelmsson."

Ringmar nickade.

"Det kanske dom båda hade gjort", fortsatte Winter.

"Herregud", sa Ringmar. "Det är som att man ryser till."

"Sonen tog med sig flickorna ut på en roddtur."

Ringmars ansikte var stelt och vitt.

"Hade dom berättat för nån annan att dom var hotade?
Eller utsatta för nån form av övergrepp?" fortsatte Winter.

"För gubben Björk", sa Ringmar.

"Han var ingen gubbe då", sa Winter.

Jonas Björk väntade på dem. Han dröjde nere vid trädet
med den grova grenen som sträckte sig mot stranden. Där
hade alla barnen suttit, säsong efter säsong. Nu var de alla
vuxna, somliga inte vid liv.

Ett par detaljer, hade Winter sagt i telefon. Det tar inte
lång tid.

"Kom ihåg att det faktiskt var han som berättade om
olyckan", hade Ringmar sagt i bilen. "Och han pekade ut
Sivert."

"Honom hade vi frågat om ändå", hade Winter sagt.
"Han fanns ju där på fotot. Och olyckan hade vi ju snart fått
vetskap om i vilket fall som helst."

Nu frigjorde sig Björk från björken han lutat sig mot.

"Vad var det nu för detaljer ni ville veta", sa han.

"Var var du den där kvällen när drunkningen inträffa-
de?" frågade Winter.

"Eh... jag var väl hemma."

"Och var var hemma?"

"Det.... det var ju inne i samhället."

"Är det fortfarande så?"

"Nu förstår jag int..."

"Bor du på samma ställe nu som då?"

"Eh... ja..."

"Visa oss dit", sa Winter.

"Nej, dom ka..."

"VISA OSS DIT!"

Efter en timme hade de funnit tre fotografier. Det skulle ha gått ännu snabbare om de hade börjat i en annan ände.

På det ena fotografiet stod tant Wilhelmsson framför en byggnad. Winter kände igen den. Hon var ensam. Det fanns inget leende i hennes ansikte.

På det andra fotografiet stod hon tillsammans med sin son. Ingen av dem log. Sivert var ungefär lika gammal här som han varit på bilden tillsammans med barnen.

På det tredje fotografiet stod Jonas Björk tillsammans med en pojke på ungefär tio år.

"Det är väl inte så konstigt att man sparat nånting", sa Björk.

"Är det inte?" sa Winter.

Björk svarade inte.

"Ni ordnade så att ni var i närheten av varandra", sa Winter.

"Vad säger han?" Björk såg plötsligt äldre ut, äldre och döv.

"På ett naturligt sätt", fortsatte Winter utan att låtsas om Björks dövhet. "Ni var inte en familj längre men ni kunde inte släppa taget."

"Vad säger han?" upprepade Björk.

"Eller han kanske aldrig visste att du var hans far?" sa Winter.

Ringmar tittade på Winter. Det här hade de inte repeterat.

"Berättade hon det aldrig för honom?" fortsatte Winter. "Hans mor?"

Björk svarade först inte.

"Hon berättade det för mig", sa han sedan. "Siv. Hon hette Siv."

Siv och Sivert, tänkte Winter. De hörde ihop.

"Berättade vad?" frågade han.

"Om... flickorna. Vad han gjorde med flickorna. På nätterna."

"Och... vad gjorde du?"

"Jag... ingenting. Jag gjorde... ingenting", sa Björk och brast plötsligt i gråt. "Jag gjorde INGENTING." Han tittade upp på Winter. "Men d... dom... DOM gjorde nånting."

"Dom planerade drunkningen", sa Winter.

"Flickan tänkte berätta", sa Björk. "Hon hade kunnat berätta för... myndigheterna."

"Varför sparades Charlotte?" frågade Winter.

"Jag... kom ut", sa Björk. "Vi hade en båt till. Jag... kom ut i tid."

"Vad hände med tant Wilhelmsson?" frågade Ringmar.

"Hon sparades inte", sa Winter.

"Jag var inte där", sa Björk. "Jag... ville aldrig mer ha nåt med dom att göra."

"Du var tyst", sa Winter. "Du gav dom din tystnad."

"Vad skulle jag ha gjort? Vad skulle jag ha sagt? Vem skulle ha trott mig?"

"Din son var inte nöjd med den tystnaden", sa Winter. "Han ville ha mer."

"Nej", sa Björk. "Hon... ville ha det så själv. Siv... gick i sjön själv. Hon stod inte ut. Det var inte Sivert."

"Var är Sivert nu?" frågade Winter.

"Jag vet inte." Han såg Winter i ögonen. "Jag vet verkligen inte."

"Hon sparades inte", sa Winter igen. "Charlotte. Han sparade inte henne."

Björk svarade inte.

"Varför?" sa Winter. "Varför kunde han inte spara henne? Efter så många år?"

"Det kom ett... brev", sa Björk.

Winter väntade. Björk var på väg att fortsätta, orden var på väg.

"Det kom... hit. Jag eftersände det... till honom. Jag skulle aldrig ha gjort det. Det var vansinne."

"Läste du brevet?"

"Nej, nej."

"Förstod du vem det var ifrån?"

Björk svarade inte. Winter upprepade frågan.

"Jag förstod", sa Björk. "Det fanns ingen avsändare men jag förstod ändå." Han snyftade till. "Sivert kände sig aldrig... fri. Inte så länge hon... fanns."

Fri. Hans frihet hade varat alltför länge, trettio år för länge. Winter tänkte på Charlottes ansikte, hur det såg ut första gången han såg det. Hennes sista ansiktsuttryck som kanske hade berättat något för honom. Han visste nu att det inte funnits något leende i det där ansiktet.

Efter detta kunde ingenting bli värre. Jag tänkte att vad som
än skedde härnäst så kunde det bara bli någonting som var
bättre. Nej, inte bättre... ljusare? Nej, inte det heller. Jag hit-
tade inte ordet. Det fanns inte. Det var som att gradera de
olika förgårdarna i helvetet.

Kvinnan låg i diket, bakom soptunnan som stod i parke-
ringsplatsens södra ände. Vi kunde inte omedelbart avgöra
om dådet skett där hon låg eller om hon flyttats efter det att
någon dödat henne.

Vi hittade inte hennes huvud.

Det var också några andra saker... som gjorts med kroppen.

Hon hade inga kläder. Det låg en handväska bredvid
kroppen. Jag var först framme. När jag böjde mig ner över
väskan kände jag en lukt som jag inte kunde identifiera.
Kände jag igen den? Kanske. Men den fanns där bara en tion-
dels sekund och var sedan borta och kom inte tillbaka. Jag såg
mig om men där fanns ingenting som jag direkt kunde härle-
da som doftkälla. Och då hade jag redan glömt lukten.

Kvinnan hade varit död mellan två och tre timmar. Vår
rättsläkare var säker och vi trodde honom. Hon har inte flyt-
tats, sa han också. Runt trettio. Kanske lite yngre.

"Vad säger du, Andreas?"
Kommissarien vände sig mot mig när vi körde tillbaka.

Jag försökte köra så försiktigt jag kunde i halkan. Det var den åttonde januari och det hade kommit snö och den hade packats av kylan och snöröjningen hade inte orkat med, vilket var normalt. Det fanns ingen beredskap för snöfall i Sverige. Snön kunde lika gärna falla över södra Spanien. Samma förvåning: Snö? Här?

"Otäckt", sa jag.

"Blir inte lätt att hitta bilspår", sa kommissarie Lars Munter som var min chef. Han satt med mössan nerdragen i pannan. Han var raka motsatsen till sitt namn, alltid. Han hade en otänd cigarrett i munnen som han skulle suga på tills den blev blöt och han slängde bort den och stoppade in en ny mellan läpparna. Det var hans sätt att sluta röka. Det hade pågått sedan långt före jul. Han gjorde av med lika många cigarretter som tidigare på det här sättet men han rökte inte.

"Snön är för hårt packad", fortsatte han. "Som en jävla isbana."

Jag körde nedför leden. En gigantisk långtradare hade kanat i diket på motsatta sidan, den stod med en del av släpet kvar på vägen och kön var kilometerlång där bakom. Det hade skett medan vi besökte fyndplatsen, som alltså också var mordplatsen. Det var söndag kväll och folk försökte komma hem efter hockeymatchen och de kom hit men inte längre.

"Det var nog det jävligaste jag sett och jag trodde jag hade sett allt", sa Munter. Han syftade på den mördade kvinnan.

"Jag tänkte samma sak förut", sa jag.

"Du har inte sett ett skit, Andreas", sa Munter och hans blöta och otända cigarrett vippade i munnen. Det luktade blöt tobak i bilen. Jag hade vant mig vid den lukten.

"Jag menar att det är det värsta jag sett. Hittills."

Han grymtade. Jag körde nedför stadsgatorna nu. Snötraktorerna råmade som galna kor och verkade köra utan riktning. Det hade snöat sedan trettondagsafton och slutat först i går. Det var en besvärlig situation, men snöröjarna borde ha hunnit längre än så här.

"Annie Lundberg", läste min chef ur minnet och rörde sig på sätet. Hans profil lystes upp av gatlyktorna nu. "Vi har hennes körkort, snyggt och orört i hennes orörda plånbok i hennes orörda väska. Vi har ett fotografi på en snygg tjej som är född 750108 men vi kan inte identifiera kroppen i alla fall."

"Det är i dag", sa jag.

"Va?"

"Hon har födelsedag i dag", sa jag.

"Mhm."

"Tjugosex år", fortsatte jag.

"Det kan ju ha ett samband", sa Munter. "Tror inspektör Berger att det har ett samband?"

"Jag tror ingenting", svarade jag.

"Bra."

Det första vi gjorde när vi var tillbaka i polishuset var att kontrollera om vår registrator hunnit gå igenom anmälda försvunna de senaste dygnen. Vi hade ringt honom från mordplatsen.

Det verkade för bra för att vara nyttigt för utredningen: tjugosexåriga Annie Lundberg hade anmälts försvunnen av sin sambo tidigare under söndagen. Signalementet verkade stämma på den döda, bortsett från att vi inte visste något om hårfärgen.

Allt vi behövde göra nu var att låta sambon komma till kylrummet intill obduktionssalen och identifiera kroppen.

"Även om hon saknar huvud måste ju en sambo känna igen sin sambo", som Munter uttryckte det.

"Jag skulle inte vilja vara han", sa jag.

"Dom lägger nåt där huvet ska vara och täcker över", sa Munter.

"Vi måste förklara innan", sa jag.

"Vi måste väl det", sa Munter. "Annars undrar han nog varför hennes skalle förvandlats till en fotboll."

Sambon var en kvinna. Till och med Munter såg förvånad ut fastän han levde i en modern tid.

Hon presenterade sig som Birgitta Sonesson. Hon var runt trettio år, kanske yngre, med ett mycket stort blont hår.

"Den här vägen", sa rättsläkaren.

Hon tittade på kroppen och jag hade tidigare berättat för henne om huvudet.

"Det är inte Annie", sa hon nästan genast. "Det är inte hon."

"Är du alldeles säker?" frågade Munter.

"Annie hade en tatuering på... på magen", sa Birgitta Sonesson och gjorde en gest med handen mot den nakna kroppen på den nakna stålbänken. "Där, precis under naveln."

Hon tittade på Munter igen, sedan på mig. "Jag tyckte inte om det. Att hon skulle tatuera sig. Jag bad henne låta bli. Men hon gjorde det i alla fall." Birgitta Sonesson föll i häftig gråt och Munter gjorde en rörelse med huvudet och rättsläkaren följde henne ut. Hon gråter som om det är hennes älskade som ligger här, tänkte jag.

"Vad föreställer tatueringen?" frågade Munter utanför.

"En... liten fågel", svarade hon. "En svala, tror jag."

Vi satt i Munters rum. Cigarretten i hans mun vippade upp och ner när han talade.

"Vi har en saknad vars id-handlingar har placerats hos en mördad", sa Munter. "Och vi har en mördad som saknar identitet."

Vi hade naturligtvis kontrollerat Birgitta Sonessons uppgifter, både den om tatueringen och annat.

"Fan", sa Munter. "Och vi kan ju inte gå efter tänderna precis."

Det var normalt det bästa vi hade, att försöka identifiera oidentifierade via tandkort.

"Vi får gå igenom anmälningarna en gång till", sa Munter.

Vi gick igenom dem, och de nya som kommit in. Två eller tre stämde vagt in på den döda kroppen och vi återvände till bårhuset med skärrade anhöriga, men varje gång gick de lättade från den hemska upplevelsen. Nästa gång får nån annan göra det här, tänkte jag varje gång.

Vi diskuterade det som Munter kallade "kroppens kvalitet".

"Nån form av idrott", hade rättsläkaren sagt. "Muskel-massan i framför allt benen visar att hon tränat hårt, och rätt nyligen. Men hon har lyft vikter också."

"Tränat vad?" hade Munter sagt.

Läkaren hade ryckt på axlarna.

"Kom igen."

"Jag skulle tippa på nån friidrottsgren", hade läkaren sagt. "Löpning, kanske. Eller längdhopp. Jag vet inte. Vi kanske kan prata med en fysiolog."

"Kiropraktor?" hade Munter frågat.

Läkaren hade inte svarat. Det var för känsligt för hans yrkesheder.

"Du sa att hon tränat rätt nyligen", hade jag sagt. "Menar du timmar eller dagar innan hon dog?"

"Ja... i och för sig kunde hon väl ha kört nåt pass, men jag vågar nog påstå att hon har den aktiva karriären bakom sig."

"Hur långt tillbaka?" frågade Munter. "Kan man mäta sånt?"

"Ja", svarade läkaren.

"Då kanske vi kan få veta vilken aktiv karriär hon hade", sa Munter. "Vilken sport hon utövade."

Medan vi väntade på resultat från rättsläkarens och hans kollegers undersökningar kontaktade vi alla idrottsförbund i hela landet, inte bara dem för friidrott. Vi bad om listor på alla aktiva de senaste tio åren, vilket blev fruktansvärt många listor. Det var fruktansvärt många idrotter. En del hade jag inte ens hört talas om. Vi insåg att arbetet var för stort.

"Jag hoppas vid Gud att det är friidrott", sa Munter. "Det är en sport på dekis. Det finns inte så många aktiva kvar längre."

"Om det är nån sport alls på det sättet", svarade jag. "Hon kunde ju helt enkelt bara ha... tränat. Styrketränat."

"Vi har ju gått ut till gymen i stan", sa Munter.

"Hon kunde ha tränat alldeles för sig själv", sa jag. "Kanske alltid hade gjort det."

Ett ytterligare problem för oss var att kroppen som låg under det kalla blå ljuset på bårhuset egentligen saknade utmärkande kännetecken. Det var en normal, vältränad kropp. Jag hade anledning att reflektera över hur vidrigt intetsägande en människokropp egentligen är utan huvud.

Men det fanns ett stort och fruktansvärt undantag. Mördaren hade skurit bort en del av huden på kvinnans vänstra vadben.

"Där har vi tatueringen", hade Munter sagt och tittat på mig. "Det fanns en tatuering där."

"Kanske", hade jag sagt.

Munter hade bytt ut sin cigarrett och lagt den förbrukade i en rondskål som han burit med sig hit in.

"Var i helvete är Annie Lundberg då?" hade han sagt och tappat cigarretten i munnen rakt ner i skålen.

Vi hade larmat på över hela landet men fortfarande ingenting. Vi förstod fortfarande inte varför Annie Lundbergs väska hade legat bredvid den döda. Det var uppenbarligen mördarens mening. Varför? Ville han säga oss något? Något om Annie Lundberg? Eller något om den oidentifierade döda?

Var Annie Lundberg nästa offer?

Hade det redan skett?

Vi hade gått igenom Annies hela liv och alla bekantskaper men ännu inte träffat på någon träningsatlet. Samtidigt hade vi fortfarande tidigare studentkamrater från Lärarhögskolan att följa upp. Och vi visste inte allt om pojkvänner och... flickvänner. Enligt Birgitta Sonesson var Annie Lundberg bisexuell. Det gjorde det svårare för oss, naturligtvis. Kanske hade hon haft många partners. Eller var det en fördom?

För hennes föräldrar var bisexualiteten "en total överraskning", menade de när vi var tvungna att fråga dem.

"Har det något med hennes försvinnande att göra?" hade hennes far frågat. Det var en mycket bra fråga. Hade det något med mordet på den okända kvinnan att göra?

Vi försökte tänka i olika riktningar. Då och då tänkte jag ju också på utredningens speciella karaktär: att finna en försvunnen person var en förutsättning för att finna ett försvunnet ansikte. Vi hade ett namn och vi hade inte ett namn. Vi hade ett namn utan kropp och en kropp utan namn.

Vi försökte utgå från innehållet i den väska som tillhört Annie Lundberg, den hade i alla fall Birgitta Sonesson identifierat, och hon hade också identifierat innehållet så gott hon kunde.

Det hade legat en liten adressbok i väskan med Annie Lundbergs namn på innerpärmen. Vi hade inte visat den för Birgitta Sonesson, inte än, och inte berättat om den.

En av våra hypoteser var att den mördade kvinnan fanns bland Annie Lundbergs bekanta, måste göra det. Den mördade fanns där. Samtidigt kände jag mig naturligtvis misstänksam mot att Annies väska och körkort och allt det andra lämnats på platsen. Pekade det i en helt annan riktning? Hur tänkte mördaren? Si eller så? Om jag gör så så tänker dom si eller så tänker dom så om jag gör si... ungefär som när en straffläggare i fotboll ska slå en straff på en målvakt som vet att han, straffläggaren, brukar skjuta i målvakternas vänstra hörn och han tänker att målvakten också vet att han, straffläggaren, misstänker att han, målvakten, vet hur det brukar vara så därför koncentrerar sig straffläggaren kanske på det andra hörnet men eftersom han vet att målvakten vet att *han* vet så kanske straffen trots allt kommer i det gamla hörnet såvida inte...

Sannolikt var det här ett alltför ambitiöst tänkande. Sannolikt hade vi "bara" att göra med en sinnessjuk mördare som kanske inte ens var medveten om sina handlingar.

Jag visste inte vilket av alternativen som var mest skrämmande.

Munter återkom regelbundet till tankar om den skrämmande kroppen medan förundersökningen började kännas som ett stillastående, eller i alla fall som en ordentlig inbromsning.

"Vad i helvete ska han med hennes huvud till?" hade Munter upprepat mer än en gång.

Eller hennes ansikte, hade jag tänkt. Handlar det mer om själva ansiktet? Betyder det något för mördaren? Är det det han inte... vill släppa? Aldrig vill släppa?

Handlar det om att *dölja* en identitet? Vems identitet?

Jag drömde på nätterna. Ansikten for runt över fält som var vita och kalla. Huvuden rullade som fotbollar, svarta, vita. Det var inga trevliga drömmar.

Det gick en dag och en till. Kylan låg kvar men det snöade inte mer. På söndagen körde jag till friluftsområdet i stans norra utkanter för ett pass på skidorna. Jag kände hur otränad min kropp var och tänkte på den muskulösa men vanställda kroppen på stålbordet. Jag borde inte klaga och gjorde det inte heller. Jag körde ett varv till och kände en kombination av illamående och blodsmak när jag vacklade över den mållinje jag föreställde mig invid grindarna till området.

Jag satt länge i bastun och tänkte på samboförhållanden. Jag hade själv nyligen levt i ett. Det hade gått från särbo till sambo till vad jag nu kallade "enbo".

Det hade inte fungerat att vara sambo, inte för mig och inte för kvinnan som jag nu försökte glömma. Skidåkningen hade hjälpt men inte bastun. Man satt för stilla.

När jag gick över parkeringsplatsen till bilen hörde jag visselsignalerna, och ropen som lät som tidsangivelser.

Det *var* tidsangivelser. Jag gick åt höger och över kullen och såg skridskobanan bakom kullen som blivit högre av snön som skyfflats dit.

Skridskoåkarna körde runt, runt i sin karaktäristiska stil som var som en pantomim över lidande. Jag har alltid tyckt att sporten haft något medeltida över sig, skridskoåkarna såg ut som människor på medeltida målningar. Och så lidandet då. Och det faktum att sporten verkade utdöd i det här landet, att det kändes som om den haft sin storhetstid på medeltiden.

Det stod en man med visselpipa och ropade tider. Fem åkare körde sina varv, till synes utan att öka eller minska tempot. Det var inte tävling, även om det kunde varit det: publik kunde man ändå inte räkna med här. Och det fanns ingen publik på de låga läktarna i trä som säkert byggts någon gång under senmedeltiden. Men åkarna stannade av ibland, jag såg det nu, och konfererade med tränaren innan de fortsatte.

Jag gick närmare. Det var alltid speciellt att se just skridskoåkare i sina dräkter, den på något sätt av trikån blottlagda muskulösa kraften i framför allt benen och det enorma frånskju...

Jag blev stående med blicken på en av åkarna som stannat till för en sekund men nu fortsatte. Kanske hade åkaren tittat på mig där jag stod, åtminstone hade jag tittat tillräckligt länge för att se att det var en kvinnas kropp under dräkten.

Jag tänkte på den mördade kvinnans muskulösa lår. Hennes kropp som underkastat sig hård träning. Läkarna visste ännu inte exakt när.

Hennes kraftiga lårmuskler. Jag såg den kvinnliga skridskoåkaren glida fram över isen i stora mäktiga skär. Tränaren ropade något jag inte hörde. Nästa gång kvinnan passerade gjorde hon ett tecken och mannen ropade något igen. Nästa gång stannade hon, med små knyckiga rörelser med de groteskt långa skridskorna. Jag såg hennes rygg. Hon förde upp handen till dräktens luva som satt som limmad över huvudet och tog av den, och jag såg det stora blonda håret nästan explodera över hennes bakhuvud och axlar. Hon vände sig om, sa något till mannen igen. Plötsligt kysste hon honom.

Det var Birgitta Sonesson.

"Såg hon dig?" frågade Munter. Vi satt i mitt rum. Han hade avbrutit sin söndagsfrihet. "Hade ändå ingen bra roman att läsa just nu", sa han när han kom, och skrattade ett av sina sällsynta skratt, som inte hade något med glädje att göra. Munter hade aldrig i vuxen ålder läst skönlitteratur.

"Det vet jag inte. Kanske. Men jag tror inte hon kände igen mig i mössan."

"Nej", sa Munter, "det gör inte ens jag."

"Så vad säger du?"

"Skridsko? Det låter ju perfekt. Ännu mer på dekis än friidrott."

"Perfekt", sa rättsläkaren. "Stämmer in exakt på muskelgrupperna."

"Så bra att vi talade om det för dig då", sa Munter.

"Vi var nästan klara", sa läkaren surt. "Och vi jobbar inte med tillfälligheter."

"Vi kunde ha fått vänta på resultat från dig tills nästa gång Sverige tog OS-guld i skridsko, det vill säga aldrig, om inte Andreas här varit så uppmärksam."

"Du behöver inte vara oförskämd för det, Munter."

"Kom igen båda två", sa jag. "Vi behöver alla hjälpa varandra för att lösa det här fallet."

"Och hur går vi nu vidare, inspektör Berger?" sa Munter när

vi åter satt i hans rum. "Kan vi utgå från hypotesen att den mördade kvinnan är eller har varit medlem i skidskoklubben?"

"Inte än", sa jag.

"Bra. Och det är bra att vi inte hunnit fråga dom än." Munter bytte cigarrett och såg tankfullt på den nya. "Hade vi nånsin hunnit fram till en liten sketen skridskoklubb i utkanten av sportvärlden?"

"Vi måste fråga oss om Birgitta Sonesson döljer nåt för oss", sa jag.

"Ja."

"Vi har bara frågat henne om väninnan", sa jag. "Älskarinnan. Annie." Jag tittade på Munter som blundade. "Vi har inte frågat henne om eventuella samband mellan Annie och den mördade eftersom det inte funnits något att fråga om."

"Utom träning och sport", sa Munter.

"Och det ska vi ju sätta igång med i morgon", sa jag, "andra svängen."

Vi hade avvaktat med Birgitta Sonesson för att först följa upp namn och adresser och telefonnummer i Annie Lundbergs adressbok. Det hade inte gett något nytt.

"Då gör vi det", sa Munter. "Sätter igång igen."

"Nej, skridskor var ingenting för Annie", sa Birgitta Sonesson. "Jag tror inte ens hon var med på nån träning." Hon gjorde en rörelse med ena benet. "Det var inte hennes sport."

"Vilken är hennes sport då?" frågade jag.

"Hon sprang en del", svarade Birgitta Sonesson. "Lite allmän styrketräning också."

Jag noterade att Birgitta Sonesson talade om Annie Lundberg i förfluten tid, som om allt hopp redan var ute. Jag tittade på Munter men han visade ingenting.

"Ni försöker sannerligen hålla er i trim", sa han i stället. "Du och din vän."

"Naturligtvis", svarade hon.

"Umgicks hon med nån av dom som tränade?" frågade Munter.

Vi satt i Birgitta Sonessons och Annie Lundbergs gemensamma hem. "Samboet", som Munter kallat det när vi körde dit. Jag såg mig om efter fler fotografier på Annie men upptäckte inga. Kanske smärtan var för stor för Birgitta Sonesson. Hon kanske redan var övertygad om att Annie var död.

Vardagsrummet var bekvämt, jag satt i en skön soffa. Därifrån kunde jag se snön på trädens grenar. Februari var snart på ingång och det kändes som om kylan drog åt ett varv till. Varv, varv. Jag såg Birgitta Sonesson framför mig. Varv efter varv i samma tempo. Mycket istid. Fördelen med en liten klubb måste ju vara att alla fick mycket istid.

"Umgicks hon med nån i klubben?" upprepade Munter.

"Nej", svarade Birgitta Sonesson.

"Hon kände ingen av dom?"

"Inte vad jag vet."

"Hur länge har du varit med i klubben?"

"Eh... ja... fyra år. Fem kanske."

"Det är en lite ovanlig sport", sa Munter.

"Inte för mig", svarade hon.

"Vi behöver komma i kontakt med alla som är med i

klubben", sa Munter. "Kan du hjälpa oss med det?"

"Naturligtvis." Jag såg att hon tvekade. "Får jag fråga varför?"

Vi fick en förteckning över alla medlemmar, aktiva och passiva.

"När man ser en tävling är det inte alltid lätt att avgöra vem därute som är aktiv eller passiv", sa Munter och granskade namnen.

"När ser du en tävling?" frågade jag.

"Aldrig", svarade han på det självklart ologiska sätt som jag börjat vänja mig vid.

"Noterade du att hon talade om sin sambo i imperfekt", sa jag.

"Ja", svarade Munter, "hon har visst gett upp hoppet."

"Hon sköter träningen i alla fall", sa jag. "Hon är inte mer förtvivlad än så."

"Det kanske är det enda som håller henne uppe", sa Munter. "Träning är som knark för såna där. Endorfin. Utan träning går det åt helvete totalt. Träningen har inget med sorg att göra." Han tittade upp. "Inte slutar en heroinist med skiten bara för att kusin Kalle framlidit, eller hur?"

"Annie Lundberg är knappast kusin Kalle för Birgitta Sonesson", sa jag.

"Du förstår vad jag menar, Berger."

Jag var inte säker på det men lät ämnet vara. Jag återgick till listorna.

Det var en liten klubb och vi hade snart gått igenom alla aktiva så långt att vi kunde konstatera att de alla hade sitt huvud i behåll. Saknade de någon person som tidigare varit medlem? Nej.

Vi arbetade oss igenom förteckningen över passiva medlemmar och spårade samtliga, som samtliga levde.

Vi sökte före detta medlemmar. Vi satt i många telefonsamtal och vi hade fått lite mer folk till hjälp.

Vi kom inte i närheten av någon kvinna som varit medlem i denna klubb och som nu var försvunnen. *Ingen* var borta.

Jag började känna det som om vi var på fel spår, helt fel spår. Och att jag delvis hade lett oss in på det när jag såg Birgitta Sonesson åka skridskor. Jag borde aldrig ha lyssnat på den förbannade visselsignalen när jag gick ut från träningsanläggningen med mina skidor över axeln.

Vi hade ingen mördare och nu började också offret försvinna för oss... Det var som om hon inte ens hade existerat, den dödade kvinnan, men jag behövde bara gå in i det kalla och ensamma bårhuset för att få fysiska bevis på att hon fanns. Hennes kropp fanns. Var fanns hennes huvud?

Och, än en gång: Var fanns Annie Lundberg?

Vi satt på mitt rum och tittade ut genom fönstret: kylan kröp över träd och buskar och fyllde luften med en tung rök. Temperaturen hade sjunkit ytterligare. I morse hade jag knappt fått igång bilen.

"Det är snart som i Sibirien", sa Munter. "Går man genom jävligt kall luft så blir det avtryck efter en."

"Brukar man inte filma träningar?" sa jag.

"Va?"

"Filma träningar", sa jag. "Tillhör det inte modern träningsmetodik att filma idrottsträningar?"

"Inte vet jag", sa Munter. "Men jag förstår vad du menar."

"Jag ska snacka med klubbsekreteraren", sa jag.

"Men det finns ju ingen att leta efter", sa Munter. "Vi har gått igenom alla tänkbara kandidater."

"Men ändå", sa jag.

Jag körde ut till skridskoovalen. Det var som att köra genom is, ett kristallklart motstånd i luften. Jag tittade i backspegeln efter avtryck av min bil.

Jag hade tidigare talat med klubbsekreteraren som var alltiallo där. Det var en seriös man som mot alla odds trodde på framtiden.

"Jaaa, lite har vi väl", svarade han på min fråga. "Det är väl från senaste året, tror jag."

"Var är dom?"

"Jag har filmerna hemma", sa han. " Inlåsta på hemligt ställe, om man säger. Jag är noga med klubbens egendom. Vi hade inbrott nyss här och nån hade rotat runt. Det var nästan som om dom var ute efter dom där rullarna, av nån konstig anledning. Dom gick liksom rakt på." Han såg lite förbryllad ut. "Det var nästan så jag kände på mig att nån skulle bryta sig in här..."

Han arrangerade på min begäran en privatvisning direkt och drog ner en mörkblå rullgardin i vardagsrummet. Det vita landskapet utanför lyste ändå igenom men det gick att se filmsnuttarna av skridskolöpare som åkte runt, runt. I vanliga fall hade det varit lika intressant som att se färg torka på en vägg, men jag försökte urskilja ansiktsdrag och framför allt kropparnas fysionomi i de anonyma dräkterna.

Plötsligt blev ett ansikte synligt i närbild, ett leende. Ansiktet sa något till fotografen som inte hördes.

"Vem har tagit filmen?" frågade jag.

"Det är vår tränare."

Ansiktet på bilden tillhörde en kvinna mellan tjugofem och trettio år och jag kände inte igen henne och jag ställde mig upp och kände att håret ställde sig upp också.

"Vem är det där?" frågade jag.

"Det är Birgitta Sonesson", svarade han.

"Förlåt?"

"Birgitta Sonesson."

"Birgitta Sonesson?" sa jag. "Det där är inte Birgitta Sonesson!"

Han tittade på mig med egendomlig blick.

"Det kan inte vara det", sa jag. "Jag vet vem Birgitta Sonesson är."

"Det vet jag också", sa han och pekade.

"Jag träffade henne på isen", sa jag. "Jag har träffat henne förut." Nu tittade jag på den främmande kvinnans ansikte, och på sekreteraren igen. Jag berättade för honom om mitt första besök, när jag hade åkt skidor.

"Den dan var jag inte där", sa han.

"Men om det där är... Birgitta Sonesson..." sa jag och nickade mot kvinnoansiktet som log in i kameran, "...vem är då kvinnan som kallar sig Birgitta Sonesson?"

*

"Annie Lundberg", sa Munter. "Herregud."

"Vi konfronterade henne aldrig med föräldrarna."

"Herregud."

"Vi sticker med en gång."

"Vänta nu, Andreas! Hon åker ingenstans. Och gör hon det så hittar vi henne." Han pekade mot mig med ciggen i munnen. "Du måste visa mig hur du har tänkt här."

"Tänkt? Det räcker ju att se, eller hur? Det som går att se."

"Låt höra nu", sa Munter och förde sin cigarrett runt munnen nu som omväxling, varv efter varv. Det såg sinnessvagt ut men för människor som slutar röka är ingenting onormalt, eller betraktas av andra som onormalt.

"Hon dödade väninnan och kanske älskarinnan", sa jag. "Vi skiter i motiv nu, eller om hon var ensam, eller hur det gick till. Vi utgår från mordet, okej? Annie Lundberg vill mörda Birgitta Sonesson, och gör det också, och förstör alla identifieringsmöjligheter och låter oss tro att någon också sannolikt mördat Annie Lundberg! Åtminstone fört bort henne."

"Mhm", nickade Munter.

"Annie Lundberg försvinner från jordens yta. Nu finns Birgitta Sonesson. Som egentligen är mördad. Som är Annie Lundberg egentligen." Jag tittade på Munter. "Förstår du?"

"Jag vet inte", sa han.

"Annie Lundberg påstod att hon var Birgitta Sonesson och talade om för oss att den mördade kroppen inte var Annie Lundberg", sa jag. "Det var djävulskt skickligt gjort."

"Hade det inte varit ännu bättre om hon sagt att det var Annie?" sa Munter. "Så korkade som vi verkar vara hade vi väl gått på det med, i så fall."

"Vi har inte varit korkade", sa jag. "Vi har bara inte sett. Allt har varit... logiskt. Ett led i själva trovärdigheten var att inte identifiera henne som Annie."

"Tatueringen", sa Munter.

"Du ser? Skickligt. Och när vi tar in henne kommer vi att hitta den tatueringen på hennes egen mage."

Jag tänkte plötsligt på när vi stod där med Annie Lundberg framför Birgitta Sonessons kropp. Vi hade trott att hon stod framför en främling och ändå hade jag reflekterat över att hon gråtit som om hennes älskade låg där.

Så hade det också varit.

"Men gjorde hon det ensam?" frågade Munter.

Jag tittade på honom.

"Jag har undanhållit en sak för dig", sa jag. "Men också för mig själv."

Han svarade inte, väntade.

"När vi hittade liket", sa jag. "Jag var först framme och när jag böjde mig ner kände jag en distinkt lukt. Det var under en väldigt kort stund och så var den borta. En tiondels sekund bara."

"Ja?"

"Jag kände den i dag igen. Ute vid skridskoanläggningen. I tränarens bil."

"Tränarens?" Munter upprepade mina ord, såg nästan ut att röra på läpparna när jag talade.

"När vi förhörde tränaren förut sa han inte mycket och

det accepterade vi, eller hur? Det fanns ju inte så mycket att säga. Då. Men i dag åkte jag tillbaka när jag hade sett filmerna hemma hos sekreteraren, och tränaren kom ut när jag parkerat och gått in. Sen kom jag ut och då var han där. Och jag sa till honom att bilen vägrade starta och frågade om jag fick åka med in till stan."

"In till stan", ekade Munter.

"Jag kände lukten", sa jag.

"Samma lukt?" frågade Munter som hängde med.

"Ja. Den måste ha satt sig i den döda kroppen när den låg i hans bil. Det är ingen tvekan, kommissarien. Det är den lukten."

"Håller inte som bevis", sa Munter.

"Det vet jag. Men jag är säker."

"Sa du nåt till honom?"

"Nej, nej. Han släppte av mig och sa att han skulle vidare. Gissa vart?"

"Till Annie Lundberg. Av oss känd som Birgitta Sonesson", sa Munter.

"Korrekt."

"Vad var det för lukt förresten?" frågade han.

"Wunderbaum", sa jag.

"Tannenbaum?"

"Nej, Wunderbaum. Den gröna lilla granen som kan fästas i backspegeln och som sprider väldoft i hela bilen."

"Herregud", sa Munter.

"Det är en varaktig doft", sa jag.

Vi tog in skridskolöperskan och hennes tränare på sex gånger sex timmar och de skrattade oss rakt i ansiktet, förstås.

Jag förstod att det hade handlat om ett svartsjukedrama som gått fruktansvärt snett.

Kanske hade Annie Lundberg kunnat leva vidare på sin lögn och både hon och Birgitta Sonesson skulle ha varit borta för oss för alltid.

I bostaden hittade vi bevis på att hon var på väg därifrån, sannolikt för alltid, och sannolikt med herr tränare.

Vi hittade huvudet efter en del huggande genom isen. Vi hade kunnat vänta tills det började töa men jag misstänkte att det skulle bli en lång och kall vinter.

Snö

Jag kunde se granarna: en mörk silhuett mot natten som ljusnade vid horisonten där staden låg. Tågen gick någon kilometer norrut. Signalerna från tågen var som tjut från vilda djur på språng över fälten.

Jag kunde sitta i timmar vid fönstret, som jag satt nu, med bara den öppna spisen som ljuskälla bakom mig. Efter en stund brukade jag resa mig och lägga på ett vedträ. Sedan satte jag mig vid fönstret igen och såg ut mot snön som glödde i natten.

Så fortsatte det under kvällarna tills jag blev trött och gick och lade mig medan elden dog.

Huset vi bodde i låg ensligt. Det var nästan en halvmil till närmaste granne. Det låg några sommartorp i närheten men där fanns ingen elektricitet och ingen som övernattade på vintern. Det var en tidig vinter. Snön hade kommit för att stanna.

I övermorgon skulle det vara julafton. Jag kände ingen glädje över det. Jag kände ingen glädje över någonting. Min mor hade dött på hösten och min far och jag hade lämnat lägenheten i stan och flyttat hit. Det var min fars beslut men jag hade ingenting emot det. Han hade sagt att han inte kunde bo kvar just nu i lägenheten, med alla minnen för ögonen varje stund, att det skulle bli ett helvete varenda timme därhemma. Det var en bekant som ägde huset i skogen och det stod tomt för tillfället men det fanns elektricitet och spis och kylskåp.

Min far försökte skriva hemma på dagarna, men jag var säker på att han inte fick mycket gjort. Han skrev någon sorts reklam och jag förstod inte hur han skulle kunna skriva positivt om olika saker som folk borde köpa när allt det hemska inträffat för bara två månader sedan.

Min mor hade levt som alla andra och sedan hade hon dött. Det hade hänt från den ena timmen till den andra och hon hade varit borta för oss. Jag visste att hon hade gjort det... själv. Att hon inte ville leva mer. Men jag visste inte varför. Jag förstod att det måste ha med min far att göra, men inte hur, och jag skulle aldrig fråga.

Jag satt mest och drömde i skolan, eller gjorde vad jag kunde för att tänka på ingenting alls.

Vi försökte hjälpas åt med maten. Om någon hade frågat oss vad vi just ätit skulle vi inte ha kommit ihåg det. Men ingen frågade. Folk vi kände visste att vi ville vara ensamma. Det var skönt på något sätt. Ibland kunde telefonen ringa och min far svarade och jag kunde höra hans röst som en radio i rummet intill, på samma låga volym, utan att några ord hördes. Bara ett ljud, som en mumlande utdragen signal. Signalen var som vårt liv just då.

På nätterna kunde jag ligga och lyssna efter ljud, när min far gått och lagt sig i rummet på andra våningen efter det att han suttit i köket och druckit. Jag visste att han hade börjat dricka igen men att han försökte hålla det till ett par öl varje kväll, eller ett par glas whisky när jag hade lagt mig. Lukten av whisky kunde spridas i huset, från köket där min far satt och in genom den stängda dörren till rummet där jag sov. Jag kallade det aldrig "mitt " rum. Det fanns ingenting där som jag ville ta med mig när vi återvände till stan.

Huset låg vid vägens ände. Bortom det fanns bara skogen. Det hade snöat kraftigt i två dagar och bonden som skötte vägen hade plogat två gånger om dagen. Han hade kört där tidigt den här kvällen, ända fram till huset. Min far hade gått ut och flyttat bilen så att bonden skulle kunna ploga en liten cirkel framför huset.

För en timme sedan slutade snön att falla från den svarta himlen. Jag hade sett hur snöfallet avtagit undan för undan, tills vinden inte hade fler flingor att föra runt där utanför fönstret. Jag hörde att min far öppnade en flaska öl ute i köket.

"Det börjar bli läggdags, Kalle." Jag hörde hur han hällde upp ölet i glaset. "Klockan är efter tio."

"Bara en liten stund till", svarade jag.

Han skrapade med stolen mot golvet. Jag gissade att han lutade sig över bordet för att kunna titta ut genom köksfönstret.

"Det har visst slutat snöa."

Jag svarade inte. Jag tänkte plötsligt på julklappar, på att jag ännu inte köpt något till min far. Jag visste inte om han hade köpt något till mig. Kanske skridskorna jag önskat mig. Men det var före min mors död. Nu betydde det ingenting. Jag tänkte inte på ishockey. Jag ville inte vara med och spela längre. Kanske skulle det vara annorlunda nästa år, men jag var inte säker.

På julafton skulle vi gå ut och hugga en julgran på bondens mark, vi hade fått löfte om det. Vi hade tagit med en julgransfot hemifrån. Vi hade letat efter belysningen på vinden men gett upp efter en kort stund och köpt en ny lampsats och några färgade kulor i en järnaffär i stan. Jag visste inte om vi skulle klä granen, eller ens orka hugga den i skogen.

"Fan, nu börjar det igen", hördes min fars röst från köket. "Det är det värsta jag sett." Jag hörde hur han reste sig från stolen, skrapet i golvet från stolsbenen. "Blir det en natt till som i går kommer vi inte härifrån." Nu hörde jag hans röst inne i vardagsrummet där jag satt. Jag vände blicken mot dörren där han stod. "Ivar kan inte ploga om det här jävelskapet fortsätter en hel natt till."

"Nej."

"Då sitter vi fast här", sa han. "Det kanske är lika bra." Han tittade på mig. "Här är vi säkra." Han upprepade det: "Här är vi säkra."

Jag visste inte vad han menade med det. Jag tänkte att jag skulle fråga honom men då hade han redan gått ut ur rummet igen. Ljudet av öl som hälldes upp därute.

Jag kände mig trött nu. Det vita utanför fönstret flöt ihop med det svarta. Snart skulle man inte se var vägen gick längre, var diket tog över som en gräns till fälten och skogen.

"Jag går och lägger mig nu", ropade jag.

"Mhm." Han mumlade något mer ute i köket men jag hörde inte vad det var. Det var som när han pratade i telefon, och just då ringde telefonen i hans sovrum. Jag hörde skrapet av stolen igen, hur han reste sig och gick in i rummet och tog telefonen med ett "ja?". Jag gick närmare för att höra. Han sa "du skulle inte ringa förrän efter jul" och sedan tystnad. Sedan "det där har jag inte med att göra, för fan... inte det som hände *sen*" och hur han verkade lyssna igen, kort, och sedan sa han "dom skulle bara våga" och ett "ja, ja, ja" och ett "nej", och efter det slängde han på luren med en skarp smäll. Han hade en mobiltelefon också och den hade ringt ett par gånger men inte på länge nu. Han hade nog stängt av den, gissade jag. Tidigare under kvällen hade jag sett mobilen på köksbordet, när han var inne i sitt rum. Jag hade tagit den och sett att den var avstängd. Plötsligt låg den i min ficka. Den var så liten. Knappt större än en schweizisk universalkniv.

Jag gick in i hans sovrum nu.

"Vad var det där om?"

Han vände sig om. "Stod du och lyssnade?"

Jag ryckte på axlarna.

"Tjuvlyssnar du?"

"Jag gick ju bara förbi. Vem var det som ringde?"

"Det var bara nån från... jobbet."

"Så här sent?"

"Vi har inga kontorstider, Kalle." Han reste sig från sängen. "Dom tar inga såna hänsyn."

"Varför sa du förut att vi var säkra här?"

"Va?"

"Du sa förut att det var lika bra om vi satt fast i snön här. Att vi var säkra. Jag und..."

"Det där är inget att bry sig om. Och tiden kanske ännu inte är över för överraskningar."

"Men det sk..."

70

"DET ÄR INGENTING ATT BRY SIG OM", sa han nu med en röst som jag inte hade hört på länge. Rösten var från tiden innan min mor dog.

"Jag går och lägger mig nu", sa jag och gick därifrån.

"Kalle..."

"Ja?" Jag vände mig om.

"Godnatt, Kalle. Bry dig inte om vad jag säger. Det är bara... ja, du vet."

"Ja."

"Godnatt då", sa han.

"Godnatt."

"I morgon kokar vi skinkan."

"Ja."

Jag låg vaken och lyssnade efter ljud och plötsligt hörde jag röster utanför huset.

Det var ingen dröm.

Jag hade inte hört någon bil men nu sa någon något. Det var en röst.

Glas krossades i hallen. En röst som var grov, en svordom. Någon annan sa "skar du dig?" och det kom ett svar jag inte kunde höra.

Jag började skaka. Händerna darrade under täcket, jag kunde nästan inte andas, föt...

"BESÖK, WESTER!"

Någon skrek vårt efternamn i hallen. Jag hörde ljudet av grova kängor mot trägolvet, över köket och in i rummet som låg närmast och som var min fars sovrum, och den där rösten igen som skrek "DET ÄR BÄST ATT DU STÅR

STILL DIN JÄVEL", och sedan ett hemskt ljud av knytnävsslag mot en kropp. Fler kängor över golvet. Ett skrik som kunde vara min fars.

Ljusen tändes därute och glipade igenom springorna till min dörr.

Jag kröp ner och gömde mig under sängen. Efter en sekund ändrade jag mig och kröp ut igen och sprang till garderoben som hade en bred hylla högt upp där jag hade suttit förut. Satt man längst in syntes man inte från golvet. Garderoben var hög och bara ett barn kunde klättra upp med stöd av väggarna och ta sig upp på hyllan. Jag skulle just häva mig upp när jag kom ihåg mina kläder som låg vid sängen, och jag sprang tillbaka och drog på mig kalsongerna och tröjan och byxorna över pyjamasen och stoppade strumporna i fickan och fluffade till kudden och drog upp täcket över sängen och sprang tillbaka och stängde garderobsdörren bakom mig, och dörren till rummet slängdes upp medan jag klättrade upp på hyllan. Det var minst tre meter upp. Garderoben sköt upp i husets andra våning. Jag kände telefonen i fickan när jag tryckte benen mot väggen.

"Var är grabben?"

Jag hörde rösterna tydligt genom garderobsdörren.

Jag var uppe nu, lade mig vid väggen, försökte fälla in mig i den.

"Han bor över hos en... kompis." Det var min fars röst.

"Nån har ju legat i den där sängen."

"Det var i går. Han åkte i morse."

"I helvete heller. Sängen är inte bäddad."

"Han bäddar aldrig", sa min far. Det var sant.

Nu hörde jag ljudet av steg.

"Han är inte under sängen i alla fall."

"Är sängen varm?"

"Tja... jag vet inte." En sekunds tystnad. "Här är så jävla kallt ändå så det kan jag inte känna."

"Vad är det där?"

"Vadå?"

"Dörren där! Vart går den?"

"Det är en garderob." Min fars röst igen.

"Öppna den, Jock."

Stegen igen. Jag tryckte mig ännu närmare väggen. Dörren slets upp och ljuset störtade in men där jag låg var det skugga. Jag visste att den smala hyllan satt så högt att den inte gick att se när man stod därnere. Den såg ut som en del av väggen i skuggorna från ljuset nedifrån.

"Här är tomt."

"Får jag se." Ljuden av steg. "Inte en pinal." Rasslet av ett par tomma galgar därnere. "Det var en hög jävel." Några sekunders tystnad. Jag visste att han tittade uppåt. Jag höll andan. "Okej." Dörren slogs igen. Rösten igen, grumligare nu genom dörren: "Vi får väl ringa och kolla hos den där kompisen. När kommer grabben hem?"

"I morron. Julafton."

"Det är inte julafton i morrn."

"Det är över tolv så det stämmer, Steffe." Den andra rösten. Han som hade stått vid sängen.

"Så då är det snart dopparedan, Wester."

Inget svar.

"Hörde du vad jag sa?"

"Ja."

"Men vi kanske vill ha julklapparna lite tidigare."

"Jag har dom inte."

"Vad sa du?"

"Jag har ingenting av det."

"Det är inte riktigt sant, eller hur?"

"Det finns inte här."

"Jaså?"

"Jag vet inte varför ni tror att jag tog... hand om det. Har ni pratat med Berzelius?"

"Ja." Plötsligt ett strävt skratt, nästan som ett skrik som hördes starkt genom dörren till garderoben. "Vi har pratat med Berzelius. Han sa nåt om att vi kunde fortsätta med dig."

"Det var väl bland det sista han sa." Den andra rösten. Skrattet igen.

"Berzelius hade det", sa min far. "Är han... död så har ni gjort ett stort misstag."

"Då vore det väl synd om vi gjorde ett till?"

"Det där förstår jag inte", sa min far, och då hörde jag steg och det hemska ljudet av slag mot en kropp igen och min fars stönanden och hur alla rösterna och slagen och skriken plötsligt klipptes av när allt försvann ut genom dörren till sovrummet.

Kort efter hörde jag steg på våningen ovanför. Kanske var de där för att leta vidare efter mig.

Jag försökte vänja mina ögon vid mörkret och höll den avstängda mobiltelefonen framför mig. Jag visste inte om jag vågade försöka sätta på den. Kanske skulle det lilla pipet höras genom taket upp till andra våningen, eller genom väggen till köket. Jag fick vänta. Kanske skulle de gå ut. Åka iväg. Lämna oss ifred. Jag tänkte på vad de kunde ha för något ihop med min far, men jag slutade att tänka på det när kroppen började göra ont. Jag rörde mig försiktigt för att inte benen skulle somna och bli lama.

Nu hörde jag svaga röster från köket. Det gick inte att höra vad någon sa. Jag tänkte på hur länge jag skulle ligga här och vänta på att de skulle komma tillbaka med en ficklampa och lysa uppåt och få syn på hyllan. De skulle tvinga min far att ringa till den där kompisen som han sagt att jag var hos. Om han vägrade skulle de göra något hemskt... något ännu hemskare än vad de gjort hittills.

Jag höll mobiltelefonen i handen och försökte trycka på on-knappen så att jag kunde ringa något nummer. Ett alarmnummer. Eller jag kunde ringa till någon av mina kompisar. Mina händer skakade. Jag svettades och tappade greppet och telefonen gled i händerna. Jag hade satt mig upp med benen över hyllkanten och när jag tappade telefonen föll den rakt ner mot golvet. Jag hörde smällen men den var inte så hög. Telefonen måste ha landat på stövlarna som stod därnere. Jag hade slutat andas igen och lyssnade efter ljud från köket. Det lät som om någon pratade. Hade de hört smällen?

Jag väntade länge och sedan hasade jag mig över kanten och tog spjärn mot väggen och klättrade ner. Jag trevade efter telefonen och jag kände den i en av stövlarna. Jag stoppade den und...

Dörren rycktes upp. Jag kände ett starkt ljus i ögonen som gjorde ont. Jag kunde inte se.

"Det var ett bra trick, grabben. Men du borde lära dig att vara lite tystare."

Jag var fortfarande som blind. En hand tog tag i min arm. "Fram med dig nu." Jag rycktes in i rummet. "Så då har vi hela familjen samlad." Ett skratt igen. "Det är så det ska vara när det är juletid."

Jag knuffades genom rummet och ut i den lilla hallen och in i köket. Min far satt vid bordet. Han hade blod i ansiktet. En man stod bredvid bordet. Han hade en svart stickad mössa på huvudet och en skinnjacka som såg brun ut. Han hade mustasch. Mannen som knuffat in mig i köket hade inte mustasch. Hans hår var ljust och långt. Han luktade sprit. Båda männen var ungefär lika gamla som min far.

"Hela gänget samlat", sa den ljuse. Den mörke sa ingenting. Han tittade på mig med underliga ögon som verkade genomskinliga, som om han var blind. Ögonen var ljusblå och bleka, som vatten i ett färgat glas. Jag hade varit rädd hela tiden, men när han tittade på mig blev jag vettskrämd. Jag trodde att de skulle döda oss och när jag tänkte det började jag gråta. Det här var inte en dröm. Jag förstod att det skulle hända något fruktansvärt den här natten.

"Sätt dig här", sa han med mössan och ögonen. Han pekade på stolen jämte sig. Jag stod kvar. Den andre gav mig en knuff mot bordet och jag tappade balansen och föll mot bordet och slog i hakan. Min far reste sig och den ljuse som stod bakom mig tog ett steg åt sidan och slog min far i ansiktet med ett gevär eller en lång pistol som jag såg svischa förbi när jag föll mot golvet.

"*Sitt* ner, Wester." Han böjde sig över mig. "Upp med

dig, grabben." Han drog i mig. "Upp med dig nu och sätt dig vid bordet." Han tittade på den andre. "Har du kollat i kylskåpet? Jag är hungrig."

Han med mössan gick genom köket och öppnade kylskåpsdörren.

"En rå skinka", sa han efter en liten stund. Han höll i något som jag inte kunde se eftersom den öppna dörren var i vägen. "Köttfärs som håller på att tina." Han tittade på den andre. "Här skulle bli ett riktigt julbord."

Den ljuse tittade på min far. Sedan tittade han ut genom fönstret där snön vräkte ner. Han tittade på sitt armbandsur och sedan på min far igen.

"Inte bara skulle", sa han. "Fram med grejorna."

"Va?" sa mössmannen.

"Ta fram skinkan och köttfärsen så får Wester här laga julmat."

"Det tar ju timmar att koka en skinka. Den är inte stor men det måste ta ett par timmar."

Den andre tittade ut genom fönstret igen. "Vi blir kvar tills i morron i alla fall."

Klockan var tre på morgonen. Jag var inte sömnig. Rädslan höll mig vaken. Det var som att sitta på en kniv. En rörelse i onödan och jag skulle skära mig.

Min far stod vid spisen. Skinkan sjöd i den stora kastrullen. Min far hade rivit lök och blandat den med vitt bröd uppblött i mjölk, och med färsen, och ett ägg, och svartpeppar och salt. Han hade rullat köttbullar och skulle börja steka dem nu. Jag hade försökt resa mig och gå till spisen så att jag kunde ge honom mobilen på något sätt men jag blev tvingad att sitta kvar vid bordet. De hade ställt frågor till mig om jag visste var en väska med pengar fanns, men jag visste ingenting och kanske förstod de det. Efter en massa frågor hade de låtit mig vara i fred. De frågade inte min far någonting längre, och det var kanske det hemskaste.

Min far stekte köttbullarna. Jag var rädd men jag kände att det luktade gott.

"Du är ju en riktig husmor, Wester. Det gör ju inget att frun är bortrest, eller hur?" Jag tittade på min far men han tittade inte på mig. Vad hade han sagt om min mor? Visste de inte... vad som hade hänt?

Den ljuse log med ögonen mot spisen. "Hur går det med skinkan då?"

"Den är klar", sa min far och gick fram för att ta kastrullen från plattan.

"Ge fan i det där!" Den ljuse tittade på den andre. "Du får ta kastrullen och lyfta upp skinkan så den jäveln inte vräker kokvattnet på oss." Han tittade på min far igen. "Bort från spisen, Wester!" Han gjorde en rörelse med vapnet. Min far ställde sig en bit från spisen. Köttbullarna fräste i stekpannan.

Vi hörde en traktor i närheten.

Den ljuse ryckte till.

Traktorljudet kom närmare.

"Vem i helvete är det där?" Den ljuse tittade på min far. "Svara, för satan!"

Min far ryckte på axlarna. "Det måste vara bonden som försöker ploga vägen hit ner."

"Nu?"

"Det är ju nästan morgon. Han gör väl ett nytt försök att hålla vägen öppen."

"Kommer han ända hit ner?"

"Vägen går ju hit. Den slutar här."

"Brukar han stanna till?"

"Vad menar du?"

"Brukar han stanna till och snacka skit?"

"Ibland."

"Inte den här gången", sa mössmannen och jag hörde hur han gjorde något med vapnet bakom min rygg.

"Du tar det bara jävligt lugnt nu, Jock", sa den ljuse. Han tittade på den andre. "Hör du det?"

"Ja ja. Men det gäller dig också."

Jag kunde se strålkastarna nu från traktorn, som ljusspett genom all snö som var som en vit vägg i en svart rymd. Kanske såg jag silhuetten av Ivar därbakom. Han var inte gammal fast han hade ett namn som gamla har. Ivar var bra. Han sa inte mycket. Han stannade aldrig till när han kom ner hit, fast min far hade sagt det. Ivar visste hur vi hade det, om min mor och det. Att hon var död.

Han måste ju se ljuset från köket. Han kanske undrade. Jag bad till Gud att han skulle stanna. Traktorn brummade och frustade och jag kunde höra hur Ivar drog i handbromsen därutanför och en duns när han hoppade ner från förarhytten.

"Vad i helvete", sa mössmannen.

"Bara lugn", sa den ljuse. "Vi är bara några vänner på besök, eller hur, Wester?" Han tittade på min far. "Eller hur, Wester?"

"Ja", sa min far och tittade på mig.

"Jock har pistolen mot grabbens huvud", sa den ljuse.

Min far nickade. Jag kände något kallt tryckas mot mitt huvud. Ivar bultade på dörren. Min far tittade på den ljuse.

"Gå och öppna", sa den ljuse. "Jag är alldeles bakom dig."

Där jag satt kunde jag se dörren och nu öppnade min far. Jag skymtade en gestalt därute, upplyst bakifrån av traktorns strålkastare. Jag kände ett iskallt vinddrag.

"Ja... hej..." sa Ivar.

"Hej", sa min far.

"Ja... jag tänkte försöka hålla vägen öppen. Det ska visst sluta snöa när som helst."

"Det var bra", sa min far. "Men kom in lite."

Ivar steg in i hallen. Han behöll mössan på. Jag kunde se att han tittade på den ljuse som stod strax bakom min far.

"Jaa... det stod en bil en bit uppåt vägen..."

"Det är våran", sa den ljuse. "Vi kom inte längre." Han tittade på min far. "Vi trodde att vi skulle hinna fram innan det satte igång igen." Han tittade på Ivar. "Men vi fick gå den sista biten."

"Jaha..." sa Ivar. Jag kunde se att han kände lukten av maten på spisen. "Det är julamat på gång, känner jag."

"Ja", sa den ljuse. "Vi håller just på... för att hinna bli klara med allt."

"Jaha..."

"Jag tänkte överraska min fru", sa min far.

Jag kunde se att Ivar tittade till men han sa ingenting.

"Min fru kommer ju tillbaka från den där resan på julafton och jag tänkte att vi skulle ha allt klart då." Jag kunde se hur min far tittade åt sidan på den ljuse. "Ivar har jobbat lite extra för att hålla vägen fri."

"Det är bra", sa den ljuse.

"Jaa..." sa Ivar. "Då kanske jag ska ge mig iväg igen." Han drog på sig mössan och backade ut. Jag visste att han hade sett mig. Men jag visste inte om han hade sett uttrycket jag hade i ansiktet.

När Ivar stod ute på trappan sköt den ljuse honom i magen och jag såg uttrycket av förvåning i hans ansikte innan han slungades bakåt. Den ljuse sköt igen och knuffade sedan ut min far på trappan och jag hörde ännu ett skott och jag började skaka okontrollerat och det kändes som om mössmannen bakom mig också darrade, med sin pistol i handen. Jag trodde att han skulle skjuta mig också.

Jag förstod vad som skulle hända nu. Hur det skulle sluta.

De kom tillbaka in i köket. Min fars ansikte var vitt som snön utanför, vitare. Det var som om han gnuggat det i snö och snön stannat kvar.

"Vad i helvete", sa mössmannen.

"Jag litade inte på honom", sa den ljuse.

"Nån kunde ju höra skotten, för fan."

"Tåget gick förbi just då. Och det är långt till nästa hus."

"Ligger han därute?"

"I traktorn."

"I traktorn?"

"Ja. Vi får köra undan den sen."

"Okej."

"Hur blir det med käket?" sa den ljuse och tittade på min far. "Köttbullarna ser klara ut nu." Han tittade på den andre.

"Jock, du får lyfta upp skinkan och lägga den på ett fat."

"Ska den inte... grilleras eller vad det heter?"

"Det skiter vi i nu. Lyft upp skinkan bara."

Min far stod som huggen i is.

"Sätt dig, Wester."

Min far satte sig vid bordet.

"Då ska vi bara ha lite bestick", sa den ljuse.

Detta var män som inte hade känslor. Eller kanske hade de någonting därinne i huvudena som ingen kunde nå.

De kunde göra precis vad som helst.

Jag kände mobiltelefonen som låg i mina kalsonger, den skavde mot ballarna. Jag visste att den kunde vara en räddning för oss, eller ett försök till räddning.

"Jag måste gå på toaletten", sa jag. Jag hade inte vågat fråga förut. Nu var det nödvändigt, av flera anledningar.

"Kollade du fickorna på honom", sa den ljuse.

"Ja", sa mössmannen.

"Okej då."

På toaletten tog jag fram mobilen. Mössmannen stod utanför men sedan hörde jag hur han gick tillbaka ut i köket och jag gissade att han stod eller satt där och tittade på toadörren på andra sidan hallen. Han hade kontrollerat att det inte fanns något fönster på toan som jag skulle kunna smita ut genom.

Jag kissade och försökte tänka samtidigt. Efter två minuter spolade jag och satte på vattenkranen över handfatet och tryckte på on-knappen på mobiltelefonen. Det behövdes ingen pin-kod till den här modellen som var gammal. Jag hade lärt mig hur man skrev och skickade meddelanden. Jag skrev orden och skickade iväg dem och tryckte av mobilen och stängde av vattenkranen samtidigt. Kanske tyckte de att jag spolade i handfatet länge, men jag trodde inte att de hade hört ljudet av mobilen. Jag stod med den i handen. Jag vågade inte ta den med mig in igen. Jag lade den längst ner i papperskorgen som stod under tvättstället.

Mössmannen stod utanför dörren. Vi gick tillbaka in i köket. Den ljuse satt redan vid bordet och åt köttbullar och en ostsmörgås. Skinkan ångade på ett rostfritt fat. Den såg ut som ett avhugget huvud.

Min far satt vid bordet, med blicken ner mot golvet. Mössmannen satte sig och föste över köttbullar från stekpannan till en tallrik.

Nu kunde jag bara vänta, men det skulle inte dröja länge. Jag hoppades att vi var räddade, men visste inte hur det skulle ske. Jag tog två köttbullar. Snön hade slutat falla. Det var fortfarande natt, eller tidig morgon. Jag försökte äta men det gick inte. De började ställa frågor till min far igen. Den ljuse reste sig plötsligt och tryckte sitt vapen mot min fars huvud. Jag skrek och mitt skrik var så högt att det nästan överröstade ljudet av en bil som närmade sig uppe på höjden i väster, på vägen som Ivar gjort framkomlig minuterna innan han mördades.

Den ljuse ryckte till med huvudet, som ett djur. Mössmannen rusade till fel fönster.

"Det andra fönstret, idiot!"

Mössmannen rusade in i rummet där brasan kallnat och svartnat.

"En bil", skrek han och vände sig mot oss.

"Personbil?" frågade den ljuse.

"Jag ser bara strålkastarna, för fan." Han tittade ut igen.
"Vad ska vi göra?"

"Ta det lugnt", sa den ljuse och vred vapnet mot dörren.

"Som du gjorde förra gången, va?"

"Käften, Jock."

Jag hörde bilen bromsa framför dörren, kanske glida i
snön. Den måste ha stannat bredvid traktorn. Ivar låg där...
varför i helvete hade bilen kört ända fram till dörren? För-
stod han inte vilka de var härinne? Hade han inte förstått
mitt meddelande på mobilen?

Någon ropade därute.

"Va fa..." sa den ljuse.

"Han ropar på dig, Steffe!" sa mössmannen.

"Jag hör."

"Det är ju Bolander", sa mössmannen.

"Han skulle ju vänta hemma", sa den ljuse. "Vad gör han
här?"

Det bultade på dörren. Jag kände ett häftigt och plötsligt
illamående, som en krälande orm i magen.

Jag hade skickat ett meddelande till honom som jag viss-
te var min fars vän. Mats Bolander hade varit den ende, vad
jag visste, som min far träffat sedan min mor dog. De hade
gjort en kort resa tillsammans, "för att tänka lite", som min
far hade sagt.

Jag hade inte fattat.

"Jag kommer in nu", hördes det utanför dörren. "Ta det
easy bara. Jag har nyheter." Det ryckte i dörren.

"Det är ju låst", sa mössmannen.

Den ljuse gick ut i hallen och vred om nyckeln som satt i dörren. Mats Bolander kom in, blinkande i ljuset efter mörkret därute.

Min far dolde huvudet i händerna. Han såg ut som om han visste att allt nu var över.

"Vad i helvete gör du här?" sa den ljuse.

"Grabben skickade ett meddelande", sa Bolander och pekade på mig.

"Va?"

"Grabben har en mobiltelefon och han skickade ett meddelande till mig", sa Bolander och höll upp sin mobil, som ett bevis på vad han just sagt.

"Till dig? Ett meddelande?"

"Just det, idiot. Till mig. Det var ju tur för er, eller hur?" Han ställde sig framför den ljuse, nära ansiktet. De var lika långa. "Vad håller ni på med här? Det ligger en kille i traktorn därute. Och här sitter Wester och grabben och käkar", sa han och tittade in mot köket. Min far satt fortfarande med huvudet dolt i händerna. "Varför har ni inte skjutit dom? Har du inte fattat att killen därute är död? Det finns ingen tid nu."

"Va... vad säger du?"

"Skjut dom."

"Vi har ju inte fått veta nåt... än."

"Det är ju bara att leta genom stugan. Pengarna måste ju finnas här nånstans."

"Vi har letat."

"Inte tillräckligt. Skjut dom för helvete", sa Bolander och grep efter den ljuses vapen men den ljuse ville inte släppa och sa "jag gör det själv i så fall", och jag blundade så hårt att det blev illrött inne i huvudet och jag hoppades och hoppades och hoppades och precis då, när jag hörde två tunga steg komma in från hallen och det röda i mitt huvud blev nästan svart, precis då hördes ett muller som från rymden som blev starkare och starkare och rotorbladen klöv luften som vrålande ishackor och det lät som om helikoptern höll på att landa på stugans tak, som en släde från Nordpolen, och det betydde att mitt andra meddelande hade kommit fram och jag öppnade ögonen när den snälla högtalarrösten däruppe började skrälla över onda och goda.

Hemma

Snön började falla när han var halvvägs hemma. Motorvägen från flygplatsen verkade övergiven. Taxichauffören slog på vindrutetorkarna. Allt var svart och vitt. Det kom musik från radion: julsånger. Det hängde en tomte i backspegeln. Den rörde sig i takt till vindrutetorkarna, som till musiken. Så göra vi när vi tvätta våra händer. Han tittade på sina händer som lyste vita och svarta. Han höll upp den ena. Han visste att den var mer brun än vit. Han såg chaufförens blick i backspegeln.

"Det var tjugosju grader när vi lyfte", sa han.

"Oj", sa chauffören.

"Tjugosju", upprepade han och såg det vita och svarta landskapet vrida sig förbi utanför, som en skugga.

"Var har du varit?" frågade chauffören.

"Kanarieholmarna."

"Oj."

"Kanonväder en hel vecka. Inte ett moln."

"Oj."

"Rätt tid att vara iväg", sa han och gjorde en rörelse ut mot mörker och kyla.

"Ja fy fan", sa chauffören.

Mannen i baksätet tog fram sin mobiltelefon igen och slog samma nummer och väntade igen på ett svar som inte kom. Han hade ringt det första han gjort när han satte sig i taxin. Då hade han sagt, som för sig själv, men tillräckligt högt för att chauffören skulle kunna höra det: "Varför svarar hon inte?"

Bilen dubbelparkerade framför porten. Det fortsatte att snöa, tätt. Han lämnade över sitt Mastercard och skrev på kvittot.

"God jul i förskott", sa chauffören när han hade lyft ut resväskan och stängt bagageluckan.

"Ska du jobba hela natten?" frågade mannen.

"Ja fan", sa chauffören.

"Ja, god jul själv då."

"Tackar för det", sa chauffören och körde iväg.

God jul, tänkte mannen för sig själv. I kväll är det en vecka till julaftonskväll och det finns bara snälla barn den här tiden på året. Han såg på klockan, den var halv nio. Han såg upp mot husets sjuvåningsfasad. Det brann i de flesta fönster, ett brandgult ljus som var julens eget. Han såg sig om utmed gatan. Taxin var borta, ingenting rörde sig nu. Det fanns inga människor ute. Alla var innanför de brinnande fönstren.

Han tänkte på henne igen, men ringde inte från mobilen den här gången.

Han tryckte på dörrklockan och öppnade samtidigt med nyckeln. Han ropade:

"Susanne! Jag är hemma. Hallå? Hallå?"

Hans röst ekade ut i trapphuset. Han såg sig om innan han stängde dörren efter sig.

Han stod i hallen. Han satte ner resväskan. Han tände i taket och blinkade till av ljuset. Han drog av sig rocken och hängde den på en galge. Han sparkade av sig skorna utan att först knyta upp dem. Han gick genom hallen till köket. Det stod en tallrik och ett glas på bordet. De var båda tomma, rena. Där fanns inga bestick. Diskbänken var tom, ren. På köksbänken, som var byggd i vinkel mot diskbänken, låg en påse med någonting i. Han gick dit och såg att det var potatis. Bredvid låg en skärbräda. På skärbrädan låg en potatisskalare.

Det var mycket tyst överallt, så tyst att han hörde surret från kylskåpets kompressor som en dov andning. Han ropade, högt: Susanne? SUSANNE?

Han gick tillbaka ut i hallen och såg nu telefonsvararens röda blinkningar. Han gick bort till hallbordet och tryckte på svarsknappen och lyssnade på sig själv:

"Hej, det är bara jag. Det är dan före dan, hemresedan alltså, och solen verkar aldrig gå ner. Men nu är den i alla fall röd. Önskar att du var här. Ehhh... du kan väl ringa om det inte blir för sent."

Meddelande två:

"Hej igen... ja nu är det alltså *dan*. Klockan är... halv nio och jag är på väg ut till flygplatsen... ring om du kan. Antar att det blev ett extrapass i går natt. Jag slår en signal när jag vet när planet går. Om det blir nån försening."

Meddelande tre:

"Hej igen, vi är på väg att borda nu. Verkar inte vara några förseningar. Jag ringer när vi landar."

Meddelande fyra:

"Varför svarar hon inte?"

Hans egen timsgamla röst från taxins baksäte.

Han vände sig från telefonsvararen och gick tvärs över hallen och in i sovrummet.

Hon låg under täcket.

Han gick runt sängen och det var omöjligt att undvika hennes ögon som stirrade rakt in i evigheten.

Kriminalkommissarie Erik Winter följde hennes blick mot ingenstans och ingenting. Han satt på huk, nära kvinnans ansikte.

Han hade sett många strypta människor och han kände igen dem när han såg dem. Han visste att Pia E:son Fröberg, rättsobducenten, skulle bekräfta dödsorsaken senare, i ett undersökningsrum som skulle vara mer upplyst än detta sovrum som nästan kändes... fridfullt här och nu, minuterna innan tekniker och läkare och spanare fyllde det.

Men just nu var han ensam härinne, det var hans uttryckliga order.

Det var ännu före midnatt. Han hade kört hit genom ett mjukt snöfall minuterna efter larmet. Angela hade inte sagt något om att han reste ut i natten. Hon var läkare, hon visste vad jour var, bakjour. Människor kunde bli allvarligt sjuka också strax före jul.

De kunde till och med bli mördade, tänkte han när han betraktade kvinnans ansikte, och hennes gestalt under täcket.

Han hörde en rörelse bakom sig och vände sig om. Kommissarie Bertil Ringmar stod i dörren.

"Ska vi köra hennes man till Skånegatan eller vill du höra

honom här direkt?" frågade Ringmar.

"Mitt rum", sa Winter.

Hans rum: skrivbordsstol, besöksstol, skrivbord, arkivskåp, tvättställ, cd-spelare på golvet nedanför fönstret. Den var tyst, ingen bjällerklang, ingen räv som raskade över isen.

Ingen stilla natt.

Winter strök sig över ansiktet och såg på mannen som satt mitt emot honom. Han hette Anders Balker. Han var solbränd men blek under solbrännan, vilket gjorde hans ansikte egendomligt genomskinligt. Hans frus namn var Susanne Balker.

"Herregud", sa Anders Balker för tredje eller fjärde gången.

"När pratade du med henne sista gången?" frågade Winter.

"Ehhh... ja, det var väl i torsdags..." sa Balker.

Winter tittade ner i almanackan som låg uppslagen på skrivbordet.

"Två dar innan du åkte hem?"

"Ehh... ja..."

"Två dar innan", upprepade Winter.

"Ja... jag försökte ringa sen med", sa Balker, "ee... efter det." Han rörde sig på stolen. "Jag lämnade meddelanden."

"Vi har hört bandet", sa Winter.

"Ja..." sa Balker.

"Blev du inte orolig när hon inte svarade?"

"Ehh... jovisst. Jag... ringde ju."

"Fanns det ingen annan du kunde kontakta?"

Mannen svarade inte. Han såg ner på skrivbordet, som om han studerade Winters almanacka.

"Fanns det ingen att ringa?" upprepade Winter.

"Nej." Balker tittade upp. "Jag har... ingen."

"Har det varit så här förut?" frågade Winter.

"Hur då?"

"Att din fru... Susanne... inte hört av sig när du försökt kontakta henne."

"Nej", svarade Balker, "det har aldrig varit aktuellt."

"Vilket?"

"Att... jag åkt iväg ensam. Så lång tid."

"Varför nu?" frågade Winter.

Balker svarade inte. Winter var inte säker på att mannen förstod. Kanske skulle det inte gå att prata så många minuter till med denne äkta man som påträffat sin hustru mördad i det egna hemmet. Kanske skulle han bryta samman, kasta sig över skrivbordet, över Winter, över den förbannade almanackan som upphört att vara meningsfull för Susanne Balker.

Jag skulle göra det, tänkte Winter. Om det hände mig. Fullständigt förlora mig. Jag skulle vara en levande död om det hände mig.

Jag måste tänka på det när jag sitter här och ställer mina frågor. Men de måste ju ställas.

"Varför åkte du på semester ensam veckan före jul?" frågade han igen.

"Det var inte semester", svarade Balker.

"Vad var det då?"

Balker svarade inte.

"Vad var det för resa?" upprepade Winter.

"Jag... dricker", sa Balker. Han tittade på Winter nu. "Jag är vad man kallar... periodare." Han tittade ner på sina händer. "Ibland... behöver jag åka iväg." Han tittade upp. "Det var så den här gången."

"Du behövde åka bort en vecka för att dricka", sa Winter. "Är det rätt uppfattat?"

"Ja."

"När fattade du det beslutet?"

"Det... det är inte ett beslut man fattar", svarade Balker. "Det bara kommer. Plötsligt bara måste man. Man måste bara iväg."

"Men du känner väl när behovet är på väg?" fortsatte Winter. "Du måste väl kunna planera på nåt sätt."

"Jaaa", sa Balker, "ibland."

"Så varför åka just veckan före jul?"

Balker svarade inte.

"Var det för att resorna är som billigast då?" sa Winter.

Han visste. Efter alla gånger hans mor, bofast på Costa del Sol, talat om när det var mest fördelaktigt att resa. Billigast. Som om hon behövde tänka på det.

"Är dom det?" sa Balker.

Winter satt i rummet, i mörker. John Coltrane blåste Like Someone in Love genom natten. Han hade ringt Angela och önskat en god natt, en stilla natt. Vi tar brännvinsglöggen till frukost, hade han sagt. De skulle just värma den när telefonen hade ringt i natten, jourtelefonen. Frukost? hade Angela sagt. Det är väl snarare middagstid när du kommer.

Middag. Skulle han vara hemma då?

Balker var inte hemma hos sig. De hade bokat in honom på Savoy eftersom de inte kunde boka in honom på häktet, Skånegatan Hilton. Det fanns ingenting att begära honom häktad för. Han hade inte varit i landet när hustrun hade mött döden. Pia E:son Fröberg hade ringt Winter strax efter det att Balker vandrat ut i ensamheten. I går, hade Pia sagt. Susanne Balker ströps under torsdagskvällen, sent, eller kanske under natten till fredagen, alltså natten till dagen Balker kom hem. Men allt skedde efter klockan sex på torsdagskvällen.

Så mycket visste han själv. Susanne hade lämnat sitt arbete som undersköterska på Sahlgrenska klockan halv sex på torsdagen och uppenbarligen hade hon kommit hem.

Enligt hennes man hade han ringt henne från mobiltelefonen, från Puerto Rico, Gran Canaria, klockan sex på kvällen.

Hon hade inte svarat, inte på det första meddelandet och inte på de följande. De skulle kontrollera samtalen. De skulle kontrollera att han verkligen varit *där*, i Puerto Rico. Men Winter trodde inte att han haft en så öppenhjärtig lögnare framför sig denna stillhetens kväll. I så fall måste mannen vara galen.

Winter visste att majoriteten av alla våldsbrott begicks av familjemedlemmar. De nära och kära. Han hade ibland tänkt att enda sättet att skydda liv och lem, att riktigt vara säker på det, var att leva som eremit i en grotta på hemlig ort. Så långt från anhöriga som möjligt. Det var ingen trevlig tanke.

*

"Hur kom han in?" sa kriminalinspektör Fredrik Halders. "Mördaren? Stryparen? Han bröt sig inte in i alla fall, det är en sak som är säker."

Det var morgon. När juldagsmorgon snart glimmar, hade Winter tänkt när han gått över Heden och sett de första solstrålarna över den nyfallna snön. Det var en glimrande morgon.

Det luktade kaffe i sammanträdesrummet. Winter visste att han luktade sprit, men inte länge till. Han hade hållit sitt löfte och druckit brännvinsglögg till frukost, men bara två centiliter.

"Han hade nyckel", sa Winter. "Eller så släppte hon in honom."

"Hur vet vi att det är en han?" sa kriminalinspektör Aneta Djanali och såg sig om.

"Du driver jämställdhetsfrågan till nya höjder", sa Halders.

"Det finns faktiskt kvinnliga mördare", sa Aneta Djanali.

"Ingenting får vi ha för oss själva", sa Halders.

"Vad säger Pia om skadorna?" sa Aneta Djanali och tittade på Winter.

"Hon mördades brutalt, med stor kraft", sa Winter.

"Alltså av en man", sa Aneta Djanali.

"Vi tror det", sa Winter.

"Det är ju självklart", sa Halders.

"Det finns inget här som är självklart", sa Winter.

"Du luktar sprit", sa Halders.

"Du luktar armsvett", sa Winter.

"I brist på brännvin", sa Halders.

"Glögg" , sa Winter, "brännvinsglögg."

"Kan man få receptet?" frågade Halders.

"Om du skaffar deodorant."

Bertil Ringmar harklade sig där han stod vid skrivtavlan. Halders och Winter vände sig mot honom.

"Vi får alltså undersöka hennes... Susanne Balkers... privatliv", sa Ringmar.

"Inte bara privatlivet", sa Aneta Djanali. "Mordet kan ju hänga ihop med nåt på hennes arbete också. Eller nån."

Ringmar nickade.

"Det kan hänga ihop med honom också", sa Halders. "Anders Balker."

"Hur menar du?" sa Winter.

"Tja... han kanske är indirekt inblandad... nån kanske var ute efter honom och dök upp och han var inte där så frun fick ta hela smällen."

Ingen svarade.

"Det är bara en tanke", sa Halders.

"Dagens första?" frågade Aneta Djanali.

"Men inte den sista!" sa Halders och log.

Ringmar harklade sig igen.

"Ni hörde vad Bertil sa förut", sa Winter. "Vi får titta på deras... liv. Hans och hennes. Fram till nu. Arbetskamrater. Vänner. Bekanta. Bekantas bekanta."

"Bekantas bekantas bekanta", sa Halders.

Det skulle snart visa sig att Halders hade haft rätt. De skulle få söka långt och länge efter sådana som Anders och

Susanne Balker haft kontakt med. De hittade inga vänner, åtminstone inte först. Och begreppet "vänner" var en definitionsfråga. Balkers hade varit ett ensamt par.

De skulle knacka dörr och prata med alla som bodde i det stora huset men ingen skulle känna dem, eller knappt ens känna till dem. Hade de ens haft varandra? skulle Winter tänka de närmaste dagarna. Under den tiden skulle han också göra andra upptäckter om människors mörka förhållande till varandra.

Tidigt på eftermiddagen kom Aneta Djanali in till Winter som stod vid handfatet och tvättade händerna i hett vatten.

"Jag frös", sa han.

"Jag pratade med platschefen på Spies i Puerto Rico", sa Aneta Djanali.

"Där är det väl varmt", sa Winter.

"Tjugosju grader", svarade Aneta Djanali.

"Vad sa han?"

"Hon."

Winter log och tänkte på Halders och Anetas munhuggning under mötet i morse.

"Vad sa hon?" frågade han.

"Jag frågade ju om Balker... hur full han hade varit och så. Om han suttit på rummet hela tiden och supit eller raglat omkring runt swimmingpoolen.

"Ja?"

"Ingenting", sa Aneta Djanali.

"Förlåt?"

"Hon hade aldrig sett en nyktrare turist, sa hon."

*

Erik Winter och Aneta Djanali avslutade arbetsdagen med en kopp kaffe på hans rum. De satt mitt emot varandra vid skrivbordet. Undersökningsmaterialet låg utspritt på bordsskivan. Plötsligt ryckte hon till och höll på att spilla ut kaffet. Winter såg hur hon drog till sig ett av fotografierna av den döda Susanne Balker.

Under sammanträdet tidigare hade de diskuterat det faktum att Aneta bodde i samma kvarter som familjen Balker, faktiskt bara två portar därifrån. Mindre än femtio meter.

Nu höll hon fotografiet i handen, som om hon sett det för första gången.

"Jag känner faktiskt igen henne", sa hon och tittade upp på Winter. "Jag såg henne med en man." Hon tittade ner på kvinnans bleka ansikte igen. "Och det var inte hennes make."

När Aneta Djanali kom hem samma kväll upptäckte hon att hon hade glömt att släcka ljuset i badrummet när hon gått på morgonen. Det lyste som ett ljusknippe genom hallen. Det känns välkomnande med en stråle ljus när man kommer hem, tänkte hon. Jag får glömma att släcka nästa gång också. Om jag nu kommer ihåg det.

Hon gick ut i köket och hällde vatten i vattenkokaren och tryckte på knappen och lade en tekula i en kopp och hällde i mjölk och fyllde på med vattnet när det kokat. Hon tog med sig koppen in i det större rummet på andra sidan hallen och satte sig i fåtöljen och lade upp fötterna på pallen och sa "aahhhhh" och drack försiktigt en klunk och försökte tänka på ingenting i några minuter men misslyckades. Hon tänkte: Ska jag fira jul med Fredrik och hans barn? Ska jag sitta här ensam? Ska jag hitta en flight till Afrika och sitta i pappas hus och berätta om sånt som han helst vill glömma för att kunna stå ut i vinden och den eviga hettan?

Aneta Djanali var född på Östra sjukhuset i Göteborg av föräldrar från Burkina Faso, dåvarande Övre Volta. När hon blev vuxen bestämde sig hennes föräldrar för att återvända till huvudstaden Ouagadougou, för Aneta var det självklart att stanna kvar i det land hon fötts i, men hon förstod varför föräldrarna ville återvända till det land de fötts i, innan det blev för sent.

Hennes mor hade kommit tillbaka i tid, men bara med två månaders marginal. Hon begrovs i den hårda och utbrända jorden i stadens norra utkanter. Hennes far grubblade länge på om resan orsakat dödsfallet, kanske indirekt. Aneta höll honom sällskap i huvudstaden så länge han önskade det. Hon gick med stora ögon genom gator där hon kunde ha levt i hela sitt liv i stället för att vandra på som en främling. Hon såg ut som alla andra där, hon kunde kommunicera på franska med dem om hon ville – åtminstone med dem som gått i skola – och hon gjorde det ibland. Och hon kunde fortsätta att gå, utan att väcka uppmärksamhet, ända ut till stadsgränsen och ut i öknen som började omedelbart, ja, som till och med gjorde intrång i staden, ibland anföll den med sin vassa vind. Hon hade känt den när hon satt i sin fars hus, den vita hyddan.

Nu hörde hon vinden, den svenska. Rundare och mjukare – och kallare.

Aneta Djanali reste sig och bar ut koppen i köket.

Hon tänkte på Fredrik igen.

För ett år sedan hade han förlorat sin ex-hustru när hon blev påkörd och dödad av en rattfyllerist. Hon är inte ens kvar som ett ex, hade Halders sagt en tid efteråt.

De hade börjat träffas, hon och Fredrik. Hon hade lärt känna hans barn, mer och mer. Hannes och Magda. De hade börjat acceptera hennes närvaro i deras hem.

Hon tyckte om Fredrik, hans person. Deras jargong hade utvecklats till något annat.

Telefonen ringde.

"Ja?"

Det var Fredrik.

"Vad gör du?"

"Inget", svarade hon. Vad skulle hon ha sagt? Jag tänker på dig, Fredrik... och kanske var det precis det hon skulle ha sagt.

"Du har inte sett nån smyga runt utanför Balkers dörr?"

"Då får jag skaffa en kikare. Eller ett periskop."

"Gör inget dumt", sa Halders.

"Vad menar du?" svarade hon. Och den uppmaningen kommer från nån som givit de korkade handlingarna ett ansikte, tänkte hon.

"Smyg inte runt utanför Balkers dörr."

Hon skrattade till.

"Jag är allvarlig", sa Halders.

"Tycker du jag behöver beskydd?"

Halders svarade inte.

"Fredrik?"

"Jag vet inte", sa han.

"Är du verkligen allvarlig?"

"Han – om det är *han* – kanske i detta nu tänker på att han mött dig några gånger. Det kanske kommer tillbaka till honom."

"Nu börjar du skrämma upp mig, Fredrik."

"Jag tycker bara du ska vara försiktig."

"Jag är försiktig. Jag är alltid försiktig. Jag är spanare, eller hur? Och varför skulle han komma ihåg just mig? Det var ju bara ett möte med en främling, vilken som helst."

När hon sa det tänkte hon på den främling hon varit i Afrika. En främling, och ändå inte.

"Du ser inte ut som vem som helst", sa Halders.

"Kom igen, Fredrik. Det har funnits svarta människor i det här landet ett bra tag nu. Till och med såna som pratar göteborgska."

Halders skrattade till.

"Okej, okej."

Han var tyst ett ögonblick. Hon kunde höra hissdörren öppnas och stängas ute i trapphuset. Hon tyckte hon hörde steg.

"Kommer du hit... på julafton?" fortsatte Halders.

"Jag tror det, Fredrik."

"Vi får nog bestämma rätt snart. Magda och Hannes, du vet..."

"Okej, Fredrik. Säg till dom att jag kommer."

Hon såg hans leende framför sig, hörde det i hans avskedshälsning.

Hon stod kvar med telefonluren i handen när hon hörde

stegen igen ute i trapphuset som var byggt i tegel och som fylldes av en ödslig klang när någon gick där. Det här lät som någon med stålklädda skor. Nu upphörde stegen.

Hennes dörrklocka ringde, bing baang biing.

Hon tittade på armbandsklockan, en reflex, och tänkte på samtalet med Fredrik nyss. Dörrsignalen ekade fortfarande i lägenheten, ett tunt ljud, som en vind. Hon gick snabbt ut ur rummet och genom hallen och tittade genom dörrens säkerhetsöga. Där fanns ingenting.

Hon öppnade dörren med säkerhetskedjan på. Ingen utanför. Samtidigt hörde hon hissen dra igång långt bort till höger.

Hon hade inte hört någon gå därifrån.

Aneta Djanali öppnade dörren. Hon såg ingen men hörde fortfarande hissen och hoppade i första bästa tofflor och sprang bort till hissen och såg pilen som visade att den var på väg neråt och hon rusade nedför de fem dubbeltrapporna och nådde entrén och såg porten som sakta höll på att glida igen.

Hon stod därute. Inget rörde sig, ingen gestalt på väg därifrån. Det fanns gathörn överallt, hus som svarta kulisser som någon kunde försvinna bakom på några sekunder.

Herregud, tänkte hon.

Här står jag i badtofflor och mysbyxor.

Jag skulle aldrig ha lyssnat på Fredrik.

Det var nån som gick fel.

Hon intalade sig det hela vägen tillbaka till lägenhetsdörren som glidit igen och låst henne ute.

Vad håller jag på med? Jag kände mig som en idiot nyss och det här är beviset på att jag är en. Vad nu? Låssmeden?

Den alltid försvunne fastighetsskötaren? Eller jag själv? Men då krävs det ett verktyg, och jag har bara badtofflorna.

Det fanns bara en sak att göra. Hon tryckte på ringsignalen hos grannarna – bing baang boong – som var ett äldre par som nyss flyttat in och som lät henne låna telefonen.

Fredrik var där på tjugo minuter och bröt sig in i hennes lägenhet hur elegant som helst. Det fanns inget ställe där Fredrik inte kunde bryta sig in.

Snön låg kvar tack vare kylan som sänkt sig över alla snälla barn och alla andra under natten. Winter hade sett andedräkten som en rökpelare framför sig när han gått över Heden till polishuset. Kanske det *var* en rökpelare. Han rökte ju faktiskt. Den första cigarillen för dagen, som han alltid tände precis här när han hade sju minuter kvar att promenera.

"Vi sätter ständig bevakning på huset", sa han när de samlats i det vanliga rummet.

"Jag trodde vi redan hade det", sa Lars Bergenhem, gruppens yngste kriminalinspektör.

"My mistake", sa Winter.

"Det behöver faktiskt inte vara nåt", sa Aneta. "Bara nån som gick fel."

"Tror du på det?" frågade Winter.

"Jag *vill* helst tro på det", svarade hon.

Winter nickade.

"Alternativet är liksom inte så trevligt", fortsatte hon.

Winter nickade igen. Ingen sa något. Sedan sa Aneta:

"Eftersom ingen säger nåt, av taktkänsla antar jag, så får jag väl själv säga vad som är alternativet: det är att nån är efter mig. Kanske för att skrämmas, kanske för nåt annat. Kanske bara som en första varning som inte blir nåt mer."

"Men varför?" sa Bergenhem. "Det är väl bättre att hålla sig undan?"

"För vem är det bättre att hålla sig undan?" sa Ringmar.

"Mördaren förstås", sa Bergenhem.

"Det finns ett alternativ där med", sa Winter.

"Förlåt?" sa Bergenhem.

"Mannen. Anders Balker. Han ringde på hos Aneta och försvann. Han kan huset. Han kunde inte sticka hem, förstås, men han visste hur han snabbt kunde komma därifrån."

"Men varför?" upprepade Bergenhem.

"Det är, som alltid, den bästa frågan", sa Winter.

Anders Balker bodde kvar på Savoy medan hans lägenhet var förseglad. Winter ringde och bjöd över honom till polishuset. Det var så Winter ville se det. Bjöd över.

Balker satt med armarna i kors. Han verkade inte lida av delirium tremens direkt, eller ens svår törst. Winter såg hans mobiltelefon sticka upp ur bröstfickan. De hade via slavsändare kontrollerat Balkers samtal till och från den där mobilen och alla – alla fyra – hade gått hem till Susanne. Hon hade inte ringt upp honom.

"Varför sa du att du åkte till Puerto Rico för att supa?" frågade Winter.

"Va?"

"Du sa att du är periodare och åkte till Gran Canaria för att dricka men det är inte sant, eller hur?"

"Ehh... jjo... jovisst är det sant."

"Berätta om veckan."

"Vadå... det är inget att berätta. Det är som... vanligt. Tre whisky på planet och sen är det in i dimman veckan lång."

"Har det hänt fler gånger."

"Vadå?"

"Att du åkt utomlands under perioderna."

"Ehh... en gång."

"Vart åkte du då?"

"Samma ställe. Gran Canaria. Playa Inglés den gången." Han fingrade på sin mobil. "Men vad är det..."

"När du var i Puerto Rico, satt du på rummet och drack?"

"Ja... mest. Gick bara ut för lite mat nångång... men nästan ald..."

"Jag har vittnen som sett dig regelbundet under veckan därnere och du var lika nykter som jag är nu, och jag kan lova dig att jag är helt nykter."

"Va i helv..." sa Balker, "det där är ju helt fel... inte klokt..."

"Vad är det som är helt fel?"

"Det går ju inte att avgöra om nån är helt nykter eller inte. Speciellt inte om det handlar om en alkoholist."

Det var precis vad Winter hade frågat den kvinnliga platschefen på Hotel Altamar i Puerto Rico. Skojar du? hade hon sagt. Är det nånting man blir världsbäst på i det här jobbet så är det att bedöma folks spritvanor. Även om han var en sån som kan uppträda på slak lina med tre komma fjorton promille i blodet så har jag lärt mig se vem som har tagit ett glas och inte.

Winter tittade på Balker. Det fanns svett i hans panna nu.

"Så varför ljuga om det här?" frågade Winter.

"Jag har för jesse namn inte ljugit!" sa Balker.

"På ditt jobb är det ingen som märkt att du har alkohol-problem", sa Winter.

"Så ni har varit där och snokat. Tack så väldigt mycket."

"Ingen som märkt nåt", upprepade Winter.

"Det är väl det som är poängen", svarade Balker. "Att ingen ska märka nåt. Det är precis det det går ut på."

På kvällen lackade Winter paket tillsammans med Elsa. Han höll sin hand över hennes hand för att skydda den från droppande lack. Hon tryckte hårt och ropade till av glädje när sigillet fäste som det skulle.

Angela kom in med tre koppar glögg, två av dem fyllda med ett antal promille.

"Egentligen hade jag väl tänkt att brännvinsglöggen skulle räcka över julafton", sa hon.

"Vi gör ny", sa Winter.

"Håller du på att bli alkoholist, Erik?"

Han log och höjde sin kopp och blåste i den och skålade med Elsa som höjde sin.

Senare, när Elsa sov:

"I dag förhörde jag mannen till den mördade kvinnan, du vet. Han gör allt för att övertyga oss om att han är alko-holist."

"Mhm", svarade Angela.

"Är inte det en smula egendomligt? Det motsatta är ju

det naturliga. Alkoholisten vägrar erkänna missbruket. Här har vi en nykter som vägrar erkänna nykterheten."

"Betyder det nåt då? Spelar det nån roll om han var full eller nykter nere på Kanarieöarna?"

"Ja. Det hänger ihop. Den enda anledningen till att han åkte dit var för att dricka. Men om han inte drack där, om han faktiskt inte drack alls, varför då åka dit ensam?"

Solen var starkare än på månader redan tidigt på förmiddagen, som om den rest norrut från Kanarieöarna över natten. Det var dan före dan före dan. Winter hade andats in den klara luften när han gick utmed Vasagatan. Det var innan han tände cigarillen och förstörde allt.

Tidigt på förmiddagen. Bergenhem kom med nyheten.

"Vi hittade det i bankfacket."

Han lade papperen på Winters skrivbord.

Winter läste och visslade till.

"Så gjorde jag med förut", sa Bergenhem.

"Då har vi ett möjligt motiv för Balker", sa Winter.

"Vi har tyvärr också ett vattentätt alibi för honom", sa Bergenhem.

Alibi. Ordets betydelse var "bevis för vistelse på annan ort än brottsplatsen" och Winter tyckte inte om vare sig ordet eller dess betydelse. Alibin komplicerade förundersökningar. Så enkelt allt hade varit om ingen haft alibi.

Winter läste igenom testamentet en gång till. Susanne Balker hade varit en rik kvinna. Hon hade ärvt miljonerna efter sina föräldrar och nu gick pengarna i arv till mannen. Han var den ende arvingen.

"Skaplig julklapp", sa Bergenhem när Winter tittade upp.

"Du talar om en man som befinner sig i sorg", sa Winter.

"Och chock", sa Bergenhem.

"Så stor att han glömde berätta för oss vad som väntar honom nu när hans hustru är avliden."

"Eller så visste han inte", sa Bergenhem.

"Vi får väl fråga honom", sa Winter.

Anders Balker gjorde en god imitation av ett levande frågetecken.

"Jag lovar och svär att jag inte visste", sa han.

Svär på vad? tänkte Winter. Din mördade hustrus minne?

"Är det inte egendomligt att hon inte sa nåt?" frågade han.

Balker svarade inte.

"Kanske skulle det vara en överraskning?" frågade Bergenhem som satt bredvid Winter. Det var en grovt provocerande fråga, men Balker verkade inte reagera. Överraskning när? Att öppnas efter min död...

Balker var tyst men sedan sa han "Herregud" och såg verkligen ut som en man som befann sig i både sorg och chock. Han tittade upp på Winter och såg ut som om han tänkte säga något mer, men det kom ingenting. Winter väntade men Balker reste sig och gick och de kunde inte hindra honom.

Några timmar senare talade de med testamentsexekutorn, advokaten Morgan Schmidt, och han bekräftade att testamentet upprättats utom kännedom för Anders Balker. Det hade skett för tre månader sedan. Varför ändrade hon testamentet? frågade Winter. Tidigare hade pengarna varit fonderade på olika håll, för olika syften. Det hade faktiskt inte funnits något testamente i riktig mening. Varför ville Susanne Balker ha ett nu? Jag vet inte, hade advokaten svarat. Men ett testamente är alltid en bra idé. Åtminstone för Anders Balker, hade Winter tänkt.

"Rådde ni henne till det?" hade han frågat.

"Naturligtvis inte."

Hon hade pengar men arbetade som undersköterska, hade Winter tänkt.

De kunde inte fråga henne själv. Hennes man kunde inte svara på det. Winter trodde att han förstått, till slut: hon hade varit en ensam människa och på arbetsplatsen fanns en gemenskap hon inte funnit någon annanstans.

Aneta Djanali och Winter satt i kaféet på fjärde våningen och solen var på väg att gå ner. Winter fick skydda ögonen från det snedställda skenet när han tittade på Aneta. Kaféet var en kaffeautomat och tre bord och nio stolar. Halders hade döpt det till Kafé Alibi: Söker ni mig så finns jag alltid där, tra la la la.

"Har du varit på Kanarieöarna nån gång?" frågade Winter.

"Nej." Hon rörde i koppen och log. "Geografiskt sett tillhör det väl Afrika men... nej, jag har aldrig haft nöjet." Hon tittade på Winters ansikte som fortfarande var i halvskugga under hans hand. "Du då?"

"Nej. För mig är det Costa del Sol som gäller."

Winters mor bodde i Nueva Andalucía, strax väster om Marbella. Efter att tidigare aldrig ha varit där reste Winter nu dit med familjen så ofta att det förvånade honom själv. Kanske det handlade om ålder, både hans och hans mors. Eller försoning. Eller helt enkelt längtan efter ett varmare väder än ishavsklimatet häruppe i norra utkanten av världen.

"Men han åker alltså dit..." sa Aneta Djanali.

"Under tiden mördas hans hustru i Göteborg", sa Winter.

"Av någon som hon kanske släppte in", sa Aneta Djanali.

"Eller som har nyckel."

"Eller som bröt sig in lika elegant som Fredrik brukar göra", sa Aneta Djanali och log.

"Nej", sa Winter, "vi hade sett märkena, oavsett hur elegant det var."

"Alltså en bekant."

"Kanske mer än så", sa Winter.

"En... älskare? Hade hon en affär?"

"Det är möjligt." Han tog bort handen från pannan. Axeln hade stelnat under tiden, nästan fixerats i läget. Åldern. "Allt är möjligt." Han böjde sig fram mot Aneta. "Du har ju sett henne tillsammans med en man. Vad såg det ut som?"

"Jag kan inte svara på det", sa hon. "Jag har ju försökt... rekapitulera." Hon skrattade till. "Där ser man. Själv sitter man och irriterar sig ibland på vittnen som inte varit tillräckligt uppmärksamma och sen är man precis likadan själv."

"Jag tror inte jag själv skulle vara till bättre hjälp", sa Winter. "Du har alltså mött två främlingar och det sker ibland hundra gånger om dan och det är först efteråt som man kommer ihåg att man mött den där personen förut. Som nu: att du mötte Susanne Balker tillsammans med en man. Jag tycker det är vackert så. Att du minns det."

"Tack, Erik", sa Aneta Djanali. "Men vi har ju försökt rekonstruera hans ansikte med hjälp av tecknaren här och jag kommer helt enkelt inte ihåg det. Jag blundar men jag kommer inte ihåg det."

"Skulle du känna igen honom om du såg honom igen?" frågade Winter.

"Ja", sa hon omedelbart och svaret förvånade henne själv. "Är inte det egendomligt?"

"Nej."

"Nehej." Hon tittade på honom igen. "Men det finns en sak som känns lite... otäck här..."

Winter väntade på att hon skulle fortsätta.

"*Han* vet ju inte att jag inte kommer ihåg hur han ser ut."

"Det finns ytterligare en sak", sa Winter. "Han kanske inte vet att du är polis."

Winter lackade paketen en gång till med Elsa. Och hon hade rätt: det var roligare ju mer man gjorde det. Angela kom med glöggkopparna.

"Nu är det definitivt slut", sa hon.

"Äntligen", sa Winter och skålade med Elsa. "Då får jag göra ny. Jag tänkte experimentera med att plocka bort en kryddnejlika och lägga till en centimeter kanelstång." Han såg ut att noga känna av smaken i gommen. "Kanske ett kryddmått socker till. Kanske två centiliter konjak till. Ett russin extra."

"Tur att ingen annan hör dig", sa Angela. "Man kan tro att du är en snobb."

"Noggrann", sa Winter. "Det handlar bara om noggrannhet."

Telefonen ringde. Angela gick ut i hallen. Elsa började rita med sina kritor. Angela kom tillbaka: "Det är Lars."

Winter gick ut till telefonen.

"Ja?"

"Vi har identifierat alla som gått in i och ut ur huset hittills", sa Bergenhem. Han stod utanför Anetas stora hyreshus i hundraårig sten. Hans kollega Sara Helander satt med kameran i en omärkt tjänstebil. Det var kallt. Bergenhem lovade sig själv att från och med i morgon bitti bära långkalsonger.

"Och?" sa Winter.

"Alla som gått in bor här eller kan verifiera besök hos bekanta som också kunnat bekräfta det."

"Har ni alla på film?"

"Ja."

"Aneta måste få se den direkt i morron."

"Javisst."

"Ha det bra i natt", sa Winter, och Bergenhem tackade honom men med lätt ironi.

När Winter kom tillbaka till julpysselbordet i vardagsrummet hade Elsa ritat färdigt. Hon hade inspirerats av telefonsignalen nyss. Hon höll upp sin teckning. Den föreställde en gubbe som stod i ett litet hus och höll en telefonlur i handen.

"Te-le-fån-kjåååsk", sa Elsa och log och Winter fick i den sekunden den uppenbarelse han väntat på ända sedan han stått i sovrummet och sett ner på den döda Susanne Balker. Jag har varit en idiot, tänkte han. Det är Elsa som borde vara Sveriges yngsta kriminalkommissarie. Inte jag.

Winter visste en sak. Susanne Balker hade ringt sin man på torsdagseftermiddagen, eller åtminstone sökt honom. Han visste det eftersom de kontrollerat ingående samtal till Altamar i Puerto Rico. De hade också kontrollerat alla utgående samtal de dagarna, speciellt från Anders Balkers rum och för säkerhets skull från alla andra rum och från barerna, och restaurangerna. Det var färre samtal än han hade trott. Antingen hade folk verkligen semester från allt, eller så ringde alla numera från mobiler. I vilket fall hade de bara spårat ett enda samtal till Susanne Balker, och det kom från hennes mans mobil.

Varför hade *hon* då sökt honom på torsdagens eftermiddag?

"Det var inget särskilt", hade han svarat när de frågat honom och han sa samma sak med andra ord när de pressade honom.

De visste att hon ganska plötsligt bytt arbetspass, inte arbetat kväll som det var tänkt. Var hon sjuk? Nej, hade hennes avdelningsföreståndare svarat. En annan undersköterska ville ta en kväll till inför julen och få en längre ledighet i mellandagarna – en resa hade dykt upp – och det hade varit okej för Susanne Balker att byta. Hon planerade ingen resa.

Och hon hade själv gjort ett liknande byte tidigare i veckan.

"Var det inte det hon berättade när hon ringde?" hade Winter frågat.

"Nej", hade Balker svarat.

När Winter såg Elsas tecknade telefonkiosk fick han idén som kanske var en uppenbarelse. Han ringde till Altamar och talade med resebyråns ställföreträdande platschef. Han ställde sina frågor.

Därefter ringde han de övriga nödvändiga samtalen. Han väntade otåligt på besked.

Aneta Djanali försökte lyssna på Nick Lowes senaste, "The Convincer", men den övertygade henne inte om att hon borde sitta stilla denna sena kväll och lyssna och njuta. Hon kände en oro i kroppen, den ville inte släppa. Hon såg en fantombild framför sig, ett ansikte som fanns men som blev otydligt när hon försökte fixera det. Hon visste att om hon kunde fixera det skulle de kanske kunna finna mördaren.

Hon reste sig, stängde av musiken, gick mellan rummen, satte sig i köket och bläddrade i dagens tidning, reste sig igen. Hon fyllde vattenkokaren men tryckte inte igång den. Hon gick in i sovrummet och klädde av sig och drog på sig morgonrocken och gick till badrummet och tappade upp ett hett bad.

Hon låg i badet och slöt ögonen. Hon kände att oron började släppa, ett mjukt skimmer genom kroppen. Hon försökte tänka på vackra saker, på sådant som gjorde det här livet värt att leva.

Det var tyst.

Hon hörde ett knäpp i ett lås. Först ett skrap. Som en ståltråd. Eller en sliten dyrk.

Hon hörde ytterdörren öppnas. Den hade ett gnisslande

ljud som hon länge tänkt göra något åt.

Hon hörde ett steg och ett till.

Samtidigt började telefonerna i lägenheten ringa, ringa, ringa.

Winter hade fått besked snabbare än han trott. Mycket snabbare. Kanske för att han hotat dem han talat med.

Han hade ringt Aneta Djanali men inte fått något svar. Han hade ringt Bergenhem.

"Har nån gått in nyligen?"

"Inte på en timme minst."

"Stick upp till Aneta!"

"Va?"

"Aneta! Stick hem till henne, du och Sara! Du vet väl var hon bor!?"

"Ja, det är ju port..."

"Stick då för helvete! Hon är i fara! Be Sara begära backup över radion! "

Winter ringde Halders, sedan Ringmar. Han sa ungefär samma sak, fick ungefär samma svar.

"Det är advokaten. Morgan Schmidt."

"Va?"

"Tidigt samma kväll som Susanne Balker blev mördad ringde Anders Balker ett samtal från Puerto Rico. Från en telefonkiosk utanför affären som hör till hotellet. Gissa vem han ringde till?"

"Schmidt."

"Rätt."

"Varför?"

"För att det var bråttom. Han skulle ju åka hem nästa dag. Något under veckan hade gått snett. Schmidt skulle mörda Susanne Balker men hon hade inte varit hemma! Hon hade arbetat natt när hon skulle vara hemma och sova."

"Och?"

"I torsdags ringde hon sin man och berättade att hon skulle vara hemma när han trodde att hon skulle jobba. Han kastade sig ut till telefonkiosken och ringde Schmidt. Han trodde inte vi skulle komma på det. Eller kunna spåra samtalet."

"Hur kom du på det?"

"Det berättar jag sen."

"Men hur ska vi kunna bevisa det här?"

"Det är inte säkert att vi behöver bevisa det."

"Nu är jag inte med."

"I detta nu kan Schmidt vara på väg hem till Aneta, eller på väg in i hennes lägenhet. Vi kan ta honom på bar gärning."

"Varför skulle han vara på väg dit?"

"För att hon såg honom. Och han vet det."

"Herregud. Vi har ju inte kopplat ihop Schmidt med den hon såg tillsammans med Susanne Balker. Att det kunde vara densamme."

"Nej."

"Men hur kommer han in till henne? Vi har ju koll på dom där husen."

"Schmidt har nyckel till Balkers lägenhet. Den fick han

av Anders Balker. Men det jävliga är att den nyckeln också går till källarutrymmena i dom två angränsande fastigheterna. Jag fick veta det nyss. Det är samma ägare till fastigheterna och det här skulle ha åtgärdats men har hamnat mellan stolarna. Och fråga mig inte hur jag vet, för jag vet. Det finns också ett kulvertsystem därnere mellan husen. Och det finns ingångar till källaren på båda sidor om husen."

"Men hu..."

"Och från källaren kommer man upp till lägenheterna", sa Winter.

När Aneta såg mannens ansikte kände hon igen det, precis som hon vetat att hon skulle göra.

Hon hade hunnit ta sig upp ur badkaret men stod fortfarande i vattnet.

Det här händer inte, tänkte hon.

Hon visste varför han var där. Han hade en vansinnig glans i ögonen och i händerna hade han ett rep. Aneta skrek, skrek så högt hon kunde för att få honom ur balans. Hon försökte lyfta ena benet men det satt fast som i cement i vattnet. Mannen kastade sig mot henne, med repet virat runt knogarna som lyste vita i det nakna ljuset i badrummet. Hon skrek igen, skrek.

Sara Helander sprang genom trapphuset när hon hörde skriken genom ytterdörren. Hon tvekade aldrig, hon sköt rakt genom dörren utan att känna på handtaget, hörde Bergenhems steg bakom sig, hörde Anetas skrik igen, och igen. Hon kastade sig genom hallen, hon FLÖG in genom dörren till badrummet och hon tvekade inte när hon såg mannens ryggtavla och Aneta som fortfarande stod upp, som fortfarande var orörd. Sara Helander ropade en gång och Aneta kastade sig åt sidan, ur skottlinjen, och Sara sköt.

Är det cikadorna han hör när han vaknar? Är det gräs-
hopporna som har väckt honom? Ljudet är högt nog, Me-
delhavets ljud. Det låter som stålsträngade skrik rakt ige-
nom rummet där han ligger. Där han nu sätter sig upp. Där
han ser sig omkring. Där den långa gardinen rör sig i en svag
vind. Dörren till altanen står öppen. Det är skymning där-
ute. Eller är det morgon? Cikadorna finns därute. Han rör
sakta på huvudet, fram och tillbaka. Han har inget minne av
att han gått in i detta främmande rum. Ja, främmande. Det
här är inte hans rum. Han sitter på golvet. Det är ett stengolv.
I ögonvrån ser han någonting. Han vrider på huvudet. Han
ser ett ansikte. En kropp. Han ser fläckar på kroppen. Den lig-
ger på stengolvet, halvvägs under ett bord. Den är stilla.

Han försöker resa sig upp. Någon bultar plötsligt på en
dörr som måste höra till lägenheten. Ljudet kommer stör-
tande genom en mörk hall som han kan se när han vänder på
huvudet åt andra hållet. Han hör ett rop, som ett skrik som
är högre än cikadornas, mer som järn än stål. Någon kastar
sig mot dörren.

Snön hade dämpat alla ljud. När han borstade av kängorna
på trappan hade det låtit som en viskning i vinterkvällen.
Mörkret hade gjort sitt, det dämpade också ljuden. Det är
som att vara både döv och blind, hade han tänkt. Vintern är

ett kroppsligt tillstånd, ett sjukligt tillstånd. Då spelar det ingen roll att vi nu stiger in i ljusets högtid.

Det hade varit en knapp vecka kvar till julafton. Folk i kvarteret hade haft ljusstakar och stjärnor och pynt i sina fönster i månader redan, som för att lura tiden. Affärerna hade förberett människor på jul sedan oktober.

Han hade öppnat dörren och känt värmen i hallen, jordvärmen. Det var ändå något att glädja sig åt. Värmen därinne hade blivit rundare och tydligare sedan de bytt från olja till jord. Därinne kunde man leva som en människa. Det var värre därute. Där var man blind och döv.

Hon hade haft ett egendomligt leende på läpparna när han steg in i köket. Det hade varit som om hon gömt en hemlighet. Och det hade hon gjort. Hon hade tagit fram hemligheten från bakom ryggen.

"Vad är det där?" hade han frågat.

"Ett kuvert, ser du väl." Hon hade breddat sitt leende. "Ett brunt kuvert. C5. Miljövänligt papper."

"Ha ha ha." Han hade gått stegen fram till bordet. "Kuvertet innehåller möjligen inte nåt?"

"Öppna får du se", hade hon sagt.

Han springer genom öppningen till altanen. Någon skriker igen. Ljudet dämpas av dörren, hallen. Det är inte snö som dämpar ljud här. Det finns ingen snö här. Han står på altanen och hör sin egen andning rusa genom huvudet. Den låter som en orkan. Han vänder sig om, mot bungalowen. Han ser ett nummer över altandörren. Nummer sexton. Han ser den grå himlen ovanför. Det är morgon, gryning.

Solen har ännu inte gått upp. Han skakar till och känner plötsligt att han fryser. Det är vinter också vid Medelhavet, en grön vinter.

Han springer över stenplattorna och ner på gräsmattan, bort från lägenheten. Han vet inte vart han springer. Han vet inte var han är. Han vet inte hur han kom dit. Allt det här är overkligt, tänker han, det händer inte. Men det händer, han behöver bara känna det fuktiga gräset under sina nakna fötter för att förstå att det är verkligt. Han förstår inte varför han flyr på det här sättet, men han förstår att han måste göra det. Det är instinkten, tänker han när han rusar förbi en swimmingpool. Jag har blivit ett djur.

"Öppna nu!" hade hon upprepat.

Han hade rivit upp kuvertet.

"Vad är detta?" hade han sagt.

"Känner du inte igen flygbiljetter när du ser dom?" hade hon sagt, och han hade förstått det egendomliga leendet och det hade inte varit egendomligt längre.

Han hade läst texten på biljetterna. Destination. Datum.

"Det var som fan", hade han sagt.

"Jag har lyssnat tillräckligt på att du vill återvända dit nån gång", hade hon sagt. "Nu är det färdiglyssnat."

Han hade läst på biljetten igen.

"Det blir ju över julafton", hade han sagt.

"Är det ett problem?"

"Nej, nej, det är ba..."

"Tomten kanske inte kommer om det inte finns nån snö?" hade hon sagt.

"Han har redan varit här", hade han svarat och hållit upp biljetten mot det elektriska ljuset.

"Jag trodde nästan ett tag att du inte... ville åka tillbaka", hade hon sagt. "Att det bara var nåt du sa."

Han hade inte svarat.

Han springer genom en hotellreception. En kvinna bakom disken tittar efter honom när han glider över det glänsande golvet. Det är som att springa på is. I ögonvrån ser han någon resa sig från en soffa och ropa något som kan vara riktat mot honom, men han stannar inte. Han stannar inte heller ute på parkeringsplatsen som öppnar sig från gatan femtio meter bort.

Han ser ingen rörelse ute på gatan när han springer över parkeringsplatsen. Han ser bergen i fjärran, deras vita hättor. Där finns det snö så det räcker. Kanske jultomten i det här landet bor där, hinner han tänka sekunden innan solen stiger upp över bergen och riktar strålarna mot hans ögon och gör honom blind.

De hade landat i ett hav av sol. Det hade varit timmen före skymning.

"Så underbart", hade hon sagt.

När de steg ur planet kom alla dofter emot honom och det var som om han aldrig hade åkt därifrån, som om tjugo år av hans liv tryckts ihop till de fyra och en halv timme det tagit att flyga ner hit till ön i den östra delen av Medelhavet. Det är märkligt med lukter, hade han tänkt. När man känner en lukt kommer minnen tillbaka, omedelbart.

"Känner du igen dig?" hade hon frågat när de gick över den varma landningsbanan till ankomsthallen.

"Alla flygplatser ser väl likadana ut?"

"Jag tänkte på dom där", hade hon sagt och pekat mot de snötäckta bergstopparna i nordväst.

"Jag skulle tro att det är samma berg nu som då."

"Det är vackert."

"Man kan åka skidor där", hade han sagt. "Det finns till och med skidliftar."

"Jag har inte kommit hit för att åka skidor."

De hade väntat överraskande kort tid på sina väskor. Och han hade känt igen sig. Han hade trott att flygplatsen skulle ha byggts om till oigenkännlighet under alla de här åren, men inte mycket verkade ha hänt. Det var egendomligt, som om tiden hade stått stilla, som när alla lukter konserveras och bevarar tiden och minnena.

De hade tagit en taxi in till staden som låg fyra kilometer öster om flygplatsen. Det var som om också taxibilarna var desamma, lika slitna nu som då.

"Campen står kvar", hade han sagt och pekat åt vänster genom den nedvevade bilrutan.

Hon hade vänt på huvudet och studerat de låga byggnaderna på andra sidan den lilla saltsjön. Det fanns vatten på botten av sjön nu, inte mycket men ändå vatten. På sommaren var sjön en uttorkad krater.

Han hade vandrat därnere på botten under en sommar som varit fruktansvärt torr.

"Den ser mindre ut än jag trodde", hade hon sagt. "Campen."

"Den ser större ut när man kommer närmare", hade han svarat.

"Verkligen?"

"Ja."

"Visste du att den stod kvar? Att byggnaderna var kvar?"

"Nej. Hur skulle jag kunna veta det?"

"När var det FN åkte härifrån?" hade hon frågat.

"Dom är kvar", hade han sagt och följt en svart fågel med blicken. Den svävade över en av campens byggnader.

"Jag menar svenska FN. Du förstår väl vad jag menar."

"Dom är kvar dom också. Tror jag. Ett dussin civilpoliser eller så."

"Men dom håller väl inte till där?" frågade hon och nickade mot byggnaderna. De såg tunna ut i skymningsljuset. Det fanns nästan inga färger kvar. Det hade inte funnits mycket till färg från början, svagt gult, svagt blått, men nu hade tiden tvättat bort även de bleka ursprungsfärgerna. På det sättet har tiden rört sig här, hade han tänkt när de fortsatte mot staden. Campen är märkt av tiden.

De hade passerat det antika fortet som utgjorde gränsen till den gamla staden. Ruinen hade varit svart i ljuset från den sjunkande solen. Vägen hade krökt sig runt fortet, nu som då.

Palmerna hade varit desamma på strandpromenaden. Uteserveringarna hade varit öppna. Det var en annan sorts vinter. Han hade kommit ihåg också den.

Människor hade promenerat på stranden. Det hade kommit musik någonstans ifrån. Solens sista strålar hade träffat dem i ansiktet. Hon hade fortfarande haft kvar blomsterkransen som en kvinna hängt runt deras halsar som en välkomsttradition när de steg ut ur planet. Hon hade sett sig om i taxins baksäte.

"Så underbart", hade hon sagt.

Han blinkar bort blindheten när han springer i skuggan. Asfalten är sträv och kall under fotsulorna. Den är inte som den varma beläggningen på flygplatsen när de steg ur planet. Det var för två dagar sedan. Om det är morgon nu så är det den andra morgonen.

Det betyder att det är julafton i dag, att det här är julaftons morgon.

Han kommer till en vägkorsning. På andra sidan av ett fält ser han havet. Han ser åt höger och där skimrar några höga byggnader i morgonsolen. Det är staden. Till vänster, tvärs över korsningen, några hundra meter bort, reser sig två höga hotellbyggnader. De fanns där också för tjugo år sedan. Där var han många gånger, i barerna, och på stranden framför hotellen.

Han vänder sig om. Han har sprungit femhundra meter, kanske sjuhundra.

Nu vet han var han är, han känner igen sig. Det här är ungefär fem kilometer från staden, österut utefter havet. Men han vet inte hur han kom hit. Hans huvud är tomt på minnen från natten. Där finns ingen tid.

Hotellet låg mitt på strandpromenaden. De hade väntat i lobbyn medan personalen bar väskor uppför trappor som glänste av svart sten.

"Det här är stans äldsta hotell", hade han sagt.

"Det är fint", hade hon sagt. "Jag tycker om när det är så här gammaldags." Hon hade sett sig om. Det stod palmer i krukor på båda sidor om lobbyn. "Det är verkligen spännande."

"Vi åt en juldagsmiddag här."

"Jaså?"

"Kalkon med alla tillbehör."

"Vilka var ni?"

"Jag och två andra informationsofficerare", hade han svarat. "Matsalen låg bakom dom där dörrarna." Han hade nickat mot två snidade trädörrar som gled upp, som om de väntat på hans nick. Han hade skymtat de vita dukarna och de gröna växterna, slingrande i ett mönster utmed den bortre väggen. "Den ligger visst kvar."

"Då kan vi ju äta vår juldagsmiddag där också."

"Du tycker väl inte om kalkon?"

"Det är annorlunda här."

"Vad betyder det?"

"Att man blir en annan människa här."

Han hör sirener från den större vägen och ser en av de lokala polisbilarna svänga in på avtagsvägen hundra meter bort. Ljudet stiger och sjunker. Han gömmer sig, hukar sig ner i det torra gräset som doftar av solbrända örter och salt.

Han kan inte längre se polisbilen därifrån han sitter, med de nakna fötterna i den röda jorden. Han känner hur det bränner ovanpå fötterna, och under dem, efter språngmarschen hit, men han kan inte se om där finns några sår.

Solen är uppe nu, ovanför alla byggnader, ett starkt sken i hans ögon.

Han hör sirener igen. Ännu en polisbil svänger in. Han sjunker ner igen, lägger sig platt mot marken den här gången.

Herregud, tänker han. Det här är vansinnigt. Men jag fick panik. Vem som helst skulle få panik. Det räcker att jag säger till dem att jag fick panik. Jag vaknade och jag visste inte var jag var och därför rusade jag iväg. Jag blev skrämd. Vem skulle inte blivit skrämd i den situationen? Man vaknar upp i ett främmande rum och det ligger en livlös kropp bredvid en och någon bultar på dörren och vrålar därutifrån? Skulle inte ni blivit skrämd, kommissarien?

Men han vet att han inte kommer att resa sig upp och gå tillbaka till lägenhetshotellet, eller vad det var, och överlämna sig till rättvisan. Han vet vilken rättvisa som råder på den här soliga semesterön. Han vet vad som hänt med fångar som försökt förklara varför de gjorde det de gjorde. Om de hade gjort något. Han hade sett cellerna. Han hade hört förhören. Han hade träffat förhörsledarna. Han hade sett fångarna, efteråt.

Då hade han varit skyddad av sin uniform.

Nu har han inte ens anständiga kläder. Han har inga riktiga kläder alls, bara undertröjan och boxershortsen. Han känner solen på hjässan. Den är stark också på julafton. Det är lustigt med solen här, i det här landet. Ju starkare ljus desto mörkare fängelseceller. Den som hamnar i ett fängelse ser aldrig solen.

Han hör ett plötsligt väsande intill sig, som ett mänskligt

ljud. Han ser reflexen blänka till i gräset och han vet vad det är och kastar sig bakåt halvsekunden innan den dödliga silverormen gör sitt utfall.

Reptilkroppen flyter som en blixt genom luften en decimeter från honom. Ett bett och han skulle ha haft en halvtimme på sig, poliser eller inte poliser, celler eller inte celler. Solsken eller inte solsken. Julafton eller inte julafton. Brott eller inte brott.

Jag måste ta mig nånstans där jag kan tänka. Han reser sig sakta. Där jag kan ringa.

Uppe på rummet hade hon öppnat de stora fönstren ut mot strandpromenaden, och havet. Dofterna hade kommit in, och ljuden. Allt hade varit främmande för henne, underbart främmande.

"Jag har aldrig sett en så röd himmel", hade hon sagt och lutat sig ut, mot väster. "Hela himlen är röd som en blodapelsin."

"Det betyder att det blir en vacker dag i morgon också", hade han sagt.

"Det är ju därför vi är här", hade hon svarat och vänt sig från fönstret och han hade gått över rummet och omfamnat henne.

Två timmar senare hade de gått ner i hotellmatsalen och beställt små fyllda pepparfrukter och grillad fisk och han hade haft svårt att hålla ögonen öppna den sista halvtimmen, när de suttit med kaffet och brandyn.

Han hade sovit som ett barn. När han vaknade hade han känt doften av morgon i rummet. Han hade hört henne inne i duschen, ljudet av forsande vatten. Han kunde inte minnas när han senast sovit en hel natt utan att vakna flera gånger.

Hon hade öppnat dörren från badrummet och kommit ut med en handduk virad om håret.

"Godmorgon, sjusovare", hade hon sagt.

"Vad är klockan?"

"Halv tio."

"Herregud."

"Du behövde visst semester."

"Och den har knappt börjat", hade han sagt och satt sig upp i sängen och placerat fötterna på det lena stengolvet.

"Ska vi äta frukost på en uteservering?" hade hon frågat och viftat till mot fönstret.

Han hade sett palmbladen vaja i den svaga vinden.

"Du hade rätt", hade hon fortsatt. "Det blir en vacker dag i dag också."

Det finns inte ett moln på himlen. Han springer över vägen som leder till den engelska basen tre mil från staden och vidare till de nya badbyarna österut. För tjugo år sedan fanns där ingenting, bortsett från en liten taverna vid strandkanten, ett skjul bara. Nu finns där stora hotellkomplex, pooler, restauranger, barer, flera supermarketar, tennisbanor, allting.

De hade planerat att åka upp och ta en titt och bada i det klara vattnet. Det är klarare där, klart som kristall. I morgon, tänker han när han når andra sidan vägen och springer mot stranden för att söka skydd bakom buskagen intill det stora hotellet. I morgon tänkte vi åka dit. Juldagen. När juldagsmorgon glimmar, tänker han och når skyddet. Han andas häftigt. Pulsen är hög av språngmarschen men också av rädslan, och av spänningen han känner i kroppen som en feber.

Efter frukost hade de vandrat utefter promenaden. Några hus hade renoverats, eller om de var helt nya, men för övrigt tyckte han att det såg ut som då. Den gamla staden innanför strandgatan var densamma. De hade gått förbi huset där han hade bott den första tiden. Det var samma dörr. Han hade ingenting sagt till henne, ingenting om huset, eller våningen på andra planet där fönstren stod öppna ut mot den skuggiga förmiddagen. Varför sa jag ingenting? hade han tänkt när de rundat hörnet. Jag hade åtminstone kunnat säga att jag bodde där en tid. Jag hade inte behövt säga något om... något annat. Hon skulle inte ha frågat. Varför skulle hon ha frågat? Hon vet ingenting. Hur skulle hon kunna göra det?

De hade passerat saluhallens portal i järn.

"Kan vi inte gå in här?" hade hon sagt.

Därinne hade det varit mörkt, ett svalt mörker.

Ingenting hade förändrats därinne. Det var samma sorters grönsaker, kött, frukt och kryddor som svepte in allting i en lukt som bara kunde finnas därinne.

När de var halvvägs genom den långsmala saluhallen hade någon kommit gående från vänster, mellan två stånd. De hade nästan stött ihop i mitten av hallen, där det fanns ett slags fyrvägskors där gångarna löpte samman.

"Oh, I'm sorry", hade personen sagt, en man i hans egen

ålder. Han var inte från det här landet, det hade varit uppen-bart. Hans hår var blont, vitblont av solen.

Han stjäl en badrock som ligger över en stol. Den är vit, vit som himlen om några timmar. Han tar på sig den och går över strandremsan mellan buskaget och ännu en pool. Bor-tanför: havet. Det sjunker in mot stranden med långa vågor, så långa att de verkar komma hela vägen från Afrika på and-ra sidan havet.

Han ser en solhatt med stort brätte ligga i sanden och tar upp den och ser sig om och sätter på sig den. Den passar, är till och med lite för stor, vilket är bra.

Han går över sanden, in mot staden, vit rock, stråhatt, barfota. Det är ett egendomligt utseende överallt utom här, här smälter han in bland hundra andra.

Han går på stadsgatan närmast den östra stranden. Ock-så här är en klädsel som hans accepterad. Ingen vänder sig om. Han ser sig om, och går för säkerhets skull in i en gränd och väntar några minuter och går sedan ut igen.

En smal gata leder till baksidan av deras hotell. Han kan skymta strandpromenaden när han närmar sig hotellet, grö-na palmblad som släpper igenom reflexer av solljus.

Han står i gränden. En polisbil kör förbi. Han lutar sig fram för att se runt hörnet. Polisbilen stannar framför ho-tellentrén. Det står redan en annan polisbil där. Han drar snabbt tillbaka huvudet. Han försöker tänka.

Hur vet han att polisen jagar *honom*? Det måste vara så. De skulle inte vara här annars. Men hur vet de att det var *han* som var inne i rummet? Någon måste ha sagt det till dem.

Någon måste ha sett honom gå dit.

Eller själv ha... placerat honom där. Lagt honom där.

Arrangerat... honom där. Ett arrangemang.

Han känner hur blodet flyter lite lugnare i kroppen medan han tänker. Han har fortfarande inget minne av hur han hamnade i det där rummet. Han känner en domnad inne i huvudet men det är inte baksmälla. Han känner igen baksmälla. Han kan inte ha druckit sig medvetslös och burits till det där rummet. Han kan inte ha gått dit själv i det medvetslösa tillstånd som spriten kan skapa, när benen och resten av kroppen rör sig men hjärnan är bortkopplad. I ett sådant tillstånd kan vem som helst utföra vilka handlingar som helst. Men, nej. Han har inte druckit, inte på det sättet.

Någon måste ha givit honom något annat.

Han vänder sig om och går tillbaka i gränden. Han känner en kyla under fotsulorna därinne i skuggan. Jag behöver ett par skor, tänker han. Han tänker på sin fru. Sitter hon på rummet i det här ögonblicket? Tillsammans med de fascistiska snutarna i sina svarta uniformer?

Julklapparna ligger på soffbordet, eller kanske på sängen. Snutarna kommer att öppna paketen. En säkerhetsåtgärd.

Han stannar mitt i steget.

Det finns en plats han kan bege sig till för att få hjälp. Om han lyckas ta sig dit.

Den blonde mannen hade varit borta lika snabbt som han kommit, plötsligt uppslukad av saluhallens överflöd. Han såg efter honom.

"Någon du känner?" hade hon frågat.

"Jag vet inte", hade han svarat.

"Han verkade inte känna igen dig", hade hon sagt.

De hade gått ut på andra sidan. Solen hade varit stark i ögonen efter dunklet därinne. Han hade satt på sig sina svarta glasögon. Världen hade fått en annan färg, mörkare. Någonstans ifrån hade musik strömmat över gatan, det här landets musik. Det var en lidandets musik, en stark passion. En kvinna hade sjungit som om det gällde liv och död.

"Vad är det för sång?" hade hon frågat som om han skulle veta.

"Jag tror den handlar om julen", hade han svarat.

"Tänk att det är julafton i morgon", hade hon sagt. "Det känns liksom overkligt."

"Du har vant dig tills i morgon", hade han sagt.

"Jag vet inte om jag vill vänja mig." Hon hade tittat upp på honom med ett leende. "Då blir det ju som hemma, eller hur?"

De hade fortsatt utefter strandpromenaden, mot fortet. Det såg likadant ut nu som då. Det hade sett likadant ut i sjuhundra år.

"Hur lång tid tar det att gå upp till FN-campen?" hade hon frågat.

"Vill du promenera?"

"Ja."

"En timme, kanske."

"Kan vi inte göra det då?"

"Det blir varmt", hade han sagt. "Solen kan vara förrädisk."

"Så varmt är det inte." Hon hade pekat mot den öppna himlen. "Det är ju midvinter, eller hur?" Hon hade lett igen. "Också här har dom vinter." Hon hade dragit in den ljumma vinterluften med ett djupt andetag. "Och dom har jul." Hon hade tittat på honom igen. "I morgon har jag en överraskning till dig."

Han går genom den gamla staden klädd i badrocken och stråhatten. Några han möter vänder sig om efter honom, han märker det. Här finns inga hotell som badgästerna återvänder till i badkläderna. Här går folk fullt påklädda.

Han har knappt någon känsel kvar i sina fötter, det är en fördel. Han behöver inga skor längre.

Han ser huset på andra sidan korsningen. Det ligger innanför en mur med samma sandfärg som huset, som om vinden fört med sig sanden från stränderna och låtit den fastna där.

Trafiken är lugn här, det är ett lugnt område. Han korsar gatan och går utefter muren.

Han står vid grinden och känner på den och den är låst. Han ser den vita bilen som står parkerad framför villans dörr. Det verkar vara samma märke nu som då. En civilpolisbil. Ett klumpigt ord. Men poliserna därinne är poliser från hans eget land och just nu är de hans enda räddning, tänker han. Här kan han prata med någon som kanske förstår. Förklara. Förklara att han inte vet något, att han är lika oskyldig som de är. De kommer att hjälpa honom.

Han hör plötsligt sirener inifrån stan. Ljudet kommer närmare.

*

De hade vandrat uppför kullen mot campen. Vägen hade varit bättre underhållen än förut, men lika smal. Vaktkuren hade varit densamma, men inte längre i bruk.

Byggnaderna hade stått grupperade kring den öppna platsen där doktorn hade blåst revelj varje morgon klockan sex och fyrtiofem.

Det hade varit en spökstad, en spökförläggning. Allt var kvar utom människorna. Han hade blundat och tyckt sig höra ljuden av människor och fordon. Han hade öppnat ögonen igen. De hade gått in genom porten som bara var en öppning till ingenting nu. Vinden hade blåst några torra kvistar över planen. Plötsligt hade solen försvunnit in i ett moln och hon hade huttrat till.

"Det är nästan lite kusligt här", hade hon sagt.

"Allt är ju övergivet", hade han svarat.

"Men dom har sparat husen."

"Dom verkar ha sparat allt."

"Varför?"

"Staten här tog över campen och det är väl billigare att låta det stå än att riva skiten", hade han svarat.

"Var höll du till?"

Han hade pekat mot en barack på andra sidan den öppna platsen. Den låg bredvid en annan långsmal barack som varit officersmässen.

Dörren till hans gamla arbetsplats hade stått öppen.

Det var den enda dörr de hade kunnat se som stod öppen.

"Är det nån som fortfarande jobbar där?" hade hon frågat och nickat mot baracken.

"Här är allt nerlagt", hade han svarat.

"Ska vi gå dit och ta en titt?"

"Det finns inget att se."

"Är du inte nyfiken?"

"På vad? På fyra masonitväggar och ett englasfönster?"

"Du kanske hittar nåt du glömde då?"

"Jag glömde ingenting."

Hon hade börjat gå över planen. Han hade följt efter.

Halvvägs till baracken hade han tyckt att han såg någonting röra sig därinne, en plötslig skugga innanför dörren. Hon hade inte sett något.

"Vad var det där?" hade hon frågat och viftat till mot den långa baracken till höger.

"Mässen. Officersmässen."

"Jag kan slå vad om att du tillbringade mycket tid där", hade hon sagt med ett leende.

"Mitt andra hem", hade han svarat och hållit ögonen på den mörka rektangeln som var dörröppningen. Han hade sett en rörelse igen.

Sirenerna verkar tjuta från alla håll, också från luften, som om polismakten kallat in helikoptrar för att jaga honom som statens fiende nummer ett. Enemy Number One. Han står i gränden. Han ser den första svarta polisbilen svänga upp från öster och köra in på gården på andra sidan gatan. Grinden måste ha öppnats inifrån huset. Hade de inte sett honom stå där?

Den svarta polisbilen bromsar in häftigt bredvid den vita civilpolisbilen. Svart och vitt, tänker han. Allt är antingen svart eller vitt. På det här stället finns ingenting mitt emellan. Här är man skyldig ända tills man själv har bevisat motsatsen. Och det är mycket svårt.

Han ser ännu en lokal polisbil anlända och parkera på gatan utanför. Fyra uniformerade poliser stiger ur och ställer sig på gatan med automatvapen i händerna. Herregud, tänker han. Jag kanske *är* den här statens största fiende nu. Han huttrar till i sin badrock, precis som hans fru hade huttrat till uppe på campen i går. Jesus, var det bara i går. Dan före dopparedan.

De hade stått på campens centralplan. Hon hade stannat tio meter från baracken och vänt sig om. Därifrån gick det att få en glimt av havet femhundra meter nedanför sluttningen. Hon hade kisat mot det glittrande vattnet. Solen hade varit framme igen.

"Badade ni hela året om?" hade hon frågat.

"Inte jag", hade han svarat.

"Fegis."

"Men jag tog ett dopp på julafton."

"Dopparedan", hade hon sagt.

"Just det. Det var tradition att alla skulle hoppa i på julafton." Han hade nickat i riktning mot havet. "Hundratals kastade sig i vågorna därnere."

"Kan inte vi göra det i morgon?" hade hon sagt. "Ett snabbdopp!"

"Aldrig i livet." Han hade vänt sig om igen, mot baracken. "Inte jag i alla fall."

Hon hade också vänt sig om.

"Vem är det där?" hade hon sagt när mannen steg ut från baracken. "Var det inte honom vi mötte i saluhallen?"

Den blonde mannen hade väntat vid dörren. De hade gått de sista stegen.

"Det händer att jag tittar till stället", hade den blonde sagt. "Ingen annan gör det." Han hade hållit fram handen mot henne. "Mitt namn är Dan Morris."

"Gabriella Berger", hade hon svarat. "Det här är min man, Richard."

"Jag tyckte jag kände igen dig", hade Richard sagt.

"I saluhallen? Ja, jag tyckte du verkade bekant också."

"Nu får ni förklara", hade hon sagt.

"Vi tjänstgjorde här samtidigt", hade Richard sagt.

"Tydligen är vi inte helt förändrade", hade Dan Morris sagt.

"Vad gör du här?"

"Här? Här på campen? Här i stan? Här på ön?"

"Välj själv."

"Jag blev kvar."

"Varför då?" hade Gabriella frågat.

"Jag åkte aldrig hem, med bataljonen. Jag fick mönstra av härnere och... tja, jag stannade kvar."

"Varför då?"

"Solen", hade Dan Morris svarat med ett leende.

Han tar ett steg tillbaka in i gränden. Han ser hur en av polismännen vid bilen på andra sidan gatan höjer blicken och verkar titta rakt på honom. Han står så stilla han kan. Han ber en bön om att den förbannade badrocken inte ska lysa som en lykta därinne i gränden. Han ser polismannen ta ett steg ut i gatan. Solen glittrar i kulsprutepistolen när han höjer den. Han hör honom ropa till, och ser att han börjar springa.

"Finns det nåt kvar från förr?" hade Richard sagt och nickat mot dörren.

"Ett skrivbord och en stol, det är allt", hade Morris svarat.

"Då är det ungefär som på den gamla goda tiden." Richard steg över tröskeln. "Utom att vi hade en och annan karta härinne också."

"Dom ser fortfarande likadana ut", hade Morris sagt och vänt sig mot Gabriella för att förklara. "Buffertzonen är densamma. Ön är delad. Det är fortfarande inte aktuellt att rita om kartorna på den här ön."

"Status quo", hade Richard sagt. "Det är vad allt handlar om. Det är vad vi kunde göra, i bästa fall. Upprätthålla status quo."

Richard hade stått mitt i rummet. Det hade varit ljusare därinne än det hade sett ut att vara utifrån. Fönstret uppe vid taket hade släppt in det begränsade ljuset. Han hade kunnat minnas lukterna, den torra lukten av sol och vind och damm och sprött trä. Han mindes att väggarna hade varit så tunna att han ständigt hört kollegan i rummet intill skrika upp till huvudstaden över den usla telefonledningen.

Plötsligt hade en svag signal hörts i det tysta rummet. Dan Morris hade stuckit ner handen i linnekavajens innerficka, tagit fram en mobiltelefon, tittat på displayen och sedan tryckt av.

"Ursäkta."

"Låt inte oss störa", hade Richard sagt.

Dan Morris hade skakat på huvudet. "Det är inget viktigt." Han hade tittat ut genom dörren, mot ljuset som verkat mycket starkt därute. Luften var genomskinlig, som glas. "Men jag ska ge mig iväg nu." Han hade räckt ut handen mot Gabriella igen. "Det var mycket trevligt att träffas." Han hade flyttat blicken och tittat på dem båda. "Får jag bjuda på middag i kväll?" Han hade lett mot Gabriella. "Jag lovar att inte bara prata FN-tjänst." Han hade tittat på Richard. "Låt mig föreslå en bar där vi kan ses för en liten aperitif."

Han hör skott bakom sig, en serie skott som kan vara riktade åt vilket håll som helst. Han springer på fötter utan känsel, det är som att springa i luft, som att flyga men inte tillräckligt fort.

Han rusar ut från gränden i kvarterets andra ände och två polisbilar är på väg mot honom. Polisen vet hur den här stan ser ut, hur gränderna vindlar. De behöver inga kartor. Han rusar tillbaka in i gränden, en galen reflex. Men han minns att han passerade en dörr som stod på glänt några meter därifrån. Han ser den nu.

De hade vandrat utefter stranden. Några turister badade och vattnet verkade inte alltför kallt.

"Hur väl kände du Dan Morris?" hade hon frågat.

"Inte särskilt väl."

"Umgicks ni inte privat?"

"Tja... när man levde och arbetade så här så var det inte så lätt att skilja på privat och... ja, det andra. Jobbet, representationen, sånt där."

"Men ni var inte goda vänner?"

"Nej, det kan man inte säga. Men vi var inte ovänner heller."

De hade varit nära stranden. Hon hade tagit av sig sandalerna och gått ner i vattnet.

"Det är inte kallt", hade hon sagt och skrattat till. "Åtminstone inte om man jämför med hemma."

"Det är ingen jämförelse", hade han sagt. "Hemma hade du vadat bland isblock."

Senare, under eftermiddagen, hade hon sagt att hon kände sig lite yr. De hade vilat på rummet. Hon hade gått upp och druckit ett glas vatten och lagt sig igen. Ännu en timme senare fanns yrseln kvar.

"Det är nog solen", hade hon sagt. "Jag behöver nog ta det lite lugnt i kväll. Ha det skönt här på rummet."

"Jag också", hade han sagt.

"Nej, jag tycker du ska träffa Morris. Det måste väl ändå vara roligt att prata en stund om hur det var när du var här."

"Det är inte viktigt."

"Jag tycker du ska gå. Jag klarar mig."

"Tja... bara för den där enda drinken i så fall. Sen kommer jag tillbaka. Vi kanske kan beställa upp nåt till rummet när jag är tillbaka."

"Du behöver inte stressa", hade hon sagt.

Han snubblar över den höga tröskeln in genom dörröppningen. Det är svart därinne, han håller armen framför sig för att inte störta emot någonting hårt. Han har stängt dörren efter sig. Han ser en trappa rakt fram, och ett svagt ljus däruppifrån. Han går uppför trappan, trappstegen är lika höga som tröskeln. Han kan höra röster och rop ute i gränden, springande steg. Han når toppen av trappan som svängt runt ett hörn. Han trycker upp en dörr och ljuset träffar honom som ett slag över ögonen. Han står på ett tak.

Morris hade ännu inte kommit när Richard steg in i baren. Det var en av de äldsta i staden. Han hade själv suttit där många gånger för tjugo år sedan, vid bardisken som var formad som en hästsko. Det hade inte varit många gäster därinne i den tidiga kvällen. Han hade varit en halvtimme före utsatt tid. Han hade tänkt på Gabriella, han ville inte sitta där alltför länge.

I ögonvrån hade han sett någon stiga ur en bil utanför, en svart bil. Han hade vänt på huvudet och sett Dan Morris stänga dörren efter sig, sedan hade bilen fortsatt.

Han hade sett Morris stiga in i baren och han hade nästan verkat förvånad när han såg Richard sitta där. Det var fortfarande en kvart till avtalat klockslag. Morris hade satt sig på den stoppade stolen bredvid honom.

"Var är din fru?" hade Morris frågat.

"Hon kände sig lite hängig, tyvärr."

"Det var tråkigt att höra."

"För mycket sol."

"Den kan vara förrädisk", hade Morris sagt.

"Så det blir inte nån middag."

"Passar mig bra", hade Morris sagt och lutat sig närmare honom. Han hade plötsligt ett annat uttryck i ansiktet. "Att du kom ensam." Det hade inte funnits något leende kvar i hans ansikte. "Får man fråga varför du kom tillbaka hit, Berger?"

Taket ser ut som en svart tennisbana, utan nät och publik. Han kan se havet därifrån. Han önskar att han var där nu, på stranden. Att han kunde flyga dit. Att han var varsomhelst utom här. Han springer fram till kanten. Runt honom ligger den vita staden med de svarta plana taken som alla ser ut som tennisbanor. Till nästa tak kan det vara tre meter. Det ligger i jämnhöjd med det som han står på. Det är en gränd emellan. Han vill inte luta sig fram för att se hur långt det är ner till marken. Han hör röster från trapphuset nu. Dörren har han stängt. Han springer tillbaka till dörren och tar sats därifrån och rusar mot kanten och hoppar, och flyger.

"Får man fråga varför du stannade kvar, Morris?" hade Richard svarat.

"Här är det ingen som rör mig", hade Morris svarat, men hans ögon hade sagt något annat.

"Vad menas med det? Ingen som rör *dig*?"

Morris hade inte sagt något.

"Är det ett hot?" hade Richard sagt.

"Du skulle inte ha kommit tillbaka. Det var dumt."

"Allt det där är glömt och begravt nu", hade Richard sagt.

"Begravt, kanske. Men inte glömt."

"Vi var i FN-tjänst, för helvete." Richard hade lutat sig framåt. "Vi gjorde bara vad vi måste. Ingen kan anklaga oss. Ingen av sidorna. Vi utförde vårt uppdrag."

"Det är den officiella versionen, ja."

"Det är väl den som gäller. Det är alltid den som gäller." Morris hade betraktat gatan utanför uppmärksamt.

"Du tror väl inte att din närvaro här är obekant för dom?" hade Morris sagt och vänt sig mot Richard igen.

"Vad kan dom göra mig?"

Morris hade skrattat till, ett skratt som inte skulle ha nått ögonen om han så försökt i hundra år.

"Det handlar inte bara om dig här", hade Morris sagt. "När blev du så här naiv? Du tar hit din fru och lämnar henne ensam på rummet. Du visar dig uppe på campen."

Richard hade inte svarat.

"Det finns bara en enda person som kan garantera dig säkerhet just nu", hade Morris sagt.

"Och vem är det?"

"Det är jag."

"Säkerhet från vad?"

"Jag är den ende som kan göra det", hade Morris upprepat och hans blick hade vandrat mellan gatan utanför och baren de satt i.

Bartendern hade väntat i bakgrunden. Richard hade tyckt att det var något bekant med honom när han satte sig vid bardisken, men tanken hade försvunnit. Trots allt liknade många män här varandra, åtminstone kändes det så för en främling på tillfälligt besök. Det var alltid så.

Bartendern hade kommit fram med en bricka där det stod två drinkar i höga glas.

"Låt oss bjuda på kvällens första", hade han sagt och placerat glasen framför dem.

"Är du så populär här?" hade Richard sagt.

"Kanske är det du", hade Morris svarat.

Richard hade tagit en klunk. Han hade druckit halva drinken under tystnad. Den hade smakat som brandy sour. Han hade inte frågat vad det var, hade bara känt den sötsura smaken.

Han landar på den andra sidan. Det smärtar till i ena vristen men han kan resa sig, och se sig om efter en utväg, en dörr någonstans. Han haltar fram till en annan kant men avståndet till nästa hus är för stort. Han vänder sig om mot den andra sidan. Han hör röster och tunga steg, uppför, mot honom. Han ser tre silhuetter i andra änden av den svarta tennisbanan. Han hör ett skrik. Hans blick börjar grumlas i det starka solskenet.

Det lyser en sol i hans ögon när han öppnar dem. Han sluter dem igen. Någon skakar hans axel. Han försöker vrida på kroppen och öppna ögonen i skydd från solen. Han vrider huvudet mot ljuset och ser att solen är en lampa.

"Richard? Richard?"

Han ser ett ansikte sväva däruppe. Han försöker fixera blicken. Han känner igen ansiktet.

"Hur är det, Richard?" säger Gabriella.

"Va... var är jag?" säger han och försöker röra sig men resten av kroppen verkar inte lyssna på signalerna från hjärnan.

"Du är här", säger hon. "Du är på vårt rum."

Han lyckas plötsligt skapa kontakt mellan hjärnan och armen och häver sig upp ett par decimeter. Han ser att hon inte ljuger. Fönstret mot stranden står öppet. Det är fortfarande ljust.

"Va... vad är det för dag?" frågar han.

"Det är julafton", svarar hon.

"Hu... hur kom jag hit?" frågar han.

"Du steg in genom den där dörren för en kvart sedan och gick fram till den här sängen och la dig", svarar hon. "Snälla Richard, vad är det som har hänt? Du har varit försvunnen i snart ett dygn."

Han försöker berätta. Först börjar han från slutet. Han säger att han inte har något minne av hur han kom hit till hotellet, från taket där han stod. Det svarta taket är det sista minne han har. Det första minnet är cikadorna, säger han. Och bultandet på dörren.

"Jag gick till polisen sent i natt", säger hon. "Du hade ju inte kommit tillbaka. Dom lovade... spana efter dig, eller hur dom sa."

"Dom hittade mig", säger han.

"Men... då skulle du väl inte varit... här nu", säger hon. "Om det är som du säger? Att dom... jagade dig. Jagade dig för något dom trodde du gjort?"

"Dom var ju *där*", säger han. "Tror du jag har drömt alltihop? Hittat på alltihop?"

"Nej, nej." Men han kan se i hennes ansikte att hon är

förvirrad av hans berättelse. Herregud, *han* är förvirrad av den. Har han drömt alltihop? Har han varit påverkad av något? Fanns det någonting i drinken bartendern serverade? Brandy sour. Döljer alla andra smaker. Han hade inte beställt den drinken. Morris hade inte beställt den, han hade ju kommit före Morris. Såvida inte Morris arrangerat det. Han visste att folk hade blivit drogade med narkotika i drinkar härnere. Ett sätt att få nya knarkkunder, bland annat. Hade det varit så? Hade han fått i sig någon jävla syra eller hallucinogen eller ecstasy eller vad allt hette, något som framkallade hallucinationer, kopplade bort hjärnan? Kopplade bort den ända tills han vaknade till ljudet av bultningar och cikador?

”Jag måste ta mig tillbaka till det där stället”, säger han.

”Vad säger du?!”

”Den där bungalowen, lägenhetshotellet.” Han försöker resa sig. Det går bättre nu. ”Jag vill ta mig dit och konstatera att ingenting har hänt.”

”Ingenting... kan ju ha hänt”, säger hon. ”Då... skulle du ju inte vara här nu. Då... skulle dom ju ha gripit dig redan.”

”Jag måste åka dit”, säger han. ”Jag vill veta varför jag var där. Och hur jag kom dit.”

”Nu?” säger hon. ”Vill du åka dit nu?”

”Ja.” Han sätter ner fötterna på golvet. De har fått tillbaka känseln. Han känner värken. ”Jag måste få det här ur världen.”

”Jag följer med dig”, säger hon.

”Nej.”

”Va? Varför inte?”

Han vet inte varför. Någonting i honom säger nej till att hon ska följa med. Kanske är det skräcken han kände i det där rummet. Han vill inte utsätta henne för det, även om det bara var en dröm, eller ett narkotikarus.

"Jag är tillbaka om en halvtimme", säger han.

"Låt mig åtminstone vänta utanför i taxin", säger hon.

Han stiger ur taxin. Han trycker hennes hand och korsar snabbt parkeringsplatsen och går in i receptionen. Han går över det glänsande golvet. Kvinnan bakom disken tittar upp. Han tycker att han känner igen henne från morgonen men han är inte säker, hur skulle han kunna vara säker? Han rusade igenom här på två sekunder.

Hon tittar på honom utan igenkännande, hennes ansikte uttrycker bara vänlig professionalitet.

"Vad kan jag stå till tjänst med?" säger hon på mjuk engelska.

"Jag... skulle vilja titta på en lägenhet", säger han. "För att hyra... senare i vinter." Han gör en gest med handen. "Vi... tänkte komma tillbaka senare i vinter och vi har fått det här hotellet rekommenderat."

"Det var trevligt att höra", säger hon.

"Våra vänner bodde i en lägenhet med ett mycket bra läge", säger han.

"Alla våra lägenheter har ett mycket bra läge", säger hon med ett leende.

"Naturligtvis", säger han och ler tillbaka. "Men... eftersom det var just den... kan jag väl få ta en titt på den... lika väl som nån annan?"

"Vilket nummer?" frågar hon.

"Nummer sexton."

Hon knappar in någonting på datorn. Hon vänder sig om mot en serie nycklar som hänger på väggen bakom henne.

"Lägenhet nummer sexton är faktiskt ledig", säger hon och vänder sig om mot honom igen. "Ni har tur. Vi brukar ha fullt vid den här tiden."

"Är det möjligt att ta en titt då?" frågar han.

"Okej", säger hon och betraktar honom. "Jag är ensam här nu, så jag har inte möjlighet att låta någon följa med er." Hon ser på honom igen, som på en ärlig person. "Okej, ni får en nyckel, men jag vill att ni är tillbaka här igen om tio minuter."

"Naturligtvis", svarar han. "Snabbare än så."

Han följer pilarna som anger lägenhetsnumren. Stensatta stigar löper mellan lägenheterna. Stigarna kantas av kraftig grönska. Dofterna är tunga därinne, det är som att gå inne i ett stort rum.

Han står framför nummer sexton. Han känner hur blodet rör sig allt snabbare i hans kropp. Han tar ett djupt andetag och låser upp dörren. Han går in i hallen och stänger dörren bakom sig. Han låser den, som om han inte vill ta några risker. Det är en absurd handling, han inser det. Han går genom den mörka hallen. Han ser rummet därframme, han känner igen den långa gardinen som rör sig i den svaga vinden. Dörren till altanen är stängd. Det är skymning därute. Han går in i rummet. Han hör cikadorna utanför. Ljudet är högt, det låter som stålsträngade skrik rakt in i rummet där han står. Han tittar ner på stengolvet. I ögonvrån ser han någonting. Han vrider på huvudet. Han ser ett ansikte. En kropp. Kroppen ligger på stengolvet under ett bord. Den är stilla. Han ser fläckar på kroppen. Någon bultar plötsligt på dörren. Ljudet kommer störtande genom den mörka hallen som han kan se när han vrider på huvudet igen. Han hör ett rop, som ett skrik som är högre än cikadornas, mer som järn än stål. Någon kastar sig mot dörren.

Klass

På midsommaraftons kväll gick vi till några vänner och satt på altanen under segelduken som spänts upp i dubbla lager. Det doftade ny sommar, och salt från havet som hördes femhundra meter därifrån. Regnet var varmt. Vi drack whisky runt midnatt och lyssnade på en hjärtats sångare som sjöng om kärlekens smärta med det rätta lakoniska tonfallet.

Nästa morgon sken solen obarmhärtigt över onda och goda. Det skulle tydligen bli årets hittills hetaste dag. De tidigare månadernas väta fanns kvar i luften och jag kände en tropisk värme genom fönstret. Sol efter monsun. Det luktade som i ett annat land därute. Det var tyst. Gatorna var tomma, som alltid efter midsommarafton.

"Måste du verkligen gå på den där träffen i kväll, Erik?" Angela tittade på mig över bordet. Vår tvååring Elsa tittade på samma sätt. Redan när jag kände den första doften av tropikerna hade jag vetat att det varit något. Det är alltid något.

"Helv..." sa jag och högg av ordet mitt i. Här satt barn.

"Helv!" sa Elsa.

"Det är väl frivilligt", sa Angela.

"Skulle du backa ur?" frågade jag.

"Du besvarar en fråga med en fråga", sa hon.

"Ställde du en fråga? Jag tyckte du gjorde ett vagt påstående om frivillighet."

"Ta en kopp kaffe till", sa hon och log.

Jag drack och längtade ut i värmen.

"Jag har ju lovat", sa jag efter en stund. "Jag är praktiskt taget en av arrangörerna."

"Okej, okej."

"Men visst är det fel dag. En och annan är väl trött."

"Kunde ni inte ändrat det?" Hon log igen. "Du är ju praktisk taget en av arrangörerna."

"Det var enda dan att samlas. Sen reser många igen."

Jag fyllde på kaffe och kände tröttheten mattas i kroppen. Jag visste naturligtvis inte då att den klassträff vi skulle ha på kvällen, och som jag varit med om att planera, skulle få oanade konsekvenser.

Det var några avhopp i sista stund men de flesta var där. Vi var tjugo år äldre och tiden hade varit vänlig mot vissa och lite grymmare mot andra.

"Kommissarie Winter är sig nästan lik", sa en kille som jag knappt skulle ha känt igen om han inte hade presenterat sig. Han hette Erik, som jag. Erik Werner. Samma initialer, det hade ställt till med lite problem ibland i skolan.

"Vid 40 har en man det ansikte han förtjänar", svarade jag.

"Är det inte 50?" sa Erik.

"I ditt fall är det 40", sa jag.

"Skarpsynt!" sa han och gick därifrån och jag förstod nog inte riktigt vad han menade. Eller jag själv.

Hela tillställningen kändes lite surrealistisk. Vi var oss själva från förr men samtidigt helt andra personer, som gjort skiftande resor genom livet. Jag kunde se vilka som kände att de fortfarande var på väg någonstans och vilka som trodde att de missat sina chanser. Skarpsynt!

Några tog igen livets förluster i baren. Själv drack jag mindre än jag brukade.

Min gamla kärlek stod plötsligt där. Hon var också den första.

"Hur är det?" frågade hon.

"Bra."

"Jag läser om dig ibland."

"Gör inte det."

"Vill du inte bli omskriven?"

"Det handlar inte om mig."

"Vad handlar det om då?"

"Brotten. Det handlar om brotten. Helst borde det inte stå nåt alls."

En man hade gjort oss sällskap.

"Då vore du arbetslös", sa han.

"Hej Per."

Han nickade.

"Och hej Monika", sa jag till kvinnan. Vi hade inte hunnit presentera oss.

"Mycket vatten under Göta Älvbron sen sist", sa Per.

Nu var det min tur att nicka.

"Vi gifte oss för fem år sen", sa han.

"Förlåt?"

"Monika och jag." Han lade sin arm runt hennes axlar. Hon log och jag tyckte att det kanske fanns en liten förlägenhet i leendet. Eller något slags blygsel.

"Det visste jag inte."

"Vi flyttade tillbaka till stan för ett halvår sen", sa Per. "Från Tokholma."

"Gratulerar." Jag höjde mitt glas. "Till båda sakerna."

Bakom honom kunde jag se Erik Werner som vänt sitt ansikte mot oss. Det hade ett uttryck jag inte kände igen. Hans ansikte hade blivit 100 år. Eller om det var 20, igen. Plötsligt mindes jag att Monika och Erik varit ett par innan hon och jag haft en förbindelse som varit kort och rätt stormig, och samtidigt ung och grön. Oskyldig kanske.

Erik Werner hade haft svårt att komma över förlusten av Monika. Nu såg han ut som om han förlorat henne igen.

Det hade hunnit gå två veckor efter klassträffen. Solen sken och folk började till och med klaga på hettan. Jag hade precis börjat min semester och tänkte inte klaga. Mitt arbetsrum på polishuset hade varit en bunker de senaste dagarna.

Vi skulle åka till stranden när telefonen ringde.

"Monika är försvunnen", sa Per.

Hans röst var en annans. Jag hade hört många sådana tonfall. Skräck, en blottad nervositet på snabb kurs mot panik.

"Vad har hänt?"

"Hon har varit borta i två dagar", sa han. "Och inget meddelande. Och fråga inte om det har hänt förut och all sån skit, för det har det givetvis inte, och om vi har grälat och så vidare och så vidare eller om jag klått upp henne eller om hon har en älskare och allt sånt."

"Jag har inte frågat nånting än."

"Hon har råkat ut för nåt", sa han. "Och hon hade bilen."

"Har du anmält försvinnandet?"

"Jag gör det ju nu, Erik."

Vår lilla familj kom inte iväg till stranden. Angela suckade men sa ingenting. Elsa förstod inte, men det skulle inte dröja länge förrän hon gjorde det.

Jag ombesörjde efterlysningen efter några fler uppgifter från Per.

Vi bestämde att ses om två timmar för lunch. Det var min semester men jag kunde inte bara hänvisa honom till andra. Jag kunde åtminstone träffa honom och sedan fick mina kolleger ta över.

Jag tyckte inte om att människor bara försvann. En del gjorde det av fri vilja och jag gillade inte det heller, men när de försvann på grund av brott gjorde det mig förbannad.

Dessutom hade jag ett slags personligt ansvar för det här.

Jag gick från mitt hem till restaurangen på Avenyn och tog ett bord på uteserveringen. Klockan slog. Jag beställde en mellanöl från fat och väntade.

Efter en kvart började kyparen snegla åt mitt håll. Många väntade på bord och jag hade ännu inte beställt mat.

"Mitt sällskap är på väg", sa jag när han närmade sig. Dessutom hade jag beställt en öl som kostade lika mycket som Dagens lunch.

Efter en halvtimme var mitt ölglas tomt precis som stolen framför mig. Jag ringde Pers hemnummer som jag fått när vi pratade på förmiddagen. Jag hade egentligen inte velat ha det men hade ändå skrivit upp det i adressboken.

Telefonsvararen hänvisade till ett mobilnummer. Jag

ringde det. Ny svarare. Jag tittade på klockan. Han var fyrtiofem minuter försenad. Det var ett egendomligt beteende för en man som desperat sökte efter sin försvunna fru och nu kunde få hjälp av en... tja, expert.

Jag ringde båda numren igen men fick inget svar. Jag lämnade ett meddelande och reste mig. Kyparen blängde på mig. Hit skulle jag aldrig gå mer.

Vi åkte till stranden på eftermiddagen. Jag hade min mobil påkopplad men den enda som ringde var min mor från sitt hus i Nueva Andalucía utanför Marbella på spanska solkusten. Det hade hunnit bli cocktaildags och det hördes på hennes röst. Jag kunde själv tänka mig en dry martini snart.

När vi kom hem gjorde jag i ordning den, och den var mycket kall och mycket torr. Jag ringde Pers nummer igen men fick fortfarande inget svar.

Elsa hade somnat redan i bilen.

Vi satt på balkongen och såg himlen få aftonens blå nyans. Det doftade av sommarstad.

"Det är ju märkligt", sa Angela. "Vad tänker du göra?"

"Fortsätta ha semester", sa jag.

"Det tror jag så mycket jag vill på."

"Vad tycker du jag ska göra då?"

Hon ryckte på axlarna. Vi hörde Elsa skrika till från sitt rum. Angela reste sig eftersom jag höll drinken i handen just då.

De kom tillbaka.

"Hon är pigg igen."

"Vad säger du om en promenad?"

"Visst."

"Det är bara ett par kilometer hem till... deras hus. Pers och Monikas."

"Då har vi ju ett mål", sa Angela.

De bodde i ett sju våningar högt hyreshus från 30-talet. Om det inte kulturskyddats redan så var det bara en tidsfråga.

Det fanns hiss och vi åkte upp med barnvagnen. Hissen påminde om vår egen. I trapphuset fanns tre dörrar och en av dem stod på glänt. Det stod Sjölander på dörren, vilket var Pers efternamn, och Monikas numera.

"Dörren är ju öppen", sa Angela.

Jag ringde på dörrklockan och signalerna var mycket höga genom dörrspringan. Jag ropade Pers namn men fick inget svar. Elsa ropade också hans namn.

"Vad ska vi göra?" frågade Angela. Kanske såg hon rädd ut.

"Du ska ta Elsa och åka ner i hissen och vänta på mig därnere en liten stund."

"Och du då? Du tänker väl inte gå in där?"

"Jag ska ringa hans mobilnummer igen."

Jag ringde men fick inget svar.

Angela hade tryckt upp hissen och den stannade på våningsplanet med en gammal och melankolisk suck.

"Jag måste ju kolla", sa jag.

Angela skakade på huvudet och körde in barnvagnen i hissen och tryckte ner sig och Elsa.

Jag petade upp dörren med armbågen och gick försiktigt över tröskeln. Jag hade inget vapen med mig. Det låg kläder på golvet i hallen. Jag hörde bruset av fläktsystemet och svaga trafikljud utifrån.

Till höger låg köket och jag gick in där. Det var tomt på bordet men ganska mycket disk i diskhon, trots att det fanns en nästan tom diskmaskin som stod med luckan öppen.

Jag gick snabbt genom våningens tre rum men där fanns ingen person. Rummen var fyllda av kvällens stadsljus, av cirklar och strålar från den sjunkande solen och från neonen och gatlyktorna genom de nakna fönstren.

Det stod ingen gömd i någon garderob. Det låg ingen under dubbelsängen. Ingen i badkaret.

Bortsett från några få plagg på golvet i hallen verkade inte våningen vara i oordning.

Jag gick tillbaka till hallen och hörde hissen hasa sig upp och ner.

Dörren till våningen hade stått öppen.

Jag tyckte inte om det här.

Plötsligt visste jag att jag var mitt inne i en ny förundersökning. Ta det lugnt. Han kunde ha rusat ut av vilken anledning som helst och lämnat dörren öppen efter sig.

Kanske hade hon ringt. Och då hade det inte funnits någon anledning att träffa kommissarie Winter eftersom problemet var löst, eller hur? Hon var inte borta längre och om de hade äktenskapsproblem så kanske de också var lösta nu.

Kanske.

Jag gick tillbaka till sovrummet där telefonsvararen stod, och tryckte på "play" med fingertoppen täckt av min näsduk.

De enda meddelanden som fanns där var mina egna.

Jag gick ut från lägenheten och stängde dörren efter mig och hörde den gå i lås.

Angela väntade därnere. Elsa hade somnat igen.

"Där fanns ingen", sa jag.

"Skönt", sa Angela.

"Jag vet vad du tänker."

"Du behöver kanske inte ett brott eller två på semestern också."

"Nej."

"Men det här kan du inte släppa nu, va?"

"Vad skulle du göra?"

"Fundera på om jag var den ende kriminalpolisen i Göteborg eller om det fanns någon annan som kunde undersöka det här medan jag tog en paus från folks alla hemska hemligheter."

"Vi har bara tagit en kvällspromenad", sa jag.

Jag ringde och pratade med min ställföreträdare på spaningsroteln, kommissarie Bertil Ringmar. Han hade just börjat efter sin ledighet som mest varit regn och hårda vindar.

"Ska vi lysa honom också?" frågade han.

"Vänta tills i morgon."

"Dom kanske är på väg ut på en andra smekmånad."

"Det stod två resväskor i en av garderoberna."

"Var inte så konventionell", sa Ringmar. "Har du aldrig rest med bara en tandborste i bakfickan?"

"Det stod två tandborstar i två muggar i badrummet."

"Ha ha. Men okej, vi väntar och under tiden ber jag ordning hålla lite koll ute på stan, och trafikkillarna."

"Bra."

"Jag kollar med registret så vi kan titta efter deras bil också."

*

De hittade bilen. Bertil ringde mig nästa morgon.

"Den stod ute vid Näset. Tom."

"På parkeringsplatsen?"

"Ja."

Näset. Badplatsen vid havet. Det var nästan två mil dit från paret Sjölanders hem. Fast jag tänkte på dem som Monika och Per.

"Vi går igenom bilen", sa Bertil.

"Ring mig sen."

Jag drack ett glas vatten och kände mig förvirrad, eller orolig snarare. Det här var ingen bra ledighet.

Angela kom tillbaka med färska rosenbröd från hembageriet i gatuplanet. Jag tog fram ost och smör och marmelad. Bröden var fortfarande varma. Telefonen ringde ute på hallbordet när jag tog den första tuggan. Jag reste mig.

"Visst är det skönt med semester", sa Angela med ett tonfall som kanske var ironiskt.

"Killarna har hittat en papperslapp på golvet i framsätet", sa Bertil. "Under gummimattan."

"Och?"

"En serie siffror. Kanske ett telefonnummer."

"Men slå det då."

"Tänkte att du vill..."

"Ge mig det."

Han läste och jag skrev. Vi ringde av och jag tryckte in siffrorna.

Var god tag nio noll ett två noll för besked.

Beskedet var att det inte fanns någon abonnent med det

numret. Jag studerade siffrorna. Det *såg ju ut* som ett telefon-nummer.

Jag fick en idé och gick till skrivbordet och grep en lista som låg nästan överst i en hög. Den innehöll namn och tele-fonnummer. Jag jämförde dem ett och ett med numret på lappen. Inget stämde, men om en nia byttes ut mot en fyra på papperslappens nummer skulle det överensstämma med ett av numren på listan.

Jag ringde numret och hörde en svarston och en till. En telefonsvarare: Jag är inte hemma nu men om... och så vida-re. En mansröst som var bekant.

Erik Werner.

Klassträffen.

Min namne, så gott som.

Jag hade inte hans adress men fick den från nummerby-rån. Hammarvägen. Jag hittade vägen på kartan, kartblad 44. Inte långt från Näsets Badväg och parkeringsplatsen.

Trafiken var tät ut till Näset. Sommaren var här, kanske för alltid. Solen dunkade mot biltaket.

Erik Werners hus låg i skugga. En vit mexitegelvilla, som de flesta här omkring. Werner verkade ha klarat sig hyggligt i livet. Garaget var öppet men där stod ingen bil.

Han svarade inte när jag ringde på. Att ringa på dörrar som aldrig öppnades upptog en mycket stor del av en krimi-nalkommissaries vardag.

Jag hörde en bil bakom mig och vände mig om och såg den svänga in och stanna framför garaget. Min namne steg ur.

"Det finns en första gång för allt", sa han.

Kanske syftade han på mitt besök. Kanske på något annat.

"Jag letar efter Per och Monika", sa jag.

"Du skulle aldrig ha arrangerat den där jävla klassträffen", sa han.

"Jag var inte ens..."

"För många gamla dåliga minnen", sa han.

Han stod mycket nära nu. Hans ögon avslöjade något jag sett förut, hos människor som utfört allvarliga brott, ohyggliga brott.

"Jag trodde jag hade lagt allt det där bakom mig", sa han nu.

"Var är dom, Erik?" frågade jag.

"Var är dom, Erik?" svarade han med ett härmande tonfall.

"Vi hittade bilen."

"Jag ringde honom", sa Werner. Han tittade i riktning mot havet. Plötsligt skrattade han till och tittade på mig igen med de där ögonen. De glödde som från en egen sol som var svart. "Nu får vi se hur skarpsynt du är, Erik!"

Tro

Jag kunde höra sången innan jag steg in i kyrkan som hade en skylt som verkade ny: FILADELFIA, den löpte över ingången, över gaveln från vänster till höger.

När jag gick genom samhället från järnvägsstationen hade solen kommit fram igen. Molnen hade rest vidare med tåget jag kommit med. Det var onsdagseftermiddag och gatorna hade varit tomma.

En hund hade skällt inne på Josefssons tomt. Jag hade sett infarten till fotbollsplanen i änden av gatan. Sedan började skogen. Mellan träden skymtade sågverket. Solen hade speglat sig i skobutikens fönster mitt emot Pingstkyrkan och då hörde jag lovsången till Herren.

Därinne sjöng församlingsmedlemmarna högt. Kyrkan var fullsatt som den alltid hade varit i vårt samhälle. Jag stod kvar i hallen som luktade ny av målarfärg. Sången tystnade och pastorn talade. Jag såg honom nicka lätt till mig, eller om det var till Gud. Han talade om lyckan i Guds närhet. Människor satt i bänkarna med knäppta händer och slutna ögon och talade lågt med sig själva, eller om det var med Herren, eller hans son Jesus, vars namn hördes regelbundet i det mumlande bruset.

De sjöng igen och sedan var det över. Folk reste sig och började gå ut i det sjunkande solskenet som vid ett tillfälle trängt in i kyrkan och träffat korset som blivit gyllene på väggen bakom pastorn.

Jag stod kvar i hallen och nickade åt några i församlingen. Pastorn steg ner från podiet och kom fram till mig.

"Här har vi herden", sa jag.

"Välkommen hem, Andreas." Han tryckte min hand. "Det var länge sen."

Förvisso var det länge sen. Jag hade flyttat härifrån för nästan tjugo år sen och det var inte ofta jag kom hem på besök. Jacob hade blivit kvar. Hans far hade varit pastor och sonen blev pastor. Man kunde säga att Jacob tagit över familjeföretaget.

"Roligt att se dig här hos oss", sa han.

"Jag hörde den vackra sången."

Han nickade mot mig och sedan mot några av flockens lamm som var på väg ut i sommarhagarna.

"Blir du hemma länge?" frågade han och tittade på mig igen.

"Kanske ett tag. Mamma är ju dålig och behöver hjälp och... tja, jag hade lite ledigt att ta ut."

Det var egentligen ett beslut andra fattat åt mig: min sjuka mor, som nyss kommit hem efter ännu en operation; min överordnade, som sett tröttheten i mitt ansikte bli tydligare, och till slut gå ut över dem som fanns under mig i rang.

"Det kan nog behövas en del ledigt med ett sånt jobb", sa Jacob. "Måste vara påfrestande att vara polis."

"Alla jobb har sina påfrestningar", sa jag. "Även ditt, antar jag."

"Det är ändå skillnad mot att vara polis", sa han. "Det är väl kriminalpolis du är?"

"Kriminalkommissarie."

"Det låter... högt. Kommissarie vid dina unga år."

"Jag är ändå 38, Jacob. Precis som du."

På kvällen satt jag med min mor i köket där jag suttit så många gånger i mitt yngre liv. Sommarskymningen doftade in genom de öppna fönstren. Vi pratade om vad som hänt den senaste tiden och hon sa godnatt tidigt. Jag satt uppe och drack ett glas öl och lyssnade på tystnaden som var mycket större här än i storstan. Den låg inte så många mil bort men det var en annorlunda värld.

Jag hade svårt att somna när jag lagt mig. En gång tyckte jag att jag hörde ett rop långt borta, eller ett skrik. Jag hörde en bil på vägen utanför. Jag visste det förstås inte då, men efter den här natten skulle ingenting någonsin mer bli sig likt i samhället.

Jag fick veta det när vi åt frukost. Telefonen ringde mitt i den hysteriska fågelsången genom köksfönstren som inte stängts. Min mor svarade och tittade på mig och sa "han sitter här" och lämnade över telefonluren innan jag hunnit bre färdigt smörgåsen.

"Det är tyvärr jag", sa min överordnade.

"Meningen var väl att jag skulle ta det lugnt? Din mening, om jag minns rätt."

"Du har alltså inte hört?"

"Hört vadå?" svarade jag och såg på min smörgås som väntade på sitt pålägg.

"Om morden i natt. I ditt samhälle, Andreas."

"Jesus", var det enda jag fick fram.

"Dom har folk på väg", sa han. " Lokala krim. Du är fortfarande ledig. Men jag ville att du skulle veta det direkt."

"Jag är ju faktiskt härifrån", sa jag. "Det kan vara en hjälp."

"Låt kollegerna sköta det", sa han. "Det är inte vårt fall."

Solen stod redan högt och spred ett skarpt ljus över dungen invid fältet som kändes overkligt och nästan opassande när det träffade de två ungdomarnas kroppar. Det träffade också mig där jag stod framför dem. Jag talade med rättsläkaren som jag inte kände. Jag kände inte ordningspoliserna som spärrade av området heller, eller de lokala kriminalpoliserna. De enda jag kände, eller hade känt, var människorna som stod på andra sidan repen och stirrade på scenen för det ofattbara.

Min kommissariekollega hälsade hövligt på mig och jag såg i hans ögon att han önskade mig långt åt helvete därifrån. Jag hade önskat detsamma i hans situation. Hans namn var Birgersson.

"Ihjälklubbade som två sälar", sa han och gjorde en rörelse med huvudet bort mot liken.

"Vet du vilka det är?"

"Det här är inte Los Angeles", sa Birgersson och skuggade ansiktet för den brännande solen, "även om man kan tro det just nu." Han såg bort mot åskådarna. "Här känner alla alla."

"Vilka är dom?" sa jag och menade offren.

"En pojke och en flicka som båda var femton", sa han och sedan lade han till deras namn. Jag tänkte på namnen och på några ansikten som fanns i minnet.

"Jag tror jag känner föräldrarna", sa jag.

"Vad jag förstår har du semester", sa han.

Jag nickade.

"Vi kan inte springa i vägen för varandra här", sa han.

Dörren till kyrkan var öppen. Det var svalt och stilla därinne. Jag tog av till höger och såg Jacob stå i sitt arbetsrum med ansiktet mot fönstret. Han vände sig om när jag kom.

"Du har väl hört", sa han.

"Ja."

"Det är väl bara för kommissarien att känna sig som hemma då", sa han och tittade på mig. "Förlåt, Andreas. Det där menade jag inte." Han strök sig över ansiktet med högerhanden. "Det är ba... bara det att jag kände fli... flickan väl." Han såg på mig med tårar i ögonen. "Hon var medlem i församlingen. Hennes föräldrar också."

"Jag vet."

"Gode Fader", sa han.

Vi hade gått i samma klass. Stig och Lena, som var flickans föräldrar, och jag och Jacob. Pojkens föräldrar hette Bengt och Kerstin och hade gått i andra klasser men i samma skola. Bengt var året yngre än jag. Kerstin var fyra år yngre. De tillhörde inte församlingen.

Pojkens namn var Jonas, flickans namn var Helena.

"Kände dom varandra väl?" frågade jag.

Att de känt varandra, åtminstone ytligt, utgick jag ifrån. Alla kände till alla här.

"Vilka?" frågade han.

"Pojken och flickan. Umgicks dom med varandra?"
"Inte vad jag vet."

På kvällen satt jag med min mor igen vid köksbordet. Det var samma dofter genom fönstren, samma tysta ljud. I morgon skulle vi fira midsommarafton. Jag skulle försöka få med henne ut.

"Om det blir nåt firande i år", sa hon och snurrade kaffekoppen runt, runt. " Vem vill fira efter att nåt sånt här har hänt?"

Jag svarade inte. Hon snurrade koppen.

"Stackars dom", sa hon och tänkte troligtvis på föräldrarna. Hon tittade på mig: "Kan du inte göra nåt?"

"Vad menar du?"

"Ta reda på vad som har hänt. Det måste dom ju få veta. Man kan inte leva med sånt annars. Det går inte. Man måste få veta. Vem som gjorde det eller vilka och varför. Såna saker måste dom stackarna få veta."

"Polisen arbetar med det", svarade jag.

"Hmm", sa hon och jag förstod att det sammanfattade vad hon tyckte om det här länets spaningsrotel. Eller vad hon kanske tyckte om alla kriminalare som inte var jag, hennes son. Jag såg hur ont hon hade. Om tre dagar skulle hon tillbaka till sjukhuset och jag var inte säker på att hon någonsin skulle återvända. Jag visste att hon själv tänkte så, men hon sa det inte.

Morgonen kom med samma sol och samma värme. Himlen var utan en rispa, blå överallt. Efter en sen frukost föreslog jag att vi skulle ta en promenad till hembygdsparken för att se hur man trots det som hänt förberedde eftermiddagens midsommarfirande.

"Jag är lite trött", sa hon. "Gå du, Andreas."

I parken klädde barn och vuxna midsommarstången. Några folkmusiker gned diskret på strängarna, som om musiken inte riktigt passade i dag. Jag nickade till en man jag kände och gick därifrån. Jag hade bestämt mig.

Stig öppnade. Hans ansikte var en skugga. Vi hade bytt några ord för fyra år sedan, när min far begravdes och jag var hemma ett par dagar. Ingenting efter det. Han visste vad jag gjorde i storstan.

"Inte du också", sa han.

"Får jag komma in lite?"

"Vad är det för mening?" sa han och jag uppfattade det som om han inte menade mitt besök utan mer livet i stort. Eller döden. Men han steg åt sidan och jag gick in.

Lena satt vid köksbordet. Persiennerna försökte stänga ute solen som pressade sig in mellan gliporna och gjorde hennes ansikte fläckigt och hårt. Jag gick fram och kramade henne och kände hennes tårar mot min kind.

"Var fanns Gud?" var det första hon sa.

"Tyst med det där", sa Stig.

"Vi har försökt be så mycket", sa hon, men jag förstod inte riktigt vad hon menade med det. Jag frågade inte. Kanske tänkte hon att Gud inte hade varit till hjälp eller glädje i hennes liv. Eller så var det bara nu. Hon hade varit kristen redan i småskolan. Stig hade blivit det i vuxen ålder. Eller när han träffade henne. Som jag mindes det var det då han gick till Gud.

"Arbetar du med... med det här", frågade Stig och satte sig vid köksbordet.

"Nej."

"Det kommer folk och ställer frågor hela tiden", sa han.

"Det är så det blir", sa jag.

"Men det hjälper väl inte", sa han.

Jag svarade inte. Jag hade några frågor själv.

"Kände... Helena den här pojken?"

"Så du är i tjänst i alla fall?"

"Jag vill hjälpa", sa jag.

"Inte vad vi vet", sa Lena och höjde huvudet. Hjässan träffades av en solstråle som verkade ringla sig runt huvudet och ge henne en gloria. "Men vi vet ju inte allt."

"Men ni visste ändå vem han var?"

"Det... det är klart. Större är inte samhället. Det vet du ju själv."

"Vad skulle hon göra i förrgår kväll?"

"Cykla runt med en kamrat", svarade hon. "Det... det var en vacker kväll och vi li... litade på henne." Hon tittade på mig som om hon begått ett brott. "Sen var hon inte hemma till halv tolv och vi ringde till kamraten som var hemma sen länge och d... då åkte vi ut och letade och... och..."

"...och några ungar som samlade flaskor hittade dom i går morse", fortsatte hennes man som satt med händerna hårt knäppta. Han plågades svårt, jag kunde se det.

Jag köpte en dricka i kiosken på torget. Solen stod som

högst. Många kom ut från snabbköpet på andra sidan torget och lade sina varor i bilarna och körde hem för att fira midsommar. En kvinna jag kände igen öppnade sin bildörr för en pojke som kanske var tio år. Hon tittade åt mitt håll och höll kvar blicken. Jag vinkade och ställde flaskan på kioskdisken och gick dit. Pojken satt redan i bilen.

"Det var länge sen", sa hon.

"Hur har du det, Anna?" frågade jag.

Hon ryckte lite på axlarna, förde tillbaka håret över pannan. Pojken som jag visste var hennes son tittade på mig genom fönsterrutan. Det måste vara varmt därinne.

"Har du ätit lunch?" frågade hon.

Vi satt i trädgårdens skuggor. Pojken var någon annanstans. Jag drack av det vita vinet hon serverat till laxen. Hon hade berättat att hon levde ensam med sonen sedan tre år. Det hade jag inte vetat. Jag hade berättat lite om mig själv.

"Har du träffat dom?" frågade hon.

"Bara Stig och Lena", sa jag.

"Jag har sett pojken och flickan tillsammans", sa hon.

"Föräldrarna säger att dom inget visste", sa jag.

"Han kom från en profan familj, om man säger så." Anna drack en liten klunk vin. "Det går inte alltid för sig."

"Jag har aldrig betraktat Stig och Lena som fundamentalister", sa jag.

Hon svarade inte.

"Men du kände dom väl inte?" sa jag.

"Inte på det sättet. Inte Bengt och Kerstin heller, inte nu. Kerstin och jag är förresten lika gamla, visste du det?"

"Nej."

"Vi gick hela vägen upp till nian ihop. Vi var vänner en tid efter det." Hon hällde upp lite mer vin i mitt glas. Jag kände ett slags lätthet i hjärnan. "Det var nåt mellan Stig och henne en gång, så mycket vet jag utan att bli en skvaller-kärring. Det var innan han valde Gud."

"Hur menar du?"

"Innan han blev frireligiös."

"Inte det. Det andra. Du sa att det var nåt mellan dom."

"Dom var ihop, helt enkelt. Inte länge, men jag vet. Jag sa ju att Kerstin och jag var vänner då. För henne var det en hemlighet."

Jag lät vinglaset stå. Jag ville behålla den lätta känslan. Hon tittade på mig. Det fanns något där i ögonen. Hon strök bort håret igen. Jag kände en liten hetta i skallen som inte kom från solen. Det fanns en plötslig torrhet i munnen. Hon hade ett leende på läpparna. Jag fortsatte att titta på hennes läppar.

Vi reste oss samtidigt och gick in i huset.

Skuggorna var längre när jag stod utanför Bengt och Kers-tins hus. Jag kunde höra fiolerna från parken men de hade en vemodig klang. Jag hade gått förbi nyss och där var inte många som dansade runt midsommarstången. Jag ringde på dörrklockan igen. En hund därinne skällde till svar. Dör-ren öppnades av Bengt. Det var alltid männen som öppnade dörrarna.

"Så det är du", sa han.

"Det här är off the record", sa jag.

"Du tar dig friheter", sa han men öppnade dörren helt och jag gick in. Vi satte oss i köket. Jag hörde ljudet av vatten som strilade. Ljudet kom från övervåningen.

"Vad vill du?" sa han. "Off the record."

"Jag vill veta vem och varför", sa jag.

"En galning", sa han. "Såna finns överallt." Han tittade uppåt, mot himlen, eller övervåningen. "Vi befinner oss i chock här, som du förstår. Det var därför jag släppte in dig."

"Träffade du flickan nån gång?"

"Helena? Nej. Jag vet inte varför dom hit... hittades tillsammans", sa han med en röst som snart skulle brista. "Ja... jag visste vem hon var me... men det är allt."

Ljudet av vatten hade upphört däruppe. Det var tyst. Hunden låg stilla i sin korg i hallen. Det hängde ett väggur på väggen i köket och jag såg pendeln men hörde inte tickandet.

"Är Kerstin hemma?" frågade jag.

"Jag är hemma", sa hon och stod i dörren. Jag hade inte hört henne komma nedför trappan. "Kan du låta oss vara i fred nu, Andreas?" Hon tittade på sin man: Varför har du släppt in honom? Hennes ansikte var utan drag, en skiss. Sorgen hade redan trängt längre in än hos mannen. Jag ville fråga henne några saker men det skulle inte gå nu, inte här. Bengt reste sig, som ett tecken till mig. Kerstin tittade inte upp när jag gick ut ur köket. Musiken från parken hördes plötsligt starkare.

Min mor vilade när jag kom hem. Huset var fyllt av skymningens skuggor. Jag ringde till polishuset inne i huvudorten och fick till slut numret hem till kommissarie Birgersson. Vi hade träffats i går morse men det kändes mer avlägset än så.

"Ringer du på midsommarafton, din jävel", sa han, men det var mer jargong än ilska. Jag hörde på rösten att han tagit ett par snapsar till sillen och kanske höll ett glas whisky i handen just nu.

"Hur ser föräldrarnas alibin ut?" frågade jag.

"Vi kom överens om att inte springa i vägen för varandra", svarade han.

"Här är det ingen som springer", sa jag.

Han bullrade ur sig ett kort skratt och jag hörde pausen när han drack ur glaset, whisky eller gin.

"Jag kan få fan för det här", sa han.

"Är det nån som har klagat?"

"Inte än." En paus igen. Jag kunde höra musik i bakgrunden. Inte fioler, mer åt storbandshållet. Han verkade vara den typen. "Grabbens farsa och morsa gick inte från huset. Dom hade en liten fest med tolv inbjudna som höll sig kvar så sent dom kunde. Flickans föräldrar... tja, dom säger att dom var hemma och det finns ingen som vare sig kan bekräfta eller bestrida det. Till slut gav dom sig iväg själva för att leta efter henne."

Jag vet, tänkte jag. Jag tänkte också på en annan sak. Birgersson visste inte vad Anna hade sagt till mig tidigare i dag, att hon sett pojken och flickan tillsammans. Jag ville behålla den kunskapen för mig själv en liten stund till.

"Har ni nåt mer om pojken och flickan? Om dom kände varandra?"

"Har du?"

174

"Nej", ljög jag.

"Vi har hittills försökt höra kompisar men sånt tar tid, det vet du ju själv."

"Pojkens mamma och flickans pappa kände varandra förr", sa jag nu. "Nåt slags förhållande."

"Hur vet du det?"

"Jag är härifrån, Birgersson."

"Vad kan det betyda då?" Jag hörde klirret av is i hans glas. Det kunde inte vara mycket is kvar, eller så var det en stor drink. "Är inte alla ungdomar förr eller senare ihop med varandra i ett sånt litet ski... i ett sånt litet samhälle", sa han.

Inte bara ungdomar, tänkte jag.

Anna öppnade ytterdörren innan jag hunnit ringa på. Jag försökte dra henne intill mig men hon vek undan och pekade inåt huset.

Jacob satt i en fåtölj i vardagsrummet. Det glittrade i skymningsljuset som fortfarande höll ut och skulle göra det ända tills gryningsljuset tog över.

Jag kunde höra ljud från pojkens dator i hans rum på övervåningen. Det lät som skottsalvor och granatexplosioner. Det *var* skottsalvor och granatexplosioner. Jacob såg inte på mig utan ut genom fönstret. Eftersom han var pingstpastor och inte bar prästkrage kunde man inte se på honom att han var en Guds tjänare.

"Så du har hittat hit", sa han och tittade på mig. "Det tog inte lång tid."

"Vad ska det betyda?" frågade jag och satte mig i soffan.

"Anna och jag är gamla eh... bekanta", sa han och jag förstod kanske vad han menade.

"Är det nån som vill ha kaffe?" frågade Anna som blivit stående. Jag kunde se att hon var nervös. Hon hade inte sagt något. Jag visste inte riktigt vad jag hade hamnat i. "Eller nåt annat? Andreas? Jacob?" Hon tittade på mig och sedan på honom. Han tittade ut genom fönstret.

"Nåt annat", sa han utan att flytta blicken.

Hon gav till ett litet nervöst skratt och gick ut i köket och jag kunde höra kylskåpet öppnas.

"Tror du att Gud finns, Andreas?" frågade han plötsligt och vände sig mot mig.

"Jag vet faktiskt inte", svarade jag.

"Det här handlar inte om vetande. Det handlar om tro."

"Jag vet inte om jag tror", sa jag.

Han gav till ett skratt.

"Vad gör du här egentligen?" sa han nu. "Varför har du kommit hit?"

"Det vet d..."

"Hit till Anna alltså", avbröt han. "Vad har du här att göra?" Han lät definitivt annorlunda än när han välkomnade själar till Herrens hus. Här var han en människa, en fattig och syndig människa som ville vara ensam med en vacker kvinna. Jag tyckte bättre om honom så här.

"Vill du att jag ska gå?"

"Ingen hindrar dig."

"Vad pratar ni om?" sa Anna som kom tillbaka med en bricka med glas och flaskor och en skål oliver.

Vi sa godnatt till Anna och gick ut i den halvtimme som var

dygnets mörkaste. Jag huttrade till i den svala vinden. Jag kunde höra en lom från sjön nedanför vallen vi stod på. Ett tåg tjöt bakom granarna, ett litet ljud. Allting var välbekant från förr. Det var som om jag inte varit borta halva mitt liv.

"Kommer du ihåg", sa han och jag visste vad han menade.

Vi gick bortåt kyrkan. Han var tyst. När vi hade suttit inne hos Anna hade han pratat men där fanns något som plågade honom, som han bar med sig och som han ville berätta. Mitt arbete som polis och förhörsledare hade lärt mig så pass mycket. När människor bar på plågsamma kunskaper ville de berätta. Inte alla, men alla som inte var psykopater.

Vi passerade hans tempel och fortsatte ner till sjön. Jag tog upp en sten och kastade smörgås, en-två-tre-fyra. Han kastade, en-två-tre-fyra-fem. Han hade alltid varit bättre på det.

Ringarna på vattnet efter stenen var som de liv som funnits nyss och försvunnit, de lämnade en krusning efter sig som sedan var borta och allt blev blankt och stilla igen, en-två-tre-fyra.

Vi såg konturerna av två svanar glida ute på sjön, som tysta patrullbåtar. Skymningen hade lämnat över till gryningen nu. Snart skulle ett par ekor lägga ut med unga pojkar som skulle söka gäddorna. Vi hade gjort det, Jacob och jag. Båten hade legat därborta. Där låg en båt nu med. Kanske var det den.

Han tog upp en sten till.

"Är det nåt du vill berätta för mig, Jacob?"

Han kastade igen, en-två-tre-fyra-fem-sex. Svanarna som kommit närmare gled nu tillbaka.

"Du vet att jag är pastor, Andreas."

Jag tog upp en sten och kastade, en-två-tre-fyra.

"Jag har min plikt", sa han.

"Det var Stig", sa jag.

Han svarade inte.

"Det var han. Du behöver inte svara. Du har din tystnadsplikt. Men du har vetat."

"Vetat vadå?" Hans röst var svag nu. Han verkade plötsligt utan kraft. Han skulle inte ha orkat lyfta en sten till.

Jag visste inte, var inte säker på någonting. Jag hade tänkt på det under den här dagen och ringt ett par samtal. Stig och Kerstin hade känt varandra förr i tiden. De hade en hemlighet. Eller någon av dem. Den hängde samman med deras barn, Stigs dotter och Kerstins son. Bengt och Kerstins son. Deras son, sonen... sonen och fadern och den helige ande. Son...

Mobiltelefonen i min bröstficka ringde och ljudet sprätte över vattnet. Jacob tappade den sten han trots allt lyckats lyfta.

Det var Anna.

"Kerstin ringde mig alldeles nyss", sa hon. "Hon var alldeles uppriven."

"Vad har hänt?"

"Hon har berättat nå... nåt för Stig som gjorde honom alldeles för... förtvivlad."

"Att han var far till hennes son. Till Jonas."

"Hur visste du det?"

"Jag visste inte. Jag trodde."

Jacob tittade på mig.

"Hon har alltid haft den där hemligheten själv, burit den själv", sa Anna. "Hon sa till mig nyss att det skulle förbli så men... men så berättade Jonas för henne att han hade träffat en flicka och det var Helena."

"Ingen annan visste?"

"Kerstin har aldrig varit hundraprocentigt säker på att Jonas är Stigs son. Bengt har aldrig misstänkt något. Men när... när hon fick veta om Jonas och Helena så... berättade hon för Stig."

"När var det?"

"Jag vet inte."

"Var är Kerstin nu?"

"Hemma, tror jag."

"Är hon ensam?"

"Bengt är väl där."

"Var är Stig?"

"Det är det andra. Hon har försökt få tag på honom men han är borta."

"Borta?"

"Han är inte hemma. Enligt henne vet inte Lena heller var han är."

Vi gick snabbt mot Stigs och Lenas hus. Det var inte längre än så. Jacob andades häftigt och oregelbundet, som om hans hjärta slog dubbelslag.

"Hur mycket visste du?" frågade jag.

Han svarade inte.

Vi kunde se Lena genom fönstren, hon rörde sig från rum till rum. Hon såg oss och kom ut.

"Var är han?" ropade hon från trappan. "Vad är det som har hänt?"

Jacob tog ett steg fram och försökte hålla om henne. Hon var en i hans flock. Men herdens kraft räckte inte till nu.

"Kerstin ringde", sa hon och tittade på mig. "Jag kunde inte förstå vad hon sa."

Kerstin förstår inte själv, tänkte jag.

"När gick Stig?" frågade jag.

"Fö... för en timme sen, minst."

"Sa han nåt?"

"Nej."

"Hade han med sig nåt?"

"Va... vad?"

"Tog han med sig nånting?"

Jag visste att han varit jägare innan han blev kristen. Det var sånt vi visste om varandra i vårt lilla samhälle.

"Har han kvar sina gevär?" frågade jag.

Hon såg på mig som om hon inte förstod, men jag tror att hon gjorde det.

"Har han ett skåp?" frågade jag och hon gjorde en rörelse inåt huset med ena handen och huvudet nedböjt.

I ett arbetsrum i källaren fanns ett glasskåp som stod öppet, och där fanns plats för två älgstudsare och där hängde en.

Jag tittade på henne, hon på mig. Hon visste vad jag tänkte.

"Han var inte hemma hela den kvällen, Lena?" Jag försökte röra vid henne, försiktigt. "Eller hur?"

Hon rörde sig ryckigt tillbaka uppför trappan, som om musklerna bestämde över hennes vilja.

Vi stod ute på gården.

"Ha... han har varit spänd den sista tiden", sa hon.

Hon visste, hon måste veta nu, men hon kunde inte förstå. Hon hade inte förstått vad Kerstin sagt. Vem kunde förstå?

Vi hörde ett skott i natten som var gryning nu, eller mer än så, solen skickade två strålar över granarnas horisontlinje, över sjön. Ljudet av skottet hängde kvar, som dimman över vattnet.

Möte

Det var ännu varmare inne i landet, som om värmen hade sin källa där. Han kunde fortfarande känna havets närvaro när han steg ur bilen, en doft av salt i vinden som kom från väster. Det var sen eftermiddag och solen sjönk bakom skogen som började i randen av samhället där han hade vuxit upp med den där vinden från väster, och doften av saltet, och längtan till havet. Kanske ännu längre bort.

Han hade inte varit här på tjugo år.

Allt var detsamma, men i förändrade proportioner, mindre. Han gick från stationen där han hade ställt bilen. Pendeltågen passerade bakom honom.

Samhällets kärna var sig lik men huset han vuxit upp i hade byggts om. Eller om det hade rivits och ett annat byggts i stället på samma plats. Där fanns ingen han kände längre. Hans föräldrar fanns inte längre.

Nya människor därinne, andra röster i de nya rummen.

Så är det med livet, tänkte han, för han tänkte så ibland. Allt rivs ner och sen ska man försöka bygga upp det igen och det är inte lätt. Det kan bli snett och kantigt om man inte anstränger sig. Ibland räcker det inte ens att anstränga sig.

Det fanns en förklaring till att han inte hade återvänt under alla dessa år. Den var orsaken till att han återvände nu. Nej. En del av förklaringen. Eller om det var orsaken. Plötsligt kunde han inte tänka klart. Minnena omgav honom på samma sätt som värmen som nu kändes tung och klibbig.

Han visste att det tröga och tunga lugnet som låg som ett duntäcke över samhället kunde rivas itu på grund av hans ankomst.

Här fanns en fruktansvärd hemlighet och han var en del av den. Här fanns en gåta som fortfarande var olöst.

Han var den sista pusselbiten.

De få ansiktena på kaféet var främmande. På något underligt sätt verkade fler gå än komma.

De flesta verkar vara på väg härifrån, tänkte han. Det är alltid samma sak i mindre samhällen som ligger i skuggan av större städer. Han drack kaffet och väntade. Allt hade något tillfälligt över sig. Den stora stadens skugga förmörkade landsbygden runtom och de som kunde drogs mot väster för att till slut komma ut i ljuset vid havet. Han log lite och såg ner i koppen. Han hörde en röst och tittade upp.

"Jag tror inte det är sant", sa hon.

Han svarade inte.

"Jag trodde det var ett skämt när jag hörde din röst på telefonsvararen." Hon stod kvar bredvid bordet. "Ett dåligt skämt."

"Vill du inte sätta dig?"

"Nej."

"Kom igen nu, Britt."

"Jag borde inte vara här", sa hon och tittade på den tomma stolen framför sig. Hon satte sig.

"Vill du ha kaffe?"

"Jag vill ha en förklaring."

"Det är därför jag är här. Men jag vet inte mycket mer än du."

Han hade sagt till henne att han ville träffa henne, att det var oerhört viktigt. Något nytt hade inträffat, efter så länge sedan.

Allt var länge sedan men ingenting hade givit honom ro. Jag måste få ro, hade han tänkt många gånger. Det måste få ett slut.

Han hade ringt till henne, mer än en gång. Det hade varit som om han sökt tröst hos henne. Det hade skett några gånger genom åren. Och flera gånger under den senaste tiden. Du måste sluta, hade hon sagt. Du måste sluta, Peter. Du *måste*. Vi måste glömma. Det måste få ett slut.

"Vi borde nog inte sitta här", sa hon och såg sig om.

"Ser du nån du känner?"

"Det finns alltid nån som känner igen mig."

"Är du så känd?"

"Du har tydligen glömt hur det är att bo på en sån här plats."

"Ja."

"Du ska vara glad för det."

Han svarade inte.

"Men det är kanske den bästa platsen att träffas på." Hon såg sig om igen. "Mest anonym."

"Ja", sa han.

"Så?" Hon tittade på honom nu. "Varför kommer du hit?" Det fanns ingen värme i ögonen. "Du lovade att aldrig komma tillbaka." Hon gjorde en rörelse med handen och han såg ringen på hennes finger. Hennes man. Han visste inte hur länge de hade varit tillsammans.

"Har du sagt nåt till din... man om oss... om att du skulle träffa mig här?"

"Tror du jag är en idiot?"

Han skakade på huvudet.

"Varför är du här?" upprepade hon.

"Jag fick ett brev."

Hon väntade. Det var få människor kvar inne i kaféet. Eftermiddagen hade djupnat mot kväll i sommaren som kunde ses genom fönstren. Gatan utanför var tom. Han såg på henne. Hon såg ut att frysa i sin vita blus. Hennes ansikte var detsamma, det var som om tiden inte fanns när han såg på henne. Det hade gått nästan ett kvartssekel men han skulle ha känt igen henne när som helst, var som helst. Han hade tänkt på henne varje dag under de gångna åren. Det var många dagar. Han såg att hon knappt kände igen honom. Håret. Skägget. Kläderna som inte var hans vanliga. Om hon hade sett honom röra sig skulle hon inte ha känt igen honom. Ingen hade känt igen honom här. Ingen.

"Nå?" sa hon.

"Det var inget brev på det sättet", sa han och stoppade in handen i kavajens innerficka och tog fram ett kuvert och räckte över det till henne. Hon tog emot det och tittade ner på det och tittade sedan på honom.

"Du kan ta fram det", sa han.

Det fanns bara de två kvar i kaféets enda rum.

Hon höll tidningsurklippet i handen.

"Det är en kontaktannons", sa han.

"Jag ser det."

Hon såg på den.

"Har du läst färdigt?"

Hon tittade på honom utan att svara.

"Har du läst?" upprepade han.

Hon nickade utan att svara.

Han upprepade lågt vad hon hade läst: "TILL PETER OCH BRITT PÅ MINNESDAGEN. VARMA HÄLSNINGAR FRÅN GÖLEN."

Hon såg ut att vara gjord av is nu. Huden var nästan lika vit som hennes blus.

"Var... var stod det här? Och när?" frågade hon utan att titta på honom. Hon hade stoppat tillbaka det lilla urklippet i kuvertet igen.

"Det finns på baksidan", sa han.

Hon tog fram papperslappen igen och läste datumet som var handskrivet med blyerts på baksidan. Under stod det "GP".

"Ja... jag förstår inte", sa hon och tittade på honom igen. "Jag förstår inte, Peter. Har du skrivit datumet?"

"Nej."

"Nej?"

"Jag fick klippet i ett kuvert avstämplat i Göteborg och det såg ut som det ser ut nu." Han såg sig om igen och tittade sedan på henne. "Någon ville vara säker på att jag såg det."

"Någon?"

Han svarade inte. Han visste vad hon tänkte. Hon tänkte på samma sak som han. Samma ansikte.

"Herregud", sa hon.

"Jag kollade upp det förstås", sa han med en lugn röst som förvånade honom själv. "Gick till biblioteket. Annonsen fanns inne den dagen, i Göteborgs-Posten."

Hon verkade inte höra.

"Känner du igen datumet?" frågade han och lutade sig närmare henne. Hon verkade inte lyssna, verkade titta rakt igenom honom. "Datumet? 'Minnesdagen'?"

Något hände med hennes ögon och hon var tillbaka i rummet och tittade på honom igen. Han visste var hon hade varit.

"Det kan vara nåt helt annat", sa hon. "En ren tillfällighet. Herregud, är vi dom enda Peter och Britt i hela världen, va?"

"Jag har försökt tänka så också", sa han.

"Fortsätt med det", sa hon, "så gör jag det också."

"Det är ändå en sak", sa han.

"Säg det inte", sa hon. "Jag går härifrån direkt om du säger det."

"Gölen", sa han. Han var tvungen att säga det.

Hon reste sig och gick.

Hon vet var jag är, tänkte han. Hon kommer dit.

Solen var borta men ljuset var kvar. Det hade sjunkit ner mellan granarna och fått en dovare nyans, men det fanns där när han körde på skogsvägen som var torr och hård eftersom det inte hade regnat på flera veckor. Han hade vevat ner rutan och kände dofterna som verkade finnas i tusental sedan solen sjunkit.

Han ställde bilen under trädet som var delat i två efter att ha kluvits i unga år. När han var liten hade han suttit i kly-

187

kan och sett på skogen och tänkt på hur mörk den var.

Stigen fanns där. Den löpte på samma sätt: vänster, höger, höger igen, vänster, en rak stump, vänster. Stugan stod kvar och såg ut som då. Han visste inte om hennes familj fortfarande ägde den.

Fönstren var svarta. Han gick förbi utan att känna på dörren. Han ville aldrig mer gå in där. Han hade aldrig mer velat gå här, på den här stigen, och aldrig *aldrig* fortsätta den ner mot vattnet som började blänka mellan granarna.

Gölen.

Han hörde en lom därifrån nu. Han kom fram till kanten. Det flöt en dimma över ytan. Gölen var större än han kom ihåg, eller om den hade vuxit till en sjö under de tjugo år som gått. Det var inte troligt. Men han ville inte närma sig sitt minne här. Det hade fört honom hit men han ville inte släppa fram det.

Han kände lukterna vid vattnet och alla var annorlunda än inne i stan. Där var lukterna torra och starka och klara som havets vatten. Här var de mörka och fyllda av förruttnelse och grumliga som det svarta vattnet bara några meter framför hans fötter.

Minnena kom.

De hade varit i stugan. Han och Britt hade varit därinne och de hade varit nakna och det var den andra gången. Han hade inte haft någon rätt och inte hon heller.

Ingen kom dit. De kunde inte låta bli varandra. Hon hade sagt att hon förstått att hon var hans och han var hennes, men att hon ännu inte berättat det för sin fästman. Nu hade hon förstått. Hon skulle berätta det som ingen visste. Jag vågar, hade hon sagt.

Hennes fästman var våldsam. En av de där stora våldsamma storkäftade männen som drog till sig vackra kvinnor som en magnet, men den här gången hade han blivit slagen av *honom*, av Peter, och det fanns ett jubel inom honom, och samtidigt en rädsla för vad som kunde ske när hemligheten blev känd.

Han hade smekt henne igen.

Han stod vid gölen och mindes den där rörelsen. Han vände sig om mot stugan som skymtade i sommarnatten. Snart skulle det bli mörkt, för en liten stund, barmhärtigt mörkt.

Han hade smekt henne. De hade hört ett ljud utanför. En buske som knäcktes på stigen. Det hade varit midsommar då som nu, torrt som nu. Ett ljud till, torrt och sprött. De hade hört steg, utan tvekan steg, steg på stigen och steg upp på altanen och *sparkar* mot dörren och en röst som skrek, *hans* röst, det här var allt annat än en hemlighet nu, och han hade känt hur hon darrade i hans famn och han hade hört sparkarna mot dörren och sett i dunklet hur träet började spricka, och han hade rest sig, utan kläder, kläderna hade legat någonstans under sängen, träet hade spruckit i dörren och mannen därute hade skrikit som en vansinnig och Britt hade börjat gråta, *han kommer att slå ihjäl oss*, hade hon snyftat, och han hade känt hur blodet rusat runt i honom, som om det desperat sökte skydd i kroppen från slagen som skulle komma när han därute hade sparkat sig in genom dörren.

Sedan hade allt hänt så snabbt.

Han hade hört någon bakom sig och känt någonting i sin hand. Det hade varit hårt och kallt. "Jag hittade det här", hade hon sagt.

Han visste inte vad det var men det var tungt och vasst, och när galningen vräkt sig in genom resterna av dörren hade han stått redo och höjt det tunga föremålet och svingat det rakt fram och känt vibrationerna i handen när det träffade någonstans i ansiktshöjd, vapnet han svingat med fruktansvärd kraft hade fastnat i den andre och vridits ur hans hand när kroppen sjönk mot golvet.

Fortsättningen hade skett som i en dröm. Hon hade varit den starkare. Hon hade förstått vad de var tvungna att göra. Han hade orkat bära mer än hon men hon sa till honom vad han skulle göra.

Gölen hade funnits där.

Gölen hade gömt allt.

Han hade inte trott att han var mäktig att lyfta så stora stenar.

När de var klara hade han vetat att gölen skulle bevara sin hemlighet.

Dagen efter hade han rest. Deras egen framtid var förstörd, även om ingen skulle få veta vad som skett. De förstod det omedelbart efteråt. Hans liv hade upphört den dagen.

Det tog slut då, tänkte han där han stod och såg ut över vatten och sjunkande växtlighet. Han tyckte att han hörde sjöfågelns läte igen.

Nu vill jag ha tillbaka mitt liv. Jag måste bli fri.

Tanken hade varit med honom under de senaste åren.

Den hade börjat som en skärva han värjt sig mot, men han hade inte kunnat värja sig.

När han förstått att Britt valt bort sin ensamhet och levde med en man hade han gripits av en kall skräck. Hon skulle inte alltid vara tyst.

När väl hemligheten spridits fanns det inget stopp. Pusslet skulle läggas färdigt.

Han ville börja ett nytt liv och han hade sakta förstått att det bara fanns en väg dit.

Hon måste ge sitt liv för att han äntligen skulle få leva igen. Hon stod i vägen för hans liv, och om hon var borta var också hemligheten kvar.

Han hade försökt undvika de hemska tankarna men det hade inte gått. Han hade gjort det en gång... Hon betydde inte något för honom längre, i alla fall inte mer än hans eget liv. Så försökte han intala sig.

Det hade varit hennes fel. Hon hade givit honom vapnet som nu låg på botten av den där gölen som hade börjat glänsa i månskenet medan han stått där.

Brevet hade givit honom en möjlighet. Han hade aldrig kunnat komma hit annars, aldrig haft en... orsak. Hon skulle inte ha tagit emot honom.

Han hade funderat länge på hur han skulle formulera sig. Inte för mycket, inte för lite. Trovärdigt. Det måste vara trovärdigt. Sedan hade han satt in annonsen och klippt ut den och skickat den till sig själv.

Han hade sett oron i hennes ögon nyss, på kaféet. Han hade lyckats.

Gölen glänste. Han tyckte han hörde ett tåg i fjärran.

Lommen skrek igen, men som från ett annat vattendrag. Det luktade mildare nu, godare. Han började slappna av.

Han kände kniven som han bar i en slida under armhålan.

Han undrade när hon skulle komma. Han visste att hon skulle komma. På så sätt kände han henne väl.

Ingen hade känt igen honom i den lata och stinna eftermiddagshettan i det tröga samhället. I morgon skulle han raka bort skägget och klippa håret och bära sina vanliga kläder och gå med normal gång.

Plötsligt log han. Han kände kniven under armen.

Han hörde ett sprött knak uppe från stigen.

Ett knak till. Någon gick däruppe. Kanske hörde han en röst som kanske sa hans namn med låg röst. Han rörde sig mot ljudet. Gick upp till stugan. Hon stod vid verandan som förra gången, i det andra livet.

"Du kom", sa han.

"Hade du väntat dig nåt annat?"

"Nej."

"Så vad händer nu?" sa hon.

"Jag vet inte", sa han och gick närmare. Hon rörde sig inte.

"Du har ingen aning om vem som satte in den där annonsen?" sa hon. Han tyckte att han såg hennes tänder blänka i ansiktet.

"Naturligtvis inte", sa han. Nu, tänkte han. *Nu*. Jag tar fem steg och sen är det över. Jag har gjort det förut. Jag-har-gjort-det-förut. Fem steg, ett, två...

"I vilket fall var det bra", sa hon.

Han stannade.

"V... va?"

"Det måste få ett slut", sa hon. "Jag tyckte att jag hade börjat fungera så normalt man kan begära men sen började du höra av dig. Jag försökte förklara för dig att det var omöjligt, men du ville inte lyssna, Peter. Eller förstå."

"V... va", upprepade han. Han hade fortfarande inte tagit de där avgörande tredje, fjärde och femte stegen.

"Du drev oss till det", sa hon. "Jag bad dig. Jag försökte få dig att förstå. Men du kunde inte förstå. Eller du ville inte."

Nu. Han tog ett steg till. Han kunde nästan röra vid henne.

"Innan betydde livet ingenting för mig, men nu har jag fått tillbaka lusten att leva", sa hon. "Jag tror inte du kan förstå det heller. Men jag kan inte längre... lita på dig, Peter. Hemligheten är inte säker längre. Förstår du vad jag säger?"

Mer än du tror, tänkte han. Han drog in handen innanför kavajen och kände knivens handtag. "Farväl, Bri..."

En man steg fram bakom stugans gavel.

"Du kom hit, Peter." Hon såg på honom och sedan åt sidan på mannen som närmade sig, som en stor panter. Han var svart som en panter i skuggorna. "Det var du som kom. Det var du som ringde. Som rörde i det förflutna, mer och mer. Rörde upp det igen."

Han flyttade blicken mellan henne och honom, fram och tillbaka.

"Satte du själv in annonsen, Peter?" fortsatte hon.

"V... va?"

"Jag måste få veta. Var det du som satte in annonsen?"

Han tänkte. Han behövde inte visa kniven. Han kunde gå därifrån utan att hon fick veta. Om han sa att han hade satt in annonsen skulle hon förstå att han velat träffa henne, och kanske leva med henne igen. Hon skulle tro honom. Hon skulle tro det som faktiskt var sanningen, men han skulle ju inte säga hela sanningen.

Han skulle få en andra chans, någon gång snart. Och den gången skulle hon få ta med sig den där pantern också. Du kan ingenting ta med dig dit du går, men de ska få ta med varandra, tänkte han. Pantern var inblandad nu. Han förstod att hon hade berättat för honom.

"Ja", sa han.

"Du satte själv in annonsen?"

"Ja. Jag ville så gärna få en chans att träffa dig."

Han kunde se lättnaden i hennes ansikte. Det fanns ingen tredje part. Han såg att hon tänkte så. Inget vittne från det förflutna. Han såg henne nicka mot pantern som kommit närmare.

Nu var det över. Nu kunde han gå. Han drog handen ur innerfickan och tog ett steg åt höger.

"Farväl, Peter", sa hon och han såg en snabb rörelse från sidan. Någonting träffade honom i ansiktet. Allt blev rött inne i huvudet och han kände hur han lyftes, och sedan sänktes, han kände hur han sjönk ner i något som var svart och vått och sedan kände han ingenting mer.

Bryggan

Det var i slutet av en av de vackraste dagar Gud skapat. Solen var på väg till andra platser men skulle vara tillbaka inom ett par timmar.

Pojken förlorade medvetandet efter det andra eller tredje slaget. Han såg ett rött mörker. Han hörde inte längre rösten som skrek i hans öra.

Det fanns två anledningar till att just Erik Winter skulle stå på polisbåtens akterdäck med vinden i håret den morgonen. Den främsta var hans arbete. Han var kriminalkommissarie och detta var en av de tjänsteresor som ingick i jobbet. Tjänsteresor till avgrunden.

Den andra anledningen: han kände, eller hade känt, den ena föräldern till pojken som kvällen före misshandlats in i koma.

Winter steg av på Brännöbryggan. Han var inte ensam. Skärgårdsbåten som samtidigt lade till var fylld av människor på väg ut till en dag på öarna: Asperö, Brännö, Styrsö, och Vrångö längst ut där havet breddades till en vidöppen horisontlinje.

Winter hade en kollega med sig. Fyra ögon var ofta bättre än två, två hjärnor bättre än en, och så vidare.

"Det blir en het dag", sa kriminalinspektör Aneta Djanali.

"Det *är* redan en het dag", sa Winter och tog ett sista steg mot kvinnan som kom dem till mötes.

De stod vid en vik på andra sidan ön. Solen hade inte riktigt nått dit ännu, vattnet låg i skugga, och båthuset verkade svart men var målat i rött. Området var avspärrat. Det fanns en skärgårdseka vid en brygga. Ytan på vattnet var stilla. Som utan liv, tänkte Winter och vände sig mot kvinnan som hade visat dem dit.

Hon hade en svart ring av trötthet under ena ögat, bara det ena, som om hon befunnit sig i ett tillstånd mellan vaka och vila under natten. Vilket måste vara sant, tänkte han. Han tänkte också att hon inte hade förändrats sedan de varit ett par under en mycket kort sommarmånad tjugo år tidigare, en sommar som den här.

Elisabeth Lidner gjorde en hjälplös gest mot båthuset som inte var större än en lekstuga.

"Han låg därinne", sa hon. "Johan... låg därinne."

"Vem var det som hittade honom?" frågade Winter.

"Hans... flickvän", svarade Elisabeth Lidner. "Liv... hon heter Liv."

"Fyra på morgonen", sa Winter. Han hade fått en kort rapport från Sjöpolisens ledningscentral som tagit larmet, och som också sett till att pojken snabbt kommit in till Sahlgrenska. "Vad gjorde hon här fyra på morgonen?"

"Jag vet inte", sa Elisabeth Lidner.

"Hade dom varit tillsammans under natten?" frågade Winter.

"Hon säger att dom inte var det", svarade Elisabeth Lidner och föll i gråt igen.

Winter och Aneta Djanali väntade vid båthuset. Johan Lidners mor var på väg till sjukhuset. Hennes man vakade där. Pojkens flickvän, Liv, skulle komma till båthuset om några minuter. Solen hade hunnit före henne, båthuset var inte längre svart. Solstrålarna lyste in i skjulet som strålkastare. Winter kunde se fläckarna i det blanknötta träet på golvet. Jag kan stå på platsen för ett mord, tänkte han. Innan den här strålande dagen är över vet vi.

"Jag har varit här många gånger", sa han och nickade mot bryggan. "Det där var vår brygga." Han såg mot båthuset. "Det där var vårt båthus." Han såg på Aneta Djanali. "Det var länge sen."

"Hur gammal är Johan?" frågade Aneta Djanali.

"Arton", svarade Winter. Han kisade över viken som blänkte i silver i solen. "Hon pratade redan då om att hon ville ha barn." Han fortsatte att kisa. "Men jag var inte den rätte för det." Han drog fram solglasögonen ur skjortans bröstficka. "Inte då."

Bakom de svarta glasögonen blev allt som var skarpt genast mjukare, och mildare, och brunt i stället för rött och vitt.

"Kände du hennes man?" frågade Aneta Djanali. "Johans pappa?"

"Aldrig träffat honom", sa Winter.

"Här kommer Liv", sa Aneta Djanali och nickade mot silhuetten som plötsligt syntes på stigen.

"Elisabeths man är djupt religiös", sa Winter, som för sig själv.

"Inte hon? Elisabeth?"

"Jag vet faktiskt inte", sa Winter.

"Vad betyder det egentligen?" sa Aneta Djanali. "Att nån är djupt religiös?"

"Jag vet faktiskt inte", upprepade Winter. "Men frikyrkan är stark härute på öarna."

Flickan hade ett skrämt uttryck i ögonen. De satt på bryggan. Winter visste att han ristat in sitt namn någonstans här. Det var samma trä, hundraårigt, större än livet: det fanns där innan han kom hit, det skulle finnas kvar när han var borta.

De hade pratat en liten stund. Flickan tittade ner i träet, eller på vattnet mellan springorna.

"Vad gjorde Johan i går kväll?" frågade Aneta Djanali.

"Vi var nere vid bryggan", sa Liv. "På dansen."

Dans på Brännö brygga, tänkte Winter. En gammal och kär tradition.

Men det var inte alla som tyckte så, det visste han. Det fanns de som såg dansen som djävulens verk. Dansen – och all ondska den förde med sig.

"Vad hände?" frågade Aneta Djanali.

"Va...?"

"Ni delade på er, eller hur? Ni var inte tillsammans hela kvällen?"

"Jo..."

Winter studerade Livs profil, eller halvprofil. Han kunde

se att hon visste något som de behövde veta.

"Nu får du förklara", sa Aneta Djanali.

Bra, tänkte Winter. Öppna frågor.

"Ja... det var efter tolv och jag var trött och gick hem. Vad jag förstod skulle Johan gå hem också."

"Han kom aldrig hem", sa Aneta Djanali.

Hon svarade inte. Winter fortsatte att titta på hennes profil, hennes ena öga som fladdrade mellan bryggan och Aneta Djanalis kolsvarta ansikte. Bortanför den lilla viken fanns havet och Winter kunde se kustlinjen på andra sidan bukten. Han kunde inte se stranden där han planerade att bygga ett hus åt sig själv och sin familj, men han visste att den fanns där. Senast i förrgår hade de varit på tomten och trampat stigar ner till strandkanten. Han hade haft en känsla som kanske var lycka.

"Och du gick hit några timmar senare?" hörde han Aneta Djanali säga.

Liv nickade svagt.

"Vad hände?"

Hon berättade.

"Och du hittade Johan då", avbröt Aneta Djanali hennes berättelse.

Liv nickade igen.

"Varför gick du hit?"

"Jag... kunde inte sova. Det var... bara att jag ville gå ut lite. Det var ju ljust." Hon tittade plötsligt upp, som om hon överraskats av att ljuset fortfarande fanns kvar den här morgonen.

"Men varför hit?" frågade Aneta Djanali.

"Jag brukar gå hit", svarade hon.

*

De var kvar på ön in i eftermiddagen. Det fanns många frågor att ställa, och många människor att ställa dem till. Men de flesta potentiella vittnen hade rest tillbaka till staden med de extrainsatta skärgårdsbåtarna under natten.

Vad hade hänt under natten? Under kvällen? Vem hade Johan träffat? Var det flera? Hängde det ihop med dansen? Hade han kommit i bråk med någon?

Inte vad de kunde få ut av samtal med öbor som också varit där, äldre, medelålders, ungdomar. Winter hade ringt in till roteln efter mer folk.

Det var nu eller kanske aldrig.

Han hade ringt till Sahlgrenska och talat med läkaren. Johan kanske aldrig skulle vakna. Det var avgörande timmar.

På ett kafé hundra meter från hamnen arrangerade han snabbt ett samtal med fyra ungdomar som varit på dansen. De var sexton, sjutton och arton.

"Vad säger era föräldrar om att ni hänger på dansen?" frågade Winter.

Någon flinade till, förläget. Det var ett svar.

"Är det bråk med ungdomar från stan?" frågade Winter.

Ingen svarade.

"Jag har hört att det är det", sa han och vände sig mot killen närmast. "Eller hur?"

"Tja..." sa killen.

"Vad bråkar ni om?"

"Äh..." sa killen.

"Det är nåt mer än bara stadsbor mot öbor, eller hur?"

Winter vände sig till flickan i sällskapet. Hon såg ut att vara äldst.

"En del kommer över för att sälja knark, eller hur?"

Det var kväll och lika ljust som alltid. Winter och Aneta Djanali parkerade framför sjukhusets huvudingång. Det var varmt utanför bilen. Aneta Djanali fick den starka kvällssolen i ögonen.

"Mina föräldrar kunde aldrig vänja sig vid ljuset på sommaren", sa hon och såg sig om på de långa skuggorna. "Natten som aldrig kom."

Aneta Djanalis föräldrar hade flytt till Sverige, och Göteborg, undan förföljelserna i det oroliga Burkina Faso.

"Jag kommer ihåg att mamma sa att man i Burkina Faso i alla fall kunde lita på att mörkret skulle komma."

Winter såg Johan Lidners gestalt genom en glasvägg. Han såg också pappan, Martin Lidner. Mannen satt med händerna som i bön.

Elisabeth Lidner var tillbaka på ön.

Winter hade nyss frågat henne:

"Blev ni inte oroliga när Johan inte kom hem direkt?"

"Han ringde och sa att han skulle sova över hos Liv", hade hon svarat. "Jag ville inte ringa dit och verka misstänksam."

"Men Martin gav sig ju iväg för att leta efter honom?"

"Det var ju senare", hade hon sagt. "När Liv hade ringt."

"Hur var det nu?" hade Winter frågat igen. "Gav sig Martin iväg efter det att Liv ringt?"

"Så måste det ju ha varit", hade hon svarat.

"Jaså, det är du", sa Martin Lidner som tittat upp när Winter satte sig bredvid honom i rummet intill Johans rum. Ljuset var blått och kallt, som en dag utan eget liv.

Winter var en främling för Martin Lidner. Han visste inte om Elisabeth hade berättat om honom för Martin. Det var hon som hade ringt honom i morse. Men det spelade ingen roll.

Winter presenterade sig.

"Ja, jag förstår vem du är", sa Lidner.

Han hade skruvat samman sina händer hårdare, som i en bön ingen kunde avbryta. Hans händer såg ut som ett stycke sten.

"När kom du till båthuset?" frågade Winter.

"Vad? Vad säger du?"

"När kom du till båthuset? Där Johan låg?" frågade Winter.

"När... när flickan hade ringt. Liv. Hon hade varit där." Lidner såg på sin son. "Det var efter det."

"Men du gick ju ut tidigare?"

"Gjorde jag?" Lidner höll sina händer knäppta. Hans blick verkade vändas inåt. "Det gjorde jag kanske. Jag kunde inte sova. Det var en varm natt."

"Vart gick du?"

"Vart gi... vad är detta? Vad menar du?"

Winter svarade inte. Han flyttade blicken från Martin Lidner till hans son. Pojkens ansikte var lika vitt som kudden. Men hans tillstånd hade förändrats under kvällen, till det som kallades kritiskt men stabilt. Vad skallskadorna skulle ge för men visste läkarna ännu inte, men Johan skulle sannolikt överleva.

"Johan klarar det", sa Winter medan han fortfarande såg på pojkens ansikte.

Martin Lidner sa ingenting. Winter vände sig mot honom. Lidner blundade över sina slutna händer. Bad han? Eller sökte han andra svar? Eller visste han bara inte var han skulle göra av sina händer?

Det var samma händer, tänkte Winter nu. Det kunde vara samma händer.

Han tittade på pojken igen. Johan kunde ha varit hans egen son.

"Han hade amfetaminer i kroppen", sa han och vände blicken tillbaka till Lidner.

Lidner svarade inte.

"Inte mycket, men det fanns där", sa Winter.

"Dom... dom... djävlarna", sa Lidner och det var inte en svordom. Han tittade upp på Winter nu. Hans blick var klar.

"Dom... dom kommer DIT", sa han, "dom kommer ut till ÖN, till OSS, med... med det där."

"Hur länge har Johan använt narkotika?" frågade Winter.

"Jag vet inte", sa Lidner nu. Det fanns ingen kraft kvar i hans röst. Winter kunde knappt höra honom. "Jag vet inte hur länge ondskan haft sin boning i hans kropp."

"Vad sa du?" Winter böjde sig närmare. "Jag hörde inte riktigt."

"ONDSKAN fanns i hans kropp", sa Lidner och öppnade händerna och tittade på dem, som för första gången någonsin, och Winter kunde se hur hårda de var, hur tunga, och han kunde också se det egendomliga ljuset som nu lyste i Lidners ögon: "Jag måste befria honom från ondskan som tagit plats i hans kropp!" Han höll upp händerna.

Skymningen var äntligen där när Winter kom ut genom sjukhusets port.

Han körde nedför backen i ett mörker som inte kunde bestämma sig. Ännu en dag i midnattssolens land, tänkte han. Ännu en dag i tjänst.

Angela väntade med kylt vin. De skulle sitta på balkongen, ovanför stadens ljus, i den varma natten.

Han kände en smak av sten och jord i munnen. Han kände sig plötsligt mycket trött, utan kraft. Han försökte tänka på vad som hade hänt under nattimmarna på ön, och han försökte samtidigt att inte tänka på det.

Han hade nyss hört ordet "ondska" användas i ännu ett sammanhang, som ryckt ur ännu ett sammanhang, ett förvirrat sammanhang, och han visste att det hörde samman med människor, det var ett ord som alltid hörde samman med människors handlingar, det svävade inte över landet och stan och öarna som ett väsen, som en ond ande. Martin Lidner hade trott sig fördriva ondska. Vad hade han då brukat för den handlingen?

Varför hade han inte stannat kvar på platsen? Hur mycket hade Elisabeth misstänkt? Kunde hon misstänka *det*? Nej. Hur mycket hade Liv sett? Eller vetat?

Han svängde in på Vasaplatsen. Det skulle fortsätta, i morgon, det fortsatte alltid.

Men först: balkongen.

Besatt

Jag hade inte känt Barbro i mer än två år men det kändes som om jag hade förlorat en stor del av den tiden ner i ett svart hål. Tappat den rakt ner. Som när man förlorar något värdefullt som man vet att man aldrig mer kommer att återfinna.

Senaste tiden med Barbro hade inte varit värdefull. Den hade kunnat ha ett värde. Om hon varit någon annan. Eller om det var jag. Eller om det var vi som inte hade skapats för varandra. När jag tänkte på det där sista, på skapelsen, var jag tvungen att le. Det stramade i ansiktet. Hade jag försökt skratta skulle ansiktet ha spruckit.

"Vad ler du åt då?" sa hon med sitt vassa tonfall som skulle kunna hugga ner träden som stod sorgsna på båda sidor om vägen, tunga av regn. Det var sen höst, den dystra tiden. Skogen var naken, utan färger nu. Kvällen föll ner från en himmel som redan var svart.

Hon satt bredvid mig i bilen med chokladasken i handen.

"Ingenting", svarade jag och väjde ut i dikesrenen när en timmerbil kom emot oss, aggressiv som en stridsvagn.

"Som vanligt då", sa hon och stoppade en pralin i munnen.

"Vad menar du med det?" sa jag.

Hon ryckte på axlarna.

"Barbro..."

"Det är mitt namn, ja."

Om jag skulle köra in i skogen, rakt in bara? Full fart och en bredsladd med hennes sida mot granarna och allt skulle vara över och det skulle bli frid och jag kund...

"Jag tror det är nästa väg till höger", sa hon. "Den kommer där."

Vi svängde av och fortsatte på en mindre väg. Det skrapade under bilen. Vägen hade börjat frysa i fläckar. Vintern gjorde sig påmind tidigt här på höglandet, som en kall hälsning från framtiden.

"Där ligger det", sa hon.

Vi parkerade framför huset som lystes upp av bilens strålkastare. Jag hade aldrig varit där. Barbro hade aldrig varit där, hade hon sagt när idén kom upp. Kåken hade stått tom länge och tillhörde hennes gamle farbror. Vi hade hyrt stället för vintern. Hon visste inget om farbrodern, hade hon sagt, mer än att han hade pengar och var en ensling och bodde i en annan del av landet. Hon visste inte var.

Kanske kunde tomheten och ensamheten härute få mig att börja skriva igen. Kanske kunde den få oss att börja prata med varandra igen. Leva med varandra igen. Vi hade inte direkt något att förlora. Men det var en månad sedan vi bestämde oss och allt hade blivit ännu sämre sedan dess. Ändå var vi här, just nu på väg in genom dörren med de första väskorna.

"Värmen är på", sa jag.

"Det har han råd med, gubben."

Jag gick fram och tillbaka till bilen några gånger och bar in allt bagage. Jag släpade upp det mesta till andra våningen där sovrummet låg. Jag kontrollerade badrummet och arbetsrummet däruppe. I den bästa av världar skulle Barbro under tiden ha fått liv i spisar och ugnar och börjat med den middag vi hade behövt i timmar nu.

Hon satt i vardagsrummet när jag kom ner, fortfarande med kappan på, fortfarande med chokladasken i famnen. Hennes ansikte glänste i ljuset från den gamla taklampan. Ansiktet såg svullet ut, vilket det också var. Jag gissade att hon hade gått upp tio kilo det senaste året, kanske mer. Hon påstod att hon hade gått ner. Choklad, sprit, ofta choklad *med* sprit. Skräpmat framför teven, timme efter timme efter timme.

Vad i Jesu namn hade jag sett hos henne? Vad hade hon sett hos mig? För att vara lite rättvis. Jag var kanske inte Mister Universum precis. Men jag försökte ändå.

"Ska vi inte ha nån mat?" sa jag.

"Det finns en öppen spis", sa hon och gjorde en loj gest mot eldstaden som var svart och kall. Det fanns ingen ved bredvid.

"Ska vi laga mat där?" frågade jag.

"Jag bara konstaterade att det finns en öppen spis", sa hon.

Jag tog ett steg fram och stannade. Nej. Det var inte värt det. Inte nu, inte någon gång. Men när jag vände och gick ut i köket visste jag att det var den sista hösten för oss. Jag tänkte på det där om att vi inte var skapta för varandra. Jag log inte den här gången.

Solen sken nästa morgon, ett skarpt och blankt ljus som hör

senhösten till. Barbro sov när jag steg upp.

Det fanns en dörr mitt i hallen och jag öppnade och såg trappan upp till vinden.

Det andra trappsteget uppifrån gav lätt vika när jag steg på det. Jag fick parera balansen med hjälp av ledstången som var fäst i väggen.

Däruppe sken solen in genom två takfönster. Dammet dansade i knippen av ljus. Det luktade av förfluten tid. Vinden var tom sånär som på lite möbler i bortre hörnet. Jag gick dit. Där stod en byrå lite för sig själv. Jag drog ut alla lådorna som var tomma. Kanske var jag nyfiken på om den här vinden innehöll några minnen från förr. Det stod ett tungt skrivbord bakom byrån. Jag drog ut skrivbordslådan och det låg några papper där. Jag tog upp dem. Det var två teckningar i tusch. Jag bar med dem bort till ljuset från fönstren i taket. Det var två porträtt, skissade av samma hand. De föreställde en ung kvinna, eller en flicka. Det var samma ansikte. Hon var vacker och det var ingen tvekan om att konstnären var skicklig. På den ena bilden blundade flickan. Det var den enda skillnaden jag kunde se mellan de två teckningarna.

Jag gick tillbaka till skrivbordet och drog ut hela lådan och lade den på golvet.

Det fanns ett brunt och sprött kuvert inkilat längst in. Jag öppnade det och tog fram ett fotografi. Det var samma flicka som på teckningarna. Jag blev ännu mer imponerad av konstnärens skicklighet. Teckningarna var verkligen porträttlika. Det mörka håret. Den höga pannan. De vackra ögonen. De små fina dragen, tunnheten runt hakan, men också läpparnas fyllighet. Ett svagt leende som påminde om Mona Lisa. Jag log själv åt detta gåtfulla leende.

Jag vände på fotografiet och såg namnet på baksidan, skrivet med vad som verkade vara samma tusch som i porträtten: Elin.

Jag stoppade ner fotografiet i kavajens innerficka. Vem var Elin? Varför fanns hennes unga bild på en mörk vind i ett gammalt mörkt hus mitt inne i en gammal mörk skog? Vem var hon? Var fanns hon nu?

När jag började gå nerför trappan igen visste jag att jag ville veta. Jag glömde parera det andra trappsteget och höll på att förlora balansen.

Barbro ropade inifrån sovrummet men jag svarade inte när jag gick ut på förstubron. Den svaga solen försökte bryta igenom sjok av himmel. Det fanns några löv kvar på träden men de skulle antagligen falla före lunch.

Jag hörde hennes röst bakom mig, fortfarande tjock av sömn.

"Och hur länge har du tänkt stå där?"

Skulle jag visa henne bilden av Elin? Nej. Jag ville hålla den här hemligheten för mig själv. Elin var bilden av ungdom och ljus och hopp. Barbro var motsatsen. Jag var motsatsen.

"Jag åker tillbaka till samhället", sa jag. "Vi behöver en hel del."

"Det ska finnas ett utlämningsställe", sa hon.

"Utlämningsställe?"

"Var inte en idiot nu igen. Ett ställe i ödebygden där man

kan beställa sprit när det inte finns nåt System."

"Vad vill du ha? Vi har väl fått med oss så det räcker."

"Skulle vi inte stanna hela vintern?" sa hon och gick in och stängde dörren efter sig.

Vägen ner till avtaget var inte så dålig nu när jag såg den i dagsljus. Asfalten på den större vägen var fortfarande våt efter nattens kyla. Solen var framme nu men doldes bakom granarna. Jag mötte få bilar ner till samhället. En timmerbil igen, kanske den vi mött i går kväll. En täckt lastbil lastad med gud vet vad. En pickup som kördes av en skäggig man i röd luva. Plötsligt en traktor som svängde ut rakt från skogen på motsatta sidan. Det här var hillybilly-trakter, knappt civiliserade.

Samhället var mest som en glänta i skogen, en genomfart kantad av rappade grå kåkar från ett 50- eller 60-tal som lika väl kunde vara här och nu. Tiden rörde sig inte här.

Konsumbutiken låg bredvid bensinstationen. Kvinnan i kassan stirrade på mig som om jag just hade stigit ur ett rymdskepp därute. Var jag den förste främlingen detta decennium?

Jag drog en gnisslande varuvagn framför mig och plockade ner varorna. Jag var den ende kunden. Mannen bakom charkdisken tittade på mig med en stor kniv i handen. Han hade en underlig glans i ögonen. Framför honom låg ett stort stycke kött. En tidigare kund?

Kvinnan i kassan var i min egen ålder. Ja, de hade utlämningstillstånd. Det tog två dar. Jag ville bara veta, sa jag. Sedan tog jag fram bilden av Elin. Vet ni möjligen vem det här

är? frågade jag. Hon tittade på fotografiet som om jag tving-
at henne med en revolver tryckt mot tinningen.

"Vem ä de?" sa hon och tittade på mig.

"Jag frågar er", sa jag.

"Ä ni en såna dära ditektiv?" frågade hon.

"Nej", sa jag, "jag är inte detektiv. Jag hyr ett hus en bit
härifrån och hittade det här fotot på vinden och blev nyfiken
bara." Jag log mot henne. "Konstigare än så är det inte. Det
var bara nåt jag kände för att göra för att få tiden att gå."

Hon såg ut som om hon tänkte säga att tiden aldrig går
här i samhället men i stället sa hon "hör efter borte på Pos-
ten, ja har aldri sett henne". Hon tittade på bilden igen.
"Grann tös."

På Posten talade jag med en kvinna som kunde varit syster
till Konsumkassörskan. Det kanske hon var. Kanske var alla
släkt här.

"Grann tös", sa hon.

"Kan hon ha bott här?"

"Vem vet?" svarade hon.

"Men ni känner inte igen henne?"

"När ä denne bilda tagen?" frågade hon.

"Jag vet inte. Jag hittade den på vinden i huset jag hyr."
Jag förklarade var det var. Hon skakade på huvudet.

"Där har inte bott nåen på månge år." Hon skakade på
huvudet igen. "Månge månge år."

"Huset är ändå hyfsat underhållet."

"De e nån som sköter de", svarade hon.

"Som ser till huset?" frågade jag.

Hon nickade igen.

"Vem är det?"

Mannen bodde i ett av de grå husen på rad. Han öppnade omedelbart när jag ringde på. Antagligen hade kvinnan på Posten slagit en signal till honom. Jag förstod att det var så när han sa:

"De va visst om ett fotografi?"

Jag visade honom det. Han verkade uråldrig, men samtidigt seg och stark som enarna som jag sett utefter vägen. Hans ansikte var som gjort av pergament när han studerade fotografiet.

"Kanske va ho här", sa han.

"Förlåt?"

"Grann tös", sa han.

"Ni har träffat henne?"

"Kanske", sa han.

"När då?"

"För månge månge år sen."

"Vem är hon?"

Han skakade på huvudet. Det var hans svar. Jag ställde fler frågor men han sa bara att han nog hade sett henne "för månge månge år sen".

"Ni sköter huset?"

Han nickade utan att fråga vilket hus jag menade.

"När bodde det nån där senast?"

"De e månge månge år sen."

"Hur länge sen då?"

Han tittade på bilden av Elin igen.

"Sedan ni såg den här flickan?" frågade jag.

"Sen där bodde nån", sa han efter en liten stund.

"Vem sköter ni huset åt? Jag har förstått att det inte är ert."

Han svarade inte.

"Nån ber er sköta det. Det är fint underhållet för att ha stått tomt så länge."

"En gör så gött en kan", sa han.

Men hans blick var någon annanstans nu. Besöket var över.

Barbro tittade upp från fåtöljen. Jag bar in kassarna i köket och plockade in varorna i kylskåp och skafferi och tänkte på att det var minst sagt egendomligt att hålla liv i ett tomt hus i årtionden.

"Var bor din farbror?" sa jag när jag kom in i vardagsrummet. Barbro tittade upp. Svett klistrade hennes hårfäste. Hon verkade redan lätt berusad. Det stod en flaska gin på bordet men hon sa att det var mineralvatten. Hon hade redan börjat sätta guldkant på dagen.

"Hur så?"

"Jag blev bara nyfiken. Varför håller han liv i huset när ingen bott här på evigheter?"

"Vi bor här nu", sa hon.

"Så detta har hela tiden varit för vår skull?" sa jag och skrattade till.

Hon tittade på mig utan att svara. Det fanns ett uttryck i hennes ögon som jag inte sett förut. Sedan var det borta.

"Vet du var han bor?" frågade jag.

"Nej", sa hon. "Kan man kanske få nåt att äta nu? Eller glömde du det när du var ute och åkte?"

"Vad har du själv gjort medan jag var borta?" sa jag och tittade på buteljen på bordet.

"Försökt hitta i det här kråkslottet."

Det gick dagar. Jag försökte skriva i rummet på övervåningen men ingenting bra kom ut ur huvudet och ner på papperet. Ibland tittade jag på fotot av Elin, och på teckningarna. Jag fantiserade om henne. Hon var ett väsen, mjukt, fint. Hon var en god människa. Jag gissade att hon tecknat sina egna porträtt. Hon var begåvad. Hon var... min. Hon var allt det Barbro inte var. Jag studerade klänningen hon bar, det som syntes av den på fotografiet. Det fanns ett särpräglat mönster i halslinningen, som två liljor som möttes under hennes haka. Det fanns också på teckningarna.

Några gånger åkte jag tillbaka till samhället och frågade de få jag mötte om de kände igen hennes ansikte. Det fanns något desperat i mitt beteende och jag såg att de såg det. Jag måste vara det stora samtalsämnet i bygden. Kanske det enda. Det var så jag ville ha det. Någon kanske skulle skvallra till slut.

Jag tog långa promenader i skogen som blev allt svartare och blötare. En morgon låg ett tunt lager snö över marken. Det försvann under förmiddagen men synen gjorde mig än mer dyster. Den fick mig att tro att vi skulle bli kvar här i "månge, månge år".

Barbro gick sällan ut från vardagsrummet. Hon gläfste åt mig när jag sa något. Vi var som två människor på en öde ö som var hänvisade till varandra för att de måste.

Hon gick aldrig ner i källaren. Hon hittade inte till vinden. Dit skulle jag aldrig få för mig att gå, sa hon. Hon lämnade aldrig huset, gick inte ut.

Jag berättade inte om Elin. Hon skulle ändå bara ha tittat på mig med rödsprängda ögon och skakat på huvudet.

Jag gick allt oftare därute i hösten. Körde ibland runt på småvägarna.

Någonting föddes i mitt huvud, fick fäste. Det var en misstanke och den sa mig att Elin råkat ut för ett brott. Tystnaden kring henne var alltför stor. Mörkret kring Elin. Flera gånger hade jag varit på väg till stan för att påbörja en ordentlig undersökning. Kartlägga Barbros släkt för att hitta farbrodern. Spåra alla. Finna Elin. Det var ju vad det handlade om, finna Elin. Min Elin. Vem hade gjort henne illa?

Jag stod ett par gånger i källaren och stirrade på golvet. Vad låg dolt därunder?

Höll jag på att bli galen?

En sen morgon den tredje veckan såg jag en gestalt i skogen nära huset. Det var en människa som stod stilla vänd mot huset. Jag stod tjugo meter därifrån, ute på ännu en vandring, och personen hade inte upptäckt mig. Jag gick närmare. Han stod fortfarande stilla, med blicken mot huset. Det var fastighetsskötaren. Han såg ännu mer ut som en enebuske härute i det rätta elementet. Han ryckte till som om han blev uppdragen med rötterna när jag tilltalade honom.

"Huh", sa gubben.

"Vad gör ni här?" frågade jag.

"Ja sulle just... gå in", sa han.

"Varför det?"

"De e... proppskåpet. De e ett par säkringar som e på up-pehällninga."

"Det är inga lampor som har blinkat", sa jag.

"De e oljepannan också", sa han.

"Men då går vi väl in då", sa jag.

Barbro stod i köket. Hon måste ha sett oss genom fönstret. Hon torkade av händerna på ett förkläde som hon tagit på sig för första gången. Jaha. Nu spelade hon plötsligt husmor. Hon såg vilsen ut i köket men jag tror inte gubben märkte det.

"Det här är Barbro", sa jag. "Det är hennes farbror som äger huset."

Gubben nickade men tog inte handen som hon sträckte fram.

"Goddag", sa Barbro. Hon torrtorkade sina händer mot förklädet igen.

"De e om oljan", sa gubben.

"Ska du inte fråga om farbror", sa jag med en röst som jag inte riktigt själv kände igen.

"Vad säger du?" sa hon.

"Ska du inte fråga var vi kan få tag på lille farbror?!" sa jag och hon stirrade på mig.

"Ja sulle se efter om oljan..." sa gubben igen och jag vände mig om och gick snabbt ut från rummet.

En halvtimme senare såg jag honom försvinna tillbaka in i skogen när jag tittade ut genom fönstret från mitt arbetsrum.

*

Det som hände sedan hände snabbt. Början till slutet inträffade i källaren kvällen innan november sjönk ner i december. Det hade blåst upp till storm därute. Jag kunde höra skallret i de små rutorna som låg uppe i marknivå.

Jag stod därnere och såg ner i golvet och funderade på var Elin kunde ligga begraven. Jag trodde det nästan nu. Kanske inte ens nästan.

Jag började känna utefter väggarna. Det fanns sprickor men de var smala och hårda. Jag fortsatte, ett varv runt det stora pannrummet, ett varv till. På det tredje kände jag fördjupningen som mjuknade inåt för trycket från min hand. Jag tryckte hårdare och putsen gav efter. Därinnanför fanns ett hålrum som var större än man kunde ana. Jag kunde se in. Jag förde in hela armen och drog ut byltet som låg där. Det luktade damm och torr värme. Och ålder. Månge, månge år, tänkte jag när jag vecklade upp trasorna och såg klänningen. Det var samma lyster, samma särpräglade mönster i halslinningen. Det enda jag inte kände igen var den stora svarta fläcken som täckte främre delen av Elins klänning. Jag kände ingen lukt men jag visste vad det var. Jag såg mig om med en känsla som gränsade till panik. Jag såg på golvet igen. De hade murat igen väggen. De måste ha lagt ett nytt golv. Hon låg därnere.

Jag hörde plötsligt röster uppifrån. Jag hörde Barbros namn. Jag kände igen rösten som sa det.

Hon trodde att jag var nere i samhället. Jag hade sagt det och kört iväg och lämnat bilen på en liten skogsväg som jag upptäckt tidigare, åt andra hållet räknat från avtaget mot samhället. Sedan hade jag gått tillbaka genom skogen, som jag hittade bra i nu, och försiktigt tagit mig ner i källaren genom nedgången på baksidan. Jag hade inte vetat varför jag gjorde så. Något hade lett mig. Jag ville tro att det var Elins ande.

Rösterna hördes tydligare nu eftersom jag stod uppe i trappan, innanför den stängda dörren.

"Var är han?"

Det var gubben.

"Nere i samhället."

"Jag kommer därifrån. Han har inte varit där. Folk slår larm direkt när stollen kommer."

Gubbens tal var klart och kallt och precist. Ingen bonnig dialekt nu.

"Jag klarar inte det här länge till."

Barbros röst.

"Bara lite till nu", sa gubben.

"Han vet. Jag vet att han vet."

"Han vet inte ett skit", sa gubben och deras röster blev svagare och jag förstod att de lämnade köket. Jag öppnade försiktigt dörren. Deras röster hördes avlägset inifrån vardagsrummet. Men det spelade ingen roll vad de sa. Jag hade fått veta vad jag behövde. Nu räckte det med ett samtal till polisen.

De rörde sig därinne och jag gick så snabbt och tyst jag kunde uppför trappan till övervåningen. Jag hörde dem komma efter. Jag trodde inte att de hade hört mig men de var på väg hit upp. Jag öppnade vindsdörren och gick uppför trappan. Därnere öppnades vindsdörren efter mig. Jag ställde mig i skuggorna. Jag såg Barbro komma uppför trappan. Jag såg henne kliva över det andra trappsteget och samtidigt hålla emot mot ledstången. Hon *visste*. Hon hade varit här förr, fast hon påstått motsatsen.

Gubben kom efter. Barbro höll något i handen. Hon vände sig om och sa:

"Det var häruppe han hittade det, farbror Gösta."

Gubben nickade och grymtade något. Jag hade redan begripit vem han var. Jag förstod nu hur allt hade gått till. Efter dådet hade han flytt härifrån och antagit rollen som fastighetsskötare. Barbro hade flytt. Den hemska människan hade varit med om det, hon hade varit yngre då, men lika hemsk.

Allt hade mörklagts. Hela byn samverkade för att lägga mörkret kring Elin. Alla var ju släkt, för fan. Elin kanske hade varit en tillfällig besökare. Det enda jag inte förstod nu var varför Barbro hade lockat med mig hit, men sekunden efter förstod jag: det var för att testa mig, se om jag förstod! Och när jag förstod skulle det vara för sent. De var galna, galna. De trodde att ett brott kun...

"Jag ser dig", sa hon.

Jag steg fram ur skuggorna. Jag såg vad Barbro höll i handen. Det var en teckning. Hon måste ha hittat Elins teckningar längst ner i skrivbordslådan i mitt arbetsrum.

"Vafför i hirrans namn står i här å trycker", sa gubben.

"Håll käften, farbror Gösta", sa jag. "Det där bonnasnacket går jag inte på längre."

Jag gick närmare. Gubben backade. Jag närmade mig igen. Gubben backade igen. Han tog ytterligare ett steg bakåt och klev ner i tomrummet bakom sig och föll med vilt fäktande armar och slutade färden med en elak smäll nere vid dörren. Det var som ljudet av en torr enebuske som knäcks. Jag kan inte säga att jag tyckte synd om honom.

"Gode gud", sa Barbro, "vad har du gjort?!"

"Frågan är vad DU HAR GJORT", skrek jag när jag vände mig om. "Vad du har GJORT MOT ELIN!"

Jag gick emot henne. Jag tog ett snabbt steg framåt och försökte slita teckningen från henne. Elins teckning, en helig teckning. Hon höll emot och jag vräkte upp mitt knä i hennes mage och hon tappade andan och vek sig dubbel.

"Ha!" ropade jag och grep teckningen och tittade på den. Jag kände hur jag stelnade till. Jag kände hennes slag mot mitt huvud men det gjorde ingen skada. Jag höjde armen för att skydda mig och grep om hennes hals med armen och vred hennes huvud nedåt, som för att lugna henne bara, och jag vred tillbaka och det knakade till, häftigt, som en spröd ung kvist som går av, och hennes kropp blev slapp och fruktansvärt tung.

Hennes ansikte flöt ut under mig och hon blev plötsligt smal och tunn på ett egendomligt sätt och jag såg på teckningen som hon nyss måste ha gjort, ett alldeles färskt självporträtt, och jag tittade återigen på förebilden som var ansiktet som vilade i mina armar och jag visste nu, äntligen visste jag var Elin var, och vem hon var:

Elin var Barbro och Barbro var Elin.

Någonting hade hänt på hennes väg genom livet. Hon hade blivit en annan och det hade skett innan vi möttes och sedan hade det blivit värre. Jag såg mig om i den tysta vindslokalen. Någonting fruktansvärt hade hänt henne här, för länge sedan.

Hon hade velat visa mig. Jag hade inte förstått, eller jag hade förstått, men på fel sätt, i fel riktning.

Jag höll henne hårdare intill mig. Vi var skapta för varandra. Det fanns inga andra.

Tempel. Han fick ordet i huvudet sekunden efter det att han stigit in genom den kraftiga ekdörren. Tempel. Detta är ett tempel.

Det var en passande belysning i foajén som han nu stod i. Ljuset var som en gul svepning över pulpeten där hovmästaren brukade ta emot. Svepning. Det var ett annat ord som var relevant i natt.

Han gick genom matsalen som hade en öde elegans som var annorlunda än när han varit där tidigare. Elegansen fanns alltid där, men ingen förknippade det här templet med ödslighet. Det var motsatsen. En magnet för gemenskap. Ett slags helgedom för sinnena. Ja, tänkte han när han sakta vandrade genom den magnifika matsalen som vilade i samma gula svepning som foajén: Det här är ett tempel för sinnena. Det är här allting förenas. Kommer det att kunna fortsätta vara så? Kommer detta rum fortsätta att vara ett tempel för den ärbara vällusten?

Han stod i restaurangköket nu. Det var stort, större än man kunde se. Det kunde varit det inre av ett fartyg. Ljuset var nedskruvat till ett blått skimmer som gav alla de glänsande ytorna en blek färgton som fick honom att tänka på ben. Människoben. Som fick honom att tänka på en helt annan sal än den som han nu stod i, där det hårda stålet glödde matt på bänkar där människor i vita rockar utförde sitt arbete. Jämförelsen fanns kvar i hans tankar när han tog några steg in i köket. Skillnaden för honom var att han var bekant med skimret i en obduktionssal, och lukten av den bleka döden, men att han vid få tillfällen stått mitt i ett rum som detta, och aldrig vid den här tiden, klockan tre på morgonen, när alla ljuden upphört och de hundratals dofterna för sista gången sugits in i de enorma fläktarna och alla kockar gått hem.

Alla utom en hade lämnat templet.

Det var därför han var där. Därför var han tillbaka. Också härinne i köket fanns en lukt av den bleka döden. Han hade ännu inte känt den men han visste att den fanns där. Inom en minut skulle han känna den.

Han tittade på klockan som tickade mitt på en av de skimrande spisarna. Den visade en minut över tre.

För exakt fyra timmar sedan hade han, på just den klockan, sett tiden röra sig, långsamt som om den stod stilla. Han hade stått exakt där han stod nu. Då hade han tänkt att tiden gärna fick stanna, att livet aldrig skulle bli bättre än det var just då. Perfekt, hade han tänkt och njutit av larmet runt omkring sig. Allting var perfekt.

Men tiden hade fortsatt, långsamt men obevekligt genom natten. Och plötsligt hade den stannat för alltid.

Kriminalkommissarie Erik Winter hade varit halvvägs igenom sin terrin på havskräftor och bergtunga när köksmästaren glidit upp vid bordet, en ljudlös rörelse av en storväxt man som annars brukade bullra sig genom livet. Winter hade precis lyft gaffeln.

"Nå?" hade Mästaren sagt. "Ett litet omdöme innan du stoppar in det där i ansiktet?"

Winter hade sänkt gaffeln.

"Intressant med saffran i fonden."

Mästaren hade nickat utan att säga något.

"Jag funderade ett ögonblick över om det hade fungerat med rödtunga", hade Winter fortsatt, "men svaret får nog bli ett nej."

"Bra", hade Mästaren sagt, "fortsätter du så här är du snart kvalificerad för att komma ut i köket och diska såskastrullerna. Vilket år som helst."

"Det vore en stor ära, Lars."

"Du är nära, Erik", hade Lars Hirschmann sagt och viftat till mot de svängande dörrarna till köket, "mycket nära." Han hade tittat ner på Winters tallrik. "Vad sägs om sparrissalladen?"

Winter hade tittat på sin gaffel som han fortfarande höll i luften. Han hade sett den späda sparrisen som satt spetsad på gaffeln. Nyskördad tunn grön sparris. Den fanns bara i den här kvaliteten under några dagar. Sparrissalladen var en av anledningarna till att han valt att äta sin middag här i kväll. Vet du att du riskerar att betraktas som en snobb för det här? hade hans fru Angela sagt när de promenerat dit genom våren. Bland annat för det här, hade hon fortsatt. Det är motsatsen till snobberi, hade han svarat: Det handlar om att leva livet med så hög kvalitet som möjligt, på alla sätt man kan. Om vi är överens om att livet är orättvist kort så får vi försöka styra det, eller hur?

"Sparrissalladen?" hade Winter upprepat och studerat

sin gaffel. "Jag märker till exempel att du äntligen har bytt till vinägern från den där andra byn i Elsass som vi pratade om förra veckan."

Angela hade brustit ut i skratt på andra sidan bordet.

"Hon tycker att jag är en snobb", hade Winter sagt och lett mot Hirschmann.

"Var har du fått det ifrån, Angela?" hade Hirschmann sagt.

"Och sparrispurén i dressingen", hade Winter fortsatt. "Den är intressant."

"Intressant? Är det allt du har att säga?"

"Det är helt enkelt förbannat gott", hade Angela sagt och lyft sin gaffel.

"Så kan man också uttrycka det", hade Winter sagt och äntligen stoppat in födan i munnen.

"Jag går ut i köket och ser efter hur det går med fortsättningen", hade Hirschmann sagt.

Fortsättningen hade inte varit sämre.

Grillade ostron med lättstuvad selleri och stekt fläsk. Salthalstrad horngädda med sardellröra och lök- och sojaolja. Grillad piggvarsrygg.

"Är detta världens bästa restaurang?" hade Winter sagt någon gång under kvällen. Angela hade inte svarat. Det hade varit en retorisk fråga. Framförallt när det gällde fisk och skaldjur.

Några minuter i elva hade Winter gått ut i köket för att tacka Hirschmann. Angela hade sagt att hon inte kunde röra sig, inte just då.

Mästaren hade tagit ner en flaska calvados från en hemlig hylla ovanför kallskänken.

"Jag kan bara citera min fru", hade Winter sagt och luktat i flaskan. "Alltså angående kvällens middag."

"Jaha?"

"Det var helt enkelt förbannat gott."

Hirschmann hade skrattat och hällt i ett par centimeter sprit i stora glaskupor. Winter hade stått på golvet i köket och tagit emot kupan. Han hade tittat på klockan som tickade på en av de skimrande spisarna. Den hade visat en minut över elva.

Winter tyckte fortfarande att han kände smaken av den antika calvadosen i munnen. Han kände fortfarande av effekten. Han vände på huvudet och betraktade den halvöppna dörren till kylrummet. Om tio sekunder skulle han gå in där.

Han hade somnat två timmar tidigare med en skönt avdomnad känsla av att han gjort vad han kunnat för sig själv denna kväll. Att han åtminstone i kväll levt ett liv fyllt av kvalitet.

Han hade vaknat av signaler som hade fortsatt trots att han slagit till knappen på väckarklockan. Signalerna avbröts plötsligt och han hörde Angelas röst: "Du borde nog ta det här samtalet, Erik."

Han gick över köksgolvet i riktning mot kylrummet. Golvet sken som en spegel, eller en blank vattenyta. Han kunde ana sitt eget ansikte därnere, men han tittade rakt fram.

Det stod en man i uniform bredvid dörren. Det var inte

en polis. Poliserna i uniform fanns bakom Winter nu, han hörde dem i matsalen, han visste att de spärrade av den smala gatan utanför. Mannen i uniform kom från ett av stadens många bevakningsbolag. Det här hette Securitas, namnet stod tryckt i röda bokstäver på uniformens ena bröstficka. Winter hade läst att det nu fanns ett regeringsförslag på att vissa av polisens arbetsuppgifter skulle övertas av bevakningsbolag, eftersom det inte fanns tillräckligt med poliser för att skydda medborgarna i den moderna världen. Men den här väktaren skulle inte vara användbar på våldsroteln, till exempel. Han darrade fortfarande efter upptäckten han gjort i rummet bakom sig. Hans ansikte hade en blå ton som påminde om det kalla ljuset därinne. Han höjde huvudet när Winter kom fram till honom och presenterade sig.

"Ha... han sitter därinne", sa väktaren och gjorde en rörelse med huvudet mot dörren.

"Vad hände?" frågade Winter.

"Hu... hur då?"

"Vi tar det sen", sa Winter och gick förbi mannen som verkade ta stöd av väggen bakom för att kunna stå upp.

"Hur står det till ute i den riktiga världen?" hade Hirschmann frågat och smuttat på sin calvados.

"Den riktiga världen? Den är väl härinne", hade Winter svarat. "Mer verkligt än så här kan det väl knappast bli."

"Inga mord", hade Hirschmann sagt. "Vi har inga mord härinne." Han hade snurrat på sitt glas och spriten hade kastat reflexer som ett prisma. "Det börjar väl snart bli unikt med såna platser, om man får tro tidningarna." Han hade höjt glaset, som för att skåla. "Mordfria zoner."

"Tro aldrig på tidningarna", hade Winter sagt. "Men... ja, det här är en fredad plats."

Hirschmann hade snurrat på glaset igen.

"Det kan gå rätt vilt till i restaurangkök", hade han sagt. "Det är många heta viljor." Han hade lyft glaskupan mot en kock som just drog bort en fräsande stekpanna från en gaslåga. "Heta spisar, heta maträtter, heta viljor."

"Men inga dödsfall", hade Winter sagt.

"Inte än."

"Det låter som om du förväntar dig ett", hade Winter sagt.

"Det finns mycket död i ett restaurangkök", hade Hirschmann sagt. Han hade sett ut som en filosof, en filosof i vit rock. Winter hade vänt sig om för att se vad Hirschmann tittade på, men där fanns ingenting annat än kopparkastruller som hängde i en lång rad över den spis där såserna monterades.

"Egentligen är det ju så att döden är det enda som gäller på det här stället", hade Hirschmann fortsatt.

"Är det där en filosofisk betraktelse?" hade Winter sagt. "Eller är du bara deprimerad, Lars?"

"Ingenting lever längre när det kommer hit", fortsatte Hirschmann. "Bortsett från humrarna i akvariet."

"Hade du föredragit att oxarna promenerade in här självmant för slakt?" hade Winter frågat. "Att riporna flög in och satt och väntade på pinnar innan ni nackade dem?"

"Du får det att låta så brutalt och otrevligt", hade Hirschmann sagt. "Men du förstår ändå vad jag menar."

"Kanske är du på väg att bli vegetarian?" hade Winter frågat.

"Tror du inte morötterna skriker när man drar dem ur jorden?" hade Hirschmann svarat. "Ser du inte hur rödbetorna blöder när man skär i dem?"

Winter hade givit upp ett skratt och Hirschmann hade skrattat med honom. Hirschmann hade lyft ett finger mot skyn: "Bleve jag vegetarian, vilket Gud förbjude, finns det bara ett land på jorden där jag skulle kunna utveckla min dårskap."

"Vilket då?" hade Winter frågat men han visste.

"Italien", hade Hirschmann svarat.

"Mhm."

"Där kan man verkligen tillreda allt som växer i jorden."

"När åker du?" hade Winter frågat.

"Jag är inte vegetarian", hade Hirschmann svarat.

"Jag menar på ditt årliga Italienbesök."

"I övermorron."

Det skulle inte bli någon övermorgon för Hirschmann, ingen morgon alls, och ingen dag. Winter tänkte på samtalet han haft med sin vän. Han hade kunnat se den förväntan Hirschmann haft i ögonen inför sin årliga resa. Han var en berest man, som alla framgångsrika kockar, men Italien hade alltid betytt något extra för honom, det visste Winter.

Han tvekade fortfarande utanför dörren till kylrummet och tänkte på telefonsamtalet han fått för mindre än en halvtimme sedan. Det hade kommit från vakthavande på ledningscentralen.

Hirschmann hade identifierats av väktaren. Dörren till kylrummet hade stått öppen och det hade gjort honom misstänksam.

"Hur kan han vara så säker?" hade Winter sagt i telefonluren medan han försökte dra på sig skjortan.

"Väktaren har visst jobbat där i åratal", hade vakthavande svarat. "Stället tillhör hans runda. Han snackade med Hirschmann var och varannan natt, om jag förstått saken rätt."

"Hur då?"

"Hirschmann dröjde sig visst kvar sent på nätterna och kontrollerade köket eller vad han gjorde."

"Den där väktaren hann visst berätta en hel del för dig", hade Winter sagt medan han tog på sig byxorna som var desamma som han burit tidigare under kväll, liksom skjortan. Han kände lukten av mat, av cigariller. Av Hirschmanns restaurang.

"Han är väl i chock. Då brukar dom prata på av bara fan."

"Har vi folk på väg dit?"

"Dom lär vara där nu, Erik."

"Se till att dom håller kvar den där väktaren."

"Naturligtvis."

"För ordningens skull: Säger väktaren att den döda kropp han påträffat är Lars Hirschmanns?"

"Inte exakt med dom orden. Men annars är det så."

"Du är fullständigt säker på det?"

"Ja. Men du ska ju åka dit själv och se efter, eller hur?"

"Jag är på väg", hade Winter sagt och lagt på telefonluren. "Tyvärr."

*

Han var på väg in i kylrummet. Kylan var torr och tät, den slog emot honom som en vinterdag. Han kunde se lådor och kartonger staplade i travar. Där fanns flaskor. Han kunde se kroppar. Fåglar. Delar av lamm, gris. Fiskar som skulle bli färs i queneller och patéer.

Lars Hirschmann satt på en stol längst in i det långsmala rummet. När Winter gick mot honom fick han plötsligt en förnimmelse av att Hirschmann var på väg upp ur stolen för att säga något, göra något. Tillreda något. Som om han bara vilade sig en minut innan det var dags att ställa i ordning det sista för natten, kanske ta ett sista glas vin, gå hem för några timmars sömn. Winter visste att Hirschmann aldrig sov många timmar. Han hämtade sin energi från den kreativa nervositet som alltid svävade som ett kraftfält mitt i restaurangköket.

Winter gick de sista stegen fram till kroppen. Han blundade och stod alldeles stilla. Han öppnade ögonen igen och mötte Hirschmanns brustna blick, som verkade studera något omedelbart bakom Winter, på samma sätt som den gjort tidigare i kväll. Winter vände sig om men där fanns ingenting, bara det iskalla ljuset som sipprade in från köket.

Winter såg sig om i rummet. Han studerade Hirschmanns ansikte, hans ställning på stolen. Winter försökte tänka på sitt arbete, tänka på att han var här för att utföra sitt förbannade arbete ännu en gång. Det arbete han valt för att kunna försörja sig och sin familj. Han försökte tänka på allt detta, på att Lars Hirschmann var ännu ett offer i raden av offer som han, Winter, mött i det förflutna och som han skulle möta i framtiden.

Han kunde inte tänka bort att det var liket efter en vän som satt på stolen framför honom. Han var glad att han inte kunde tänka bort det. Hade han lyckats med det... då hade han nått en sådan grad av professionalitet att alla känslor var borta. På det sättet var det här ett test. Om han inte blev känslomässigt påverkad av detta... då var hans karriär över, i detta nu, i detta kylrum i hjärtat av stadens bästa restaurang. Då hade han varit en robot. En robot känner inte empati. En robot går rakt fram. En robot saknar intuition. Det var Winters främsta styrka som utredare av komplicerade våldsbrott. Intuition. En tanke bortanför en tanke. En fantasi bortanför tanken. En bild som inte fanns men som hade funnits. En handling som kunde återskapas i Winters vakna drömmar.

Han hörde röster utifrån nu. Han vände sig om och gick tillbaka genom rummet och såg sin egen andedräkt framför sig. Ordet fick plötsligt en ny betydelse för honom, som om han tänkt det för första gången, förstått det för första gången. Andedräkt. En dräkt åt anden som fanns inom honom. Den levde, han kunde ju se det. Hirschmann bakom honom hade ingen andedräkt fastän hans mun var öppen. Hans ande fanns inte längre där.

Winter mötte sin kollega Bertil Ringmar, och rättsläkaren Pia E:son Fröberg. De stod mitt i köket, två tekniker stod bredvid dem. En tredje tekniker var på väg från matsalen med två kameror. Winter kunde skymta uniformer därute. Väktaren väntade fortfarande bredvid dörren till kylrummet. Han såg fortfarande sjuk ut. Han verkade fortfarande ta stöd av väggen bakom sig för att kunna stå upp.

"Är du klar därinne?" frågade Pia Fröberg. "Får jag gå in?" Hon lyfte sin väska och tog ett steg mot rummet. "Det är nog läge."

Winter nickade och tog ett steg åt sidan när hon passerade. Hon hade naturligtvis rätt. Ju snabbare hon fick undersöka kroppen, och allt det där.

"Ta en titt du också, Bertil", sa Winter till sin kollega och viftade in mot rummet.

"Nåt särskilt du har sett?" frågade Ringmar. "Nåt speciellt du vill att jag ska titta efter?"

"Hans ställning", sa Winter. "Hans position på stolen."

Ringmar nickade och gick förbi. Winter kunde höra Pia Fröberg röra sig i kylrummet. Han flyttade sig när teknikerna passerade och vände sig sedan mot den unge väktaren.

"Vad heter du?"

"Be... Bengt Richardsson."

"Berätta vad som hände."

Öppna frågor. Det var alltid bättre med öppna frågor i en situation som denna.

"Hände? Från... när?"

Richardsson hade lämnat väggen och lyckades stå för sig själv. Den blå färgen började försvinna från hans ansikte.

"Från när du steg in genom dörren från gatan", sa Winter.

"Ja... jag låste upp. Som vanligt."

Winter nickade.

"Även om det kunde vara nån kvar i... köket eller så, så brukade det alltid vara låst ut till gatan. Jag tror att det är hovmästaren som alltid låser efter sig när han går."

"Fortsätt", sa Winter och tänkte att den här intervjun var som intervjuer brukade vara, han fick svar på fler frågor än han ställde.

"Så... jag låste upp och kontrollerade larmen i hallen och gick igenom toaletterna... som vanligt alltså, och sen tog jag det vanliga varvet runt matsalen... och det där andra lilla restaurangrummet... och sen gick jag in hit."

Han gjorde en rörelse med handen, som för att förtydliga att de stod i köket.

"Och?"

"Ja... jag kollade larmen här också, och strömbrytarna, och rökvarnarna... och sen såg jag ju att dörren stod öppen."

"Dörren stod öppen?"

"Till kylrummet", sa Richardsson. "Den är ju alltid stängd." Han vände sig om. "Utom när nån är därinne."

"Så kunde det ju ha varit i natt", sa Winter. "Att nån var där."

"Så... var det ju också", sa Richardsson.

I normala fall skulle det här kunnat vara en komisk dialog, tänkte Winter.

"Har det aldrig hänt att dörren dit varit öppen när du kommit in i köket?" frågade Winter.

"Jo... men då har jag ropat och då har nån svarat. Eller kommit ut. Eller båda delarna."

"Så vad gjorde du i natt?"

"Jag ropade." Richardsson gjorde en gest mot rummet. "Och ingen svarade."

"Fortsätt."

"Så... jag gick bort till dörren och kikade in. Och jag såg

inget, så jag ropade och fick inget svar så jag gick längre in och då... då såg jag honom."

Richardsson svajade till och såg ut att förlora balansen. Winter lyfte ena armen och stödde honom.

"Vem såg du?" frågade Winter. "Jag måste ställa den frågan till dig."

"Lars... Lars Hirschmann."

"Du kände igen honom?"

"Ja... det är klart."

"Varför är det klart?"

"Han... han har varit här flera sena... kväll... nätter när jag kommit." Richardsson rätade på sig. Winter kunde släppa greppet. "Vi har pratat lite några gånger."

Winter funderade på flera olika frågor som han ville ställa till Richardsson. Det finns tid, tänkte han. Det kan bli en utredning där tiden kan komma att kännas som en evighet. Eller det kan gå fort, mycket fort. Det kan vara över innan den här natten är över.

"Berätta vad som hände när du kommit så nära att du kände igen Hirschmann."

"Jag... kände igen honom."

"Sa du nåt?"

"Va?"

"Sa du nåt till honom?" frågade Winter.

"Han... han var ju död", sa Richardsson.

"Såg du det med en gång?"

"Va?"

"Hur kunde du se att Hirschmann var död?" frågade Winter.

"Ja... jag gick närmare", svarade Richardsson. "Jag sa nåt till honom och han svarade inte så jag gick nä... närmare och då såg jag ju..."

"Vad sa du till honom?" frågade Winter.

"Ja... jag kommer inte ihåg. Jag sa nog 'hallå?' eller nåt sånt. Jag sa hans namn, tror jag."

"Vad var klockan när du antog att Hirschmann var död?"

"Eh... jag tittade faktiskt på den när jag ringde... och jag ringde till larmcentralen nästan genast..." Richardsson tittade på sitt armbandsur, som för att kontrollera att det fanns kvar. "Den var tio över två."

"Exakt?"

"Ja... vad jag kunde se."

"Hur mycket var klockan när du låste upp från gatan?"

"Eh... fem i två."

En kvart, tänkte Winter. En kvart för att kontrollera larm, toaletter, strömbrytare, ta sig genom rummen. Ja. Det kunde stämma.

"Hörde du nåt?" frågade Winter. "Från tidpunkten när du öppnade dörren från gatan och tills du stod inne i kylrummet? Nån form av ljud?"

"Ja... det vanliga."

"Vad är det vanliga?"

"Surret från ventilationen... kylarna och frysarna... tja, allt det där."

"Hörde du nåt ovanligt?"

"Nej."

"Jag vill att du tänker efter. Kanske minns du nåt. Tänk på det nu i natt, och i morgon."

Richardsson nickade.

"Mötte du nån ute på gatan när du var på väg in?"

"Nej."

"Såg du nån?"

"Nej, ingen alls."

"Nån bil som körde förbi?"

"Nej."

"Nån bil som stod parkerad utanför?"

"Nej... det är ju parkeringsförbud framför..."

"Du drar på det."

"Det stod nog en bil trettio meter bort... kanske fyrtio... det var utanför gatljuset så det var mörkt... men nån ny modell... Volvo tror jag, V 70 kanske. Det var på andra sidan parkeringszonen..."

"Åt vilket håll?"

"Eh... upp mot Aschebergsgatan. Söderut."

"Stod det fler bilar där?"

"Nej... sen var det nog några luckor till nästa."

Winter tittade på klockan. Den var tjugo minuter i fyra. Han drog fram mobiltelefonen från kavajens innerficka och tryckte snabbt ett nummer.

"Tord? Hej." Han hade ringt operativansvarige för avspärrningen utanför restaurangen. "Ser du några bilar där som står parkerade utanför zonen?"

"Vi har tagit numren på dom som finns på gatan", svarade polisinspektör Tord Nilsén. "Vad tror du om oss?"

"Jag vet att du kan jobbet, Tord. Jag har bara en fråga. Står det en nyare modell fyrtio meter söderut, trettio kanske? Utanför zonen?"

"Ett ögonblick", sa Nilsén och Winter hörde honom säga något till någon och sedan hördes ett kort brus. Inspektörens röst kom tillbaka. "Svar nej."

"Det står ingen bil där? Möjligen en Volvo V 70?"

"Jag är på väg dit nu", sa Nilsén och Winter kunde höra hans steg mot kullerstenarna därute på den gamla gatan. "Här står ingen bil, varken Volvo eller nån annan." En paus. Winter hörde kollegans andning. "Det är några tomma perkeringsfickor till nästa kärra. Och det är en japan. En liten japan."

"Spärra av hela vägen till japanen", sa Winter. "Låt ingen trampa runt där."

"Är det nån som har stuckit?" sa Nilsén.

"Jag vet inte. Gör bara som jag säger."

"Okej", sa Nilsén.

Winter tryckte av.

"Försök beskriva den där bilen närmare", sa han till Richardsson.

"Volvo tror jag, såg ut som en V 70."

"Hur säker är du?" frågade Winter.

"Tja... i den här stan finns det ju nästan bara V 70 så man kanske blir lite blind..."

Det är nästan värt att le åt, tänkte Winter. Richardsson hade rätt. Göteborg var Volvos hemstad och göteborgarna körde hemstadens bil. De flesta föredrog skåpmodellen V 70.

"Det är viktigt det här", sa Winter.

"Tror du att..."

"Beskriv bilen", avbröt Winter.

Och Richardsson försökte beskriva, men han kom inte

längre än tidigare. Inget nummer, och ingen färg. Inga gestalter, inga silhuetter.

"Det satt ingen i bilen?"

"Inte som jag såg." Richardsson hade fått ny färg i ansiktet nu, som om förhöret började liva upp honom. "Jag såg ju bara den där kärran i ögonvrån."

"Vilken ögonvrå?"

"Va?"

"Vilken ögonvrå?" upprepade Winter.

"Eh... det måste ju ha varit vänster."

"Okej."

Bäst att kontrollera, tänkte Winter. Stod bilen verkligen i söder, eller hade det varit norr?

Han drog fram mobiltelefonen igen och ringde Nilsén och Nilsén skickade iväg en efterlysning på bilen. Det hade varit lättare att söka efter nålen i höstacken, tänkte Nilsén medan han ringde till ledningscentralen.

Ett par frågor till, tänkte Winter samtidigt som han såg fotoblixtarna blossa upp därinne i kylrummet. Lars Hirschmann genomgick sin sista fotosession. Han hade varit med om hundratals, kanske tusentals. Han hade rest med kocklandslaget jorden runt och fotoblixtarna hade sprakat i alla väder, i alla klimat, över alla bänkar och spisar.

"När träffade du Hirschmann senast?" frågade Winter.

"Det... var väl för ett par veckor sen. Tio dar, kanske."

"Var träffades ni?"

"Träf... här förstås."

"Berätta."

"Det är inte mycket att berätta. Det hände att han var

kvar när jag kom förbi. Det är allt."

"Så sent?"

Bengt Richardsson ryckte på axlarna.

"Han verkade vilja... kontrollera allt. När alla hade gått hem."

"Sa han det?"

"Ja." Richardsson försökte sig på ett leende. Han hade hämtat lite mer kraft. "Och han utstrålade... kontroll."

Winter nickade. Hirschmann hade varit en man som utstrålade auktoritet. Han hade haft svårt att delegera.

"Vad brukade ni tala om?"

"Tja... vi sa bara några ord, så där. Om hur kvällen varit. Inget särskilt."

"Den senaste gången. Talade ni om nåt särskilt då?"

"Nej... inte vad jag kommer ihåg."

"Talade Hirschmann om andra... personer nån gång?"

"Tja... det hände väl. Men inget som jag direkt kommer på nu."

"Han sa aldrig nåt om att han var hotad? Att han var rädd för nån, eller nåt?"

"Nej. Inte till mig. Vi kände ju inte varandra på det sättet."

"Berättade du för nån annan att Hirschmann brukade vara ensam här under nån timme efter stängning?"

Richardsson såg ut att tänka efter.

"Tänk efter noga", sa Winter.

"Jag kanske nämnde det nån gång på jobbet, som i förbigående. Jag vet inte. Men det var inget jag gick omkring och pladdrade om, förstås." Han tittade på Winter. "Vi jobbar ju trots allt med säkerhet." Han tittade bort mot matsalen, och hallen bortanför. "Är vi klara... snart?"

"Vi är klara nu", sa Winter. "Men vi hörs igen."

Richardsson nickade och samlade ihop sig och började gå över det blanka golvet. Hans kropp kastade en suddig skugga över golvet. Winter hörde ljud bakom sig.

Pia Fröberg och Ringmar kom ut från kylrummet.

"Det skedde nyss", sa Pia Fröberg och ställde ner sin väska på golvet och drog av sig handskarna och släppte dem i en plastbehållare. "Nån gång mellan tolv och två."

"Väktaren hittade honom tio över två", sa Winter.

"Han kanske hittade honom tidigare", sa Ringmar och såg sig om. "Var är han?"

"På väg hem", sa Winter.

"Är det klokt?" frågade Ringmar.

"Det är mycket klokt. Han behöver all vila han kan få."

"Det var inte så jag menade", sa Ringmar.

"Han smiter inte", sa Winter. "Gör han det är ju fallet löst, eller hur?"

"Det är ju också en metod", sa Ringmar. "Släpp omedelbart alla misstänkta. Dom som går under jorden är skyldiga."

"Jag skulle inte kalla vår unge väktare för misstänkt", sa Winter.

"Vilka ska vi kalla för misstänkta då?" sa Ringmar.

Winter svarade inte. Det var nu arbetet fortsatte, utredningsarbetet, det långa, det nödvändiga, det tunga. Plötsligt stod han där med ett helt liv vars förflutna måste kartläggas eftersom det inte längre hade någon framtid. I det förflutna låg svaret, det låg alltid där. Det förflutna kastade skuggor som det var mycket svårt att komma undan.

Han vände sig mot Pia Fröberg.

"Är det som jag tror?" frågade han.

"Två snitt", svarade hon.

"En expert?"

"Annars hade gärningsmannen oerhörd tur."

"En del är födda med tur", sa Winter men han log inte.

"Men jag vågar inte säga mer före obduktionen", sa Pia Fröberg och böjde sig ner efter sin väska. "Jag tar med mig honom nu." Hon tvekade och lade sedan sin hand på Winters axel. "Jag är... ledsen, Erik. Jag vet ju att han var en vän."

"Tack, Pia. Tack för att du sa det."

Hon nickade och vände sig om och gick tillbaka in i kylrummet där Hirschmann skulle placeras på en bårvagn, sedan skulle han rullas genom matsalen, hans sista resa från detta tempel.

"Jag är också ledsen", sa Ringmar.

"Jag vet, Bertil."

"Jag var här för ett par månader sen", sa Ringmar. "Ja, inte härinne i köket, men ute i restaurangen." Han gjorde en gest ut mot matsalen, där ingen verkade röra sig nu. "Vi åt en mycket bra middag, förstås. Och Hirschmann kom ut till kaffet och frågade om allt varit till belåtenhet."

"Det var hans vana."

"Han visste inte vem jag var", sa Ringmar, "att du och jag är kolleger. Jag tror inte det i alla fall. Men han var trevlig ändå."

Winter kunde inte låta bli att le.

"Menar du att Hirschmann var trevlig också mot folk

han inte visste var bekanta med mig?"

"Tydligen", sa Ringmar och log men sedan blev hans ansikte allvarligt igen. "Så vad har vi här?"

"Ett mord."

"Ett mord. Vilken typ av mord?"

"Den våldsamma typen."

"Vilken typ av våldsamhet?"

"Den överraskande våldsamheten."

"Ja", sa Ringmar, "det måste ha gått snabbt."

De var inne i rutinen, bollade frågor och svar till varandra. De hade samarbetat i snart tio år på våldsroteln i Göteborg. Det här var en av deras metoder.

Deras specialitet var mord.

"Han lät nån komma för nära", sa Winter.

"Inne i kylrummet."

"Ja. Men varför där?"

"Han behövde hjälp."

"Hjälp med vad?"

"Lyfta nåt. Hämta nåt tungt."

"Eller så ville han visa nåt."

"Visa vad? Nåt nytt? Nåt spännande?"

"Finns det då kvar? Det som han skulle visa?"

"Vi får höra personalen och jämföra med vad vi hittar därinne", sa Ringmar.

"Vem följde med honom? En kollega? Nån bekant?"

"Var han verkligen ensam kvar?"

"Väntade nån på honom?"

"Hur kunde denne någon hålla sig gömd?"

"Han eller hon kanske inte höll sig gömd."

"Personalen?"

"Det återstår ju att se."

"Gästerna?"

"Det återstår också att se", sa Winter. "Vi får gå igenom bokningarna." Han tog ett steg i riktning mot matsalen. "Jag var ju själv en av gästerna."

"Och du såg inget misstänkt, förstår jag."

"Är det nåt man inte intresserar sig för på en bra restaurang så är det andra gäster", sa Winter. "Man har fullt upp med maten."

Ringmar såg sig om i köket. Det fanns ett långsmalt fönster i bortre änden. Det första stänket av gryning kunde anas därute. Snart skulle ljuset ta sig in här och blandas med den kalla elektriska belysningen och en ny dag skulle vara född.

"Vad är motivet", sa Ringmar, men mest för sig själv.

"Jag kände honom inte så väl", sa Winter, "inte tillräckligt för att höra honom tala om ovänner."

"Vilka var hans ovänner? Andra mästerkockar?"

"Det finns konkurrens, men det brukar ju finnas gränser", sa Winter.

"Vad konkurrerar man om?"

"Mat, förstås. Recept. Recept på de bästa rätterna. Recept på rätter i världsklass."

"Räcker det?" sa Ringmar.

"Med recept? Nej. Det räcker inte med att kunna läsa. Du måste ha handlaget också. Du måste vara den skickligaste, både när det gäller händerna och huvudet."

"Och Hirschmann var tydligen den skickligaste", sa Ringmar.

"Ja."

"Och nån ville beröva honom det."

"Om det är motivet? Jag vet inte", sa Winter. "Det kanske inte alls hänger ihop med... det här", sa han och rörde handen mot allt det som de såg omkring sig.

"Eller så fanns det nåt här som var värt att döda för", sa Ringmar.

"Hur menar du då?"

"Hirschmann kanske hade nåt som var värt att döda för", fortsatte Ringmar. "Mer än... den han var. Mer än att han var den skickligaste."

"Vänta lite", sa Winter och gick bort till kallskänken.

Han hade stått där för några timmar sedan. Hirschmann hade ställt sig på en stol och tagit ner den antika flaskan calvados från en hemlig hylla ovanför kallskänken.

Hemlig hylla.

Det var delvis ett skämt och delvis allvar. På hyllan förvarade Hirschmann en del av sina receptsamlingar, diverse lösa anteckningar, utkast, idéer snabbt nedtecknade på något papper som funnits i närheten när idén kom nedstörtande från Gud. Inte många kände till den, enligt Hirschmann. Här finns de verkliga hemligheterna, hade han sagt och blinkat. Det är bara jag, och du nu, som känner till det.

Hyllan satt högt. Det enda Winter kunde se, och som han kunde nå, var calvadosflaskan. Han rörde den inte. Han såg sig om efter något att stå på och upptäckte en pall under en av bänkarna. Han valde att inte ställa sig på den.

"Sven, kan du ta och plasta in den där pallen?" sa han till en av teknikerna som var i restaurangköket.

Han gick ut i matsalen och tog den stol han själv suttit på under kvällen och bar ut den i köket. Han lade ett plastskynke över och ställde sig på stolen för att kunna se in i hyllan.

Den var tom. Där fanns ingenting, bortsett från flaskan. Bara en plan tom yta. Det såg ut som om flaskan stod på ungefär samma ställe där Hirschmann ställt den tidigare i kväll, men det var en sak för teknikerna.

Den som tagit papperna och pärmarna som låg på hyllan måste ha flyttat flaskan.

Han klev ner från stolen.

"Vad gör du?" frågade Ringmar.

"Nån har rensat hyllan", sa Winter.

"Nu hänger jag inte med."

"Hirschmann förvarade en del 'hemligheter' däruppe, som han sa. Nu är dom borta."

"Lite väl offentligt ställe att förvara sina hemligheter på", sa Ringmar.

"Det gick inte att se nånting nerifrån golvet", sa Winter.

"Men ändå."

"Jag vet inte hur många som kände till det."

"Var det nåt som var värt att stjäla?" sa Ringmar.

"Jag vet inte det heller."

"Såg du nånsin vad som fanns på den där hyllan?"

"Nej." Winter såg upp mot den igen. Det var bara en knappt synbar utskjutning. Den som inte kände till den kunde inte upptäcka den. "Och jag hade ju ingen anledning att kontrollera Hirschmanns ord i går kväll heller."

"Det kanske bara var ett skämt", sa Ringmar.

"Jag tror inte det."

"Så nån mördade honom för det som låg på den där hyllan?"

"Det är en hypotes", sa Winter.

"Vad fanns det där då?"

"Recept", sa Winter.

"Recept?"

"Ja. Hemliga recept, kanske man kan säga. Sånt som bara Hirschmann kände till. Sånt som gjorde hans mat trestjärnig."

"Var den trestjärnig?" frågade Ringmar.

"Enda trestjärniga krogen i Norden", sa Winter.

"Borde han inte ha haft dom där recepten i ett bankfack?" sa Ringmar.

"Han behövde dom", sa Winter, "han behövde dom här."

"Har inte en mästerkock sånt i huvudet?"

"Han kanske experimenterade med nya rätter", sa Winter. "Han gjorde sina anteckningar och förvarade dom däruppe." Han nickade mot hyllan. "Hirschmann kanske inte var tillräckligt diskret."

"Det är inte realistiskt", sa Ringmar. "Att recept skulle kunna innebära ett dödligt hot."

"Den här branschen är på dödligt allvar", sa Winter. "Så mycket har jag lärt mig. Det är vinna eller försvinna. Det är rena Darwin. Bara den starkaste överlever."

"Inte ens han", sa Ringmar och kastade en blick bort mot kylrummet.

"Nej", sa Winter, "inte ens han."

"Om vi utgår från att mördaren ville åt nåt på den där hyllan... varför tog han det inte bara i så fall? När Hirschmann vände ryggen till, eller inte var där?" Ringmar tittade upp mot hyllan. "Varför mörda mästaren?"

"Det kanske var omöjligt för nån annan att komma åt hyllan och sakerna där", sa Winter. "Hirschmann var ju alltid här. Han var den förste som kom och den siste som gick."

"Han gick ju ändå ut ur köket ibland", sa Ringmar.

"Vi får höra personalen", sa Winter.

"Det känns mycket tunt", sa Ringmar.

"Har du nåt bättre?"

"Inte just nu. Skulle väl vara bilen därute i så fall."

Winter nickade. Det var som alltid. De första timmarna var viktiga men de gick alltid för fort. De första hypoteserna var viktiga, gissningarna som aldrig var enbart gissningar. De första förhören var viktiga. Han hade en lång dags förhör framför sig med alla som rört sig i det här köket för bara några timmar sedan. Gästlistan. De måste gå igenom gästlistan och tala med alla som suttit i matsalen den kvällen. Han skulle stryka sitt eget namn, och Angelas.

Det skulle bli en lång dag av tankar, någon gång under den mycket långa eftermiddagen skulle teknikroteln presentera de tekniska spåren. Winter skulle fundera över obduktionen. Över fotografierna från obduktionssalen, och de från mordplatsen. Bilderna av döden. Han hade sett tusentals bilder av döden, från alla vinklar. Han var bekant med döden, ur alla perspektiv. Han visste allt om död, hur den kunde komma till människor, och hur människor såg ut på bild när de var döda.

Mordplatsen, tänkte han. Om det var mordplatsen. Pia Fröberg trodde det. Han trodde det själv.

"Vi får ta fingeravtryck på den där flaskan", sa Ringmar.

"Du kommer att hitta mina där", sa Winter. "Och Hirschmanns."

Men det fanns inga fingeravtryck från Winter på calvados-flaskan, och inga från Lars Hirschmann.

Det fanns inga avtryck alls.

"Det var som fan", sa Ringmar.

De satt i Winters arbetsrum. Fönstret stod öppet mot den ljuva våren. Fåglar sjöng in den tidiga eftermiddagen men Winter visste inte vad de hade för namn.

Resultatet hade just kommit från teknikerna.

"Rentorkat", sa Winter. "Jag höll i den där flaskan, och det gjorde Lars också."

"Jag får nog börja lyssna lite bättre på din långsökta hypotes", sa Ringmar.

"Mhm."

"Såvida vi inte har att göra med en övernitisk städerska här."

"Bergenhem har pratat med henne", sa Winter. "Hon verkar nitisk nog men hennes pass började inte förrän fem på morronen. Bergenhem väntade in henne på restaurangen."

Kriminalinspektör Lars Bergenhem var den yngste av kriminalpoliserna på våldsroteln. Han var expert på att arbeta under de tidiga morgontimmarna. Åtminstone var det vad hans kolleger alltid försökte övertyga honom om.

"Så nån höll i flaskan efter det att ni gjort det", sa Ringmar.

"Det låter ju logiskt", sa Winter, men utan ironi. "Eller så hade nån hållit i den förut... och nu handlade det bara om att torka av den."

"Varför?"

"Jag vet inte, Bertil."

"Måste inte flaskan flyttas för att det skulle gå att komma åt det som låg bakom, på hyllan?"

"Jag tror det."

Winter sträckte sig efter ett papper som låg i en av högarna på hans stora skrivbord. Han studerade papperet en kort stund. Det var en lista med ett tiotal namn.

"Är det klart med alla?" sa han och tittade upp.

"Ja", svarade Ringmar, "ingen av kockarna har gått under jorden. Tyvärr."

"Livet är aldrig enkelt", sa Winter och lade ner papperet igen.

"Nej", svarade Ringmar, "och inte döden heller. Tyvärr."

"Då kör vi igång", sa Winter.

Men innan han körde igång med sina förhör tog han hissen ner i polishuset och satte sig i sin Mercedes och körde västerut. Solen var på väg genom eftermiddagen och han sänkte solskyddet. De övergivna varvskranarna på andra sidan älven glödde i brandgult, som om de plötsligt fattat eld efter femtio år i tjänst och därefter tio år i vila. Deras tid var över.

Han passerade fiskhamnen och kände den starka lukten. Där fanns ingen verksamhet nu, hade inte funnits på timmar. En flock måsar svävade fortfarande över hamnbassängen, på spaning efter det sista fiskrenset. Fisklådorna stod travade i höga pyramider på framsidan av de långsmala fiskebarackerna där fiskeföretagen hade sina kontor. Ett av dem hade en enorm havskräfta som logotyp på väggen. Kräftans jättelika klo såg ut att gripa efter en truck som stod parkerad nedanför på asfaltplanen, som om kräftan sekunden senare skulle lyfta trucken och slunga den tvärs över hamnen och älven, rakt mot kranskeletten.

Winter tänkte på Lars Hirschmann. Två eller tre tidiga morgnar i veckan stod Hirschmann därnere när fiskeauktionen drog igång.

En gång hade Winter varit med. Han hade helt enkelt varit nyfiken. Winter föredrog fisk och skaldjur på sin tallrik sju gånger av tio. Han ville se när guldet kom in från havet, guldet och silvret.

Det hade blänkt som guld och silver därinne, och som av diamanter. Det hade bara varit för ett halvår sedan, före jul. Det hade varit mycket kallt.

Winter svängde runt i ännu en nybyggd och meningslös rondell och passerade västra delen av fiskhamnen. Han kunde se några små trålare på väg ut från hamnbassängen. De var av äldre typ, de kunde ha varit i tjänst under kriget. Han kände till historier om våghalsiga unga fiskare från öarna i den södra skärgården som styrde rakt genom Nordsjön över minfälten till Skottland och lossade sina laster. Och gjorde sina förmögenheter. Och mötte sina dödar halvvägs hem. Det hade skett, alltför ofta. De som överlevt kriget byggde nya hus av trä på öarna och lät fisket gå i arv till sina söner, och sönerna förde in sina fångster till den här fiskhamnen i

Göteborg som var en av världens mest attraktiva, där världens bästa frukter ur det kalla havet vräktes fram i platta trälådor till auktionsutroparnas blixtsnabba tungomålstalande.

Winter hade stått bredvid Hirschmann och känt berusningen av fiskarna i lådorna, och fisket självt, och det stora havet. Männen runt omkring bar bevisen från det stora havet i sina ansikten som var röda och glödande och liksom översköljda med ett nät av små fina rynkor, som om ansiktena åldrats årtionden före resten av kroppen.

Han hade sett rörelserna i de hundratals lådorna med levande havskräftor, en del av dem stora som humrar, eller languster; och humrarna själva, lovliga att fiska från 20 september till 30 april; och krabborna, bäst just då, december ut. Blåmusslorna, som skulle vara ännu bättre senare under våren. Nordhavsräkorna, som var godast och billigast under den kalla årstiden. De luktade hav, bara hav. Under en sen fredagseftermiddag i Göteborg var mer än halva befolkningen på väg hem efter arbetet med en papperspåse färska räkor till den traditionella supén på räkor, citron, rostat bröd, hemmagjord majonnäs, dill, kanske lite löjrom, en flaska gott vitt vin eller två. Enkelt, delikat, världsklass. Winter stod ofta framför en liten fiskvagn på väg hem en fredag. Fiskvagnarna var unika för Göteborg, de fanns i alla stadsdelar, små kiosker på hjul där skaldjur och några utvalda nyfångade fiskar såldes.

Winter hade stått bredvid Hirschmann och sett på torskfiskar som kolja, någon enstaka kummel, sej, den hotade torsken, den utomordentliga vitlingen som var en av Winters favoriter, tillsammans med ljuvliga plattfiskar som bergtunga, rödtunga, rödspätta, sjötungan förstås, den exklusiva piggvaren, slätvaren, och den enorma hälleflundran.

Där fanns laxfiskar, feta sillar, och de underbara kotlettfiskarna havskatt och marulk med sina otäcka utseenden.

"Att någonting så fult kan vara så fint", hade Hirschmann sagt den där kalla novembermorgonen när andedräkten blåste runt i hallen som ett eget väsen. Han hade nickat mot en marulk som grinat upp mot dem med sitt jättelika gap och sina hemska tänder. "Ser du att han försöker le, Erik?" hade Hirschmann sagt, "men det där leendet når aldrig ögonen."

Winter mindes Hirschmanns ord. Han mindes dem mycket väl när han passerat fiskhamnen och den bara existerade som en försvinnande kuliss i hans backspegel.

Han körde genom de västra stadsdelarna och efter fem minuter kunde han skymta det öppna havet till vänster mellan husen. Solreflexerna gjorde vattenytan till en spegel av silver, eller fiskfjäll. Det blixtrade framför Winters ögon från vattnet och han drog på sig sina solglasögon och svängde in på en smal väg och fortsatte hundra meter. Han körde intill vägkanten så gott det gick och slog av motorn. Framför sig, femtio meter bort, såg han en skog av båtmaster. Hade han parkerat här några veckor tidigare hade det inte funnits någon skog därborta. Men nu var alla segelbåtar i sjön. Den här staden hade fler segelbåtar än bilar. Alla som kunde lämna land gjorde det. Folk i den här staden trivdes bättre på vattnet än på land. Det var som om de aldrig lämnat det våta livsstadiet helt, som om evolutionen inte genomförts fullt ut här. Det var Darwin igen.

Han steg ur bilen och såg upp mot huset som han parkerat framför. Det var ett av de typiska husen i den här stadsdelen, de hade byggts i början av 1900-talet som strandhus åt det rika borgerskapet som levde i de stora våningarna inne i centrum och som när sommaren äntligen kom flyttade ut hela hushållet till dessa trähus som påminde Winter om medeltida borgar. Lars Hirschmanns hus var ett av de mindre, som om det en gång byggts som lillstuga till ett av strandhusen. Men den här stugan var stor nog, och eftersom den mötte besökaren med bredsidan verkade den dubbelt så stor som den egentligen var när man kom in.

Hirschmann levde ensam. Han tillhörde den kategori män som aldrig hade gift sig, som aldrig fått barn.

Winter hade varit på väg att bli likadan.

Han hade mognat. Ja, det var så han såg det. Han hade lärt sig leva, leva ett socialt liv som innebar att han tog ansvar för en relation. Det var något han inte kunde medan han var inriktad på sin karriär.

Hirschmann hade inte mognat på det sättet, men kanske gick det inte att jämföra. Winter visste inte mycket om vännens privata förflutna. Han var inte förvånad över det. Det var mycket svårt att egentligen veta något om människors förflutna, verkligen veta. Hans arbete hade lärt honom att ingenting verkade vara vad det syntes vara. Allra minst människors liv. Först i döden trädde det förflutna fram, som om det ropade: Se mig! Det här är den jag var! Detta är varför!

Han kände som en kall vind av tanken. Han stod i hallen efter att ha blivit insläppt av låssmeden som kommit dit minuten efter honom, och sedan åkt igen. Winter ville inte använda Hirschmanns nycklar, som de hittat i hans fickor, inte ens efter det att de testats för avtryck. Det var en fråga om... respekt.

Winter gick mellan rummen. De var färre än en betraktare utifrån kunde tro. Winter hade varit här ett halvdussin gånger under åren. Hirschmann var inte den som ofta bjöd in till middag därhemma. Det berodde framför allt på att han aldrig var hemma. Om han någon gång var det, och Winter var där, hade det handlat om minimal matlagning, bara några dussin ostron från bankarna i Västerhavet, en ångad hummer, kanske havskräftor med en mild aioli, enkla saker som fanns på bordet inom några minuter.

Winter stod i matsalen. Ljuset skar sig in med två strålar genom det stora fönstret mot havet och klöv bordet i tre delar. Han kände kylan igen. Två snitt. Hirschmann hade lämnat livet på grund av två snitt. Winter blundade och tittade igen och strålarna fanns inte längre där.

Innanför matsalen låg det rum som Hirschmann kallade sin arbetskammare. Det innehöll ett tungt skrivbord i ek, en bred fåtölj i skinn, bokhyllor från golv till tak där litteratur och pappersark fyllde allt utrymme. Hirschmann hade samlat kulinarisk litteratur, på alla språk. Han hade inte talat alla språk, men han kände till de autentiska namnen på maträtter från Portugal till Sri Lanka, från fiskstuvningen *Caldeirade de peixe* till fiskcurryn *Kiri malu*, från den mexikanska räkrätten *Camarones en frio* till den japanska fisksukiyakin *Chirinabe*. Han höll sig, som alltid, till havet.

Winter dröjde framför bokhyllorna. I morgon skulle

Hirschmann ha varit på plats igen i Italien. Om Winter mindes rätt hade Hirschmann talat om en av de små städerna utefter den toskanska kusten, men han mindes inte vilken. Winter såg sig om. Någonstans i det här huset måste ju flygbiljetterna ligga, kanske till Florens, kanske till Rom. Någonstans fanns en voucher från ett hotell, eller en bekräftelse. Inte för att det spelade någon roll. Eller gjorde det det? Hörde Hirschmanns död ihop med den förestående resan? Winter vände sig om. Solen sken inte längre in genom fönstret. Han tyckte att han såg ett segel röra sig i vinden därute, som om det tillhörde ett flygande skepp. Hirschmann hade ägt segelbåtar men hade ingen just nu. Han hyrde båtar, också i Italien. Winter återvände i tanken till det han nyss funderat över. Han hade lärt sig genom åren att ingenting fick uteslutas. När han nu började söka i Hirschmanns förflutna skulle det vara ett misstag att utesluta Hirschmanns resa. Men den låg inte i det förflutna, den låg i framtiden. Samtidigt hade den plötsligt blivit en del av det förflutna. Allting hörde ihop.

Winters mobiltelefon ringde. Det fick honom att rycka till. Ljudet var oanständigt högt i det stilla huset.

"Ja?"

"Vi har hittat bilen."

Det var Ringmars röst.

"Förlåt?"

"Bilen. Volvon som stod parkerad utanför restaurangen. Kombimodellen."

"Är du säker?" Det lät som ett önsketänkande, tänkte Winter. Ett snedspår. "Vi vet ju inte ens om det var en Volvo. Vi vet ju inte ens om det var nån bil som stod där."

"I natt verkade du sätta tillit till väktaren", sa Ringmar.

"Berätta då."

"En av kockarna äger en Volvo V 70 av förra årets modell och vi frågade honom om den stått parkerad utanför stället i natt och han svarade ja."

"Då har vi löst det", sa Winter.

"Jag sa ju att vi hade hittat bilen."

"Frågade du varför han hade den parkerad där?"

"Det var inte jag. Det var Aneta som ringde honom. Nej, åkte hem till honom."

"Vad svarade han henne?"

"Att han brukade ha den där. I natt var inget undantag."

"Det är nåt egendomligt med den storyn", sa Winter. "Richardsson, väktaren alltså, såg bilen när han kom men när vi kollade nån timme senare var den borta."

"Mhm."

"Förklaringen kan vara att den där kocken dröjde kvar till efter två. Richardsson sa att han låste upp ytterdörren fem i två. Då stod alltså bilen där, om det är samma. Det måste i så fall betyda att kocken var kvar. Vad heter han, förresten?"

"Dinter. Erland Dinter."

"Märkligt namn, Dinter."

"Inte märkligare än Winter", sa Ringmar.

"Dinter var kvar eftersom hans bil var kvar", sa Winter utan att kommentera. "Men Richardsson träffade honom inte. Enligt honom var Hirschmann den ende i lokalerna. Var befann sig då denne Dinter? Varför var han kvar så länge? Utan att nån såg honom?"

"Det där är frågor du ska ställa till honom", sa Ringmar.

"Det kan du ge dig fan på att jag ska göra också", sa Winter.

Erland Dinter var en medelålders man av medellängd. Hans hår var mörkt och halvlångt och han hade mörka ringar under ögonen som avslöjade hans sena vanor.

Han satt mitt emot Winter i rummet på polishuset. Winter kunde inte minnas att han sett Dinters ansikte i restaurangköket kvällen före. Men han hade inte varit uppmärksam på något sådant. Han ångrade det nu.

Dinter hade presenterat sig som souschef. Winter visste att det betydde att Dinter var biträdande chef i köket. Hirschmann hade inte nämnt hans namn. Men Winter hade inte talat med Hirschmann på några veckor före det sista besöket. Winter tänkte plötsligt att det verkligen varit det sista besöket. Aldrig mer. Plötsligt kändes det som om han aldrig mer, i framtiden, skulle äta riktigt gott på restaurang, och att han ändå aldrig mer skulle vilja göra det. Det där tillhörde också det förflutna.

"Är du nyanställd?" frågade han.

"Tja... några veckor." Dinter lutade sig fram. "I branschen kanske det inte kallas nyanställd."

"Vad menar du med det?"

"Det är stor omsättning på folk i restaurangbranschen. Ena månaden där, andra här. Krogar slår igen, öppnar nån annanstans. Man vet aldrig."

"Hur hamnade du hos Hirschmann?" frågade Winter.

"Han... ringde", sa Dinter. "Frågade om jag ville komma över. Det hade blivit en vakans." Dinter log ett svagt leende. "Det går ju inte att säga nej när den store Lars Hirschmann ringer."

"Har du jobbat ihop med honom förut?" frågade Winter.

"Nej."

"Jaså?"

"Det har... bara inte blivit så."

"Är det inte konstigt? Två skickliga kockar som ni. Och stan är ju inte så stor och dom riktigt bra restaurangerna är ju inte så många."

"Dom blir fler och fler", sa Dinter.

"Var jobbade du när Hirschmann hörde av sig?"

Dinter sa namnet. Det var en av de bättre krogarna.

"Jag var köksmästare."

"Ändå valde du att kliva ner ett snäpp på karriärstegen?"

"Att jobba under Lars Hirschmann är inte att kliva ner", svarade Dinter.

"Trots att du aldrig jobbat ihop med honom?"

"Alla känner ju till hans rykte."

"I vilka andra sammanhang har ni stött ihop då?" frågade Winter.

"Inga alls", sa Dinter och lutade sig framåt igen. Winter kunde se hans händer röra sig. Winter kunde se ärren på Dinters fingrar. Det var en kocks märken. "Det låter kanske konstigt, men jag har arbetat utomlands större delen av min karriär och... tja... då har det inte blivit så att vi kunnat ses."

"Ändå ringer han och erbjuder dig jobbet som souschef?"

"Jag har väl också hunnit skaffa mig ett... rykte", sa Dinter och Winter tyckte att han såg antydan till det där leendet igen.

"Hur gick det då?" frågade Winter.

"Förlåt?"

"Hur gick det när du kom över till Hirschmann? Fungerade ni bra ihop?"

"Ja. Men det kanske du ska fråga dom andra i personalen om också."

"Hur fungerade det i går kväll?" frågade Winter.

Han studerade Dinters ansikte efter spår av förvåning, men det enda han såg var skuggan av leendet igen. Winter tyckte inte om det. Det var nästan som om Dinter saknade förmåga att känna sorg. Eller om han fortfarande var i något slags chock. Eller om han redan funderade på sin framtida karriär.

"Jag såg... dig i köket i går", sa Dinter nu.

"Jag såg inte dig", sa Winter.

"Nej. Det blir lite kaotiskt den sista timmen. Hirschmann har ju köket öppet en timme längre än de flesta andra." Dinter lutade sig bakåt på stolen. Winter noterade att han fortfarande talade om Hirschmann i nutid. "För en besökare är vi väl mest ett gäng anonyma, klädda i vitt."

"Är det så du ser det?" frågade Winter.

Dinter ryckte på axlarna.

"Jag frågade nyss hur det fungerade i går."

"Som vanligt", svarade Dinter. "Stressigt men utan missöden."

"Ingenting ovanligt?"

"Hur menar du då?"

"Jag vet inte", sa Winter. "Eftersom din chef blev mördad senare samma natt kanske man kan fundera över om nåt ovanligt inträffade under kvällen, eller hur?"

"Jag... hade inte tid att tänka på nåt annat än själva jobbet."

"När slutade du?" frågade Winter och sökte efter spår av tvekan i Dinters ansikte. Det enda han såg var en blinkning, men mannen måste ju vara trött. Den som sökte efter spår av någonting i Winters ansikte skulle se samma blinkningar.

"Den vanliga tiden", svarade Dinter.

"När var det?"

"Halv ett."

"Vilka var kvar då?"

"Disken. Dom lägger av ett."

"Inga fler?"

"Menar du i hela restaurangen? Eller i köket?"

"Överallt", sa Winter.

"Hovmästarn gick väl tio minuter före mig. Han var den siste av serveringen."

"Några fler än diskarna ute i köket?"

"Inga fler än Hirschmann." Dinter lutade sig framåt igen. Han hade svårt att sitta stilla. Men Winter visste att det inte var en bekväm stol. "Han var alltid kvar sist."

"Pratade ni med varandra?"

"När? Menar du i går kväll?"

"Ja."

"Njae, inte mer än några ord. Det vanliga. Lite om kvällen, och om morgondan."

"Vad sa ni om morgondan?" frågade Winter.

"Ja... herregud.. vad sa vi... det var om menyn... vi skulle pröva med sej om vi fick tag på bra exemplar. Hirschmann sa nåt om att det är dags att lära folk äta sej nu. Att den har ett oförtjänt dåligt rykte."

"Jag håller med", sa Winter.

"Nu blir det inte så", fortsatte Dinter. Winter sa ingenting, väntade på att Dinter skulle säga något mer. "Vi vet ju inte hur det blir nu."

"Hur ser dina planer ut nu?" frågade Winter.

"Jag vet inte", svarade Dinter.

"Kan restaurangen drivas vidare?"

"Jag vet inte det heller."

Winter reste sig och gick bort till fönstret och öppnade det. Solen sjönk bakom husen på andra sidan Fattighusån. Han hörde sång från flera fåglar men han visste inte namnet på någon av dem. Det var en brist. Han hade ofta tänkt att han skulle lära sig om fåglar, kanske köpa en cd med fågelsång, med förklarande speakerröst, men något annat hade alltid kommit emellan. Intill honom sjöng en fågel nu så högt att det lät som ett budskap. Kanske fanns det någon cd som översatte fågelsång.

Han vände sig om.

"Varför tog du inte bilen hem, Dinter?"

"För... låt?"

Från där Winter stod kunde han inte se något leende i Dinters ansikte, och avståndet var också för långt för att spåra någon förvåning. Men ibland var det bra att överraska på distans.

"Du säger att du slutade halv ett men din bil observerades nära restaurangen mycket senare."

"Jaså?"

"Har inte en av mina kolleger talat med dig om detta?" frågade Winter.

"Inte om några tider. Hon... frågade bara om Volvon och jag sa att den var min."

"Varför körde du inte hem i den direkt när du slutade då?"

"Vem har sagt att jag inte gjorde det?"

"Vi har vittnen på att den sågs senare under natten." Winter var noga med att inte nämna några exakta tider. "Den stod parkerad på gatan."

"Ja, det stämmer", sa Dinter.

"Vad är det som stämmer?"

"Jag tog bilen... lite senare. Det var väl vid tvåtiden."

"Varför det?"

"Jag behövde en promenad. Jag ville inte åka hem direkt."

"Varför inte?"

"Det var inte första gången", svarade Dinter. "Om... man jobbar en kväll i ett stort restaurangkök så är inte det första man tänker på att åka hem och sova."

"Varför inte? Är man inte trött?"

"Trött... det är inte rätta ordet. Man är utmattad... men också uppskruvad. Tempot har varit så högt att det inte går att bara åka hem och släcka sänglampan. Det skulle vara som att... åka hem från ett stressigt kontor klockan fem på eftermiddagen och lägga sig direkt för natten." Dinter viftade till med ena handen. "Men ett restaurangkök är tio gånger stressigare än det stressigaste kontor."

"Så vad gjorde du?"

"När jag hade slutat? Jag gick en promenad runt centrum. Det är bästa sättet att varva ner." Dinter viftade till med handen. "Bättre än att supa."

"Är det alternativet?" frågade Winter.

"Att bli sittande med ett glas eller två? Absolut."

"Är det vanligt i branschen?"

"Det vanligaste."

"Men du promenerar i stället?"

"Det är nyttigare."

"Gör du det alltid ensam?"

"Ja."

"Frågar du nån gång om nån vill följa med?"

"Nej. Då skulle det inte längre handla om att varva ner."

"Lars Hirschmann följde aldrig med dig?"

"Nej. Han ville vara kvar därinne. Jag tror han njöt av tystnaden därinne just för att det varit ett sånt jävla liv förut."

"Så i går natt tog du en promenad?" sa Winter.

"Ja."

"Mötte du nån?"

"Tja... några snedseglare från nån krog. Några yngre. Dom håller jag mig borta ifrån. Jag gick på andra sidan gatan. Ett par taxibilar körde förbi. Det var nog allt."

"Vad hände sen?"

"Sen vadå?"

"När du var klar med promenaden. När du hade varvat ner tillräckligt."

"Då gick jag tillbaka till bilen, och körde hem."

"Hur mycket var klockan då?" frågade Winter.

"Eh... ja... jag tittade på klockan på instrumentbrädan när jag svängde ut på Allén... jag tror att den var lite över två. Några minuter över två."

Fem i två hade väktaren observerat den tomma bilen. Om den varit tom? Några minuter senare hade väktaren gått omkring därinne i restaurangen medan Dinter svängt iväg därifrån. Om det varit han? Pia Fröberg hade sagt i natt att Hirschmann dödades någon gång mellan tolv och två. Hon hade ringt i eftermiddags och korrigerat tiden till närmare ett, fram till halv två. Diskarna hade varit kvar till ett, enligt Dinter. Han hade knappast anledning att ljuga om det, och alla sådana tider skulle de ändå få bekräftade under dagen. Mellan ett och halv två. Då hade Hirschmann varit ensam i sin restaurang. Då hade Dinter varit på nedvarvande promenad. Då hade Hirschmann dött.

"Beskriv din promenadväg exakt", sa Winter.

De satt i Ringmars rum. Solen höll på att gå ner. Winter tänkte på Dinters ord om att gå hem och lägga sig direkt efter kontorstidens slut. Just nu skulle han inte haft något emot det. Han hade sovit en och en halv timme i natt och han hade fortfarande en svag baksmälla efter Hirschmanns uråldriga calvados. På det sättet hade han fortfarande ett minne av Hirschmann, det fanns något påtagligt i Winters kropp som dröjde kvar som ett fysiskt minne. Snart skulle också det vara borta.

"Hur verkade han?" frågade Ringmar. "Nervös?"

"Motsatsen."

"Misstänkt lugn?"

"Du vet hur det är, Bertil. Dom stirrigaste kan vara dom mest oskyldiga och den lugna blicken är psykopatens blick."

"Så vad är denne Dinter?"

"Kanske en trött kock som tar sig en promenad för att varva ner", sa Winter.

"Tror du på det?"

"Det verkar ju rimligt."

"Vi får se om det finns några som mött honom i natt", sa Ringmar. "Eller sett honom."

"Vi får kolla hans bakgrund", sa Winter.

"Är han så duktig som det verkar så borde det inte vara svårt", sa Ringmar.

"Det är för enkelt", sa Winter.

"Vilket då?"

"Att Dinter är vår man."

"Tror vi det då?"

"Jag sa ju att det är för enkelt", sa Winter.

"Frågade du honom om den hemliga recepthyllan?" sa Ringmar.

"Naturligtvis inte."

"Han kanske skulle ha reagerat. Släppt masken."

"Jag tror inte det."

"Är det inte lite märkligt att Hirschmann och Dinter aldrig stött ihop tidigare?"

"Man kan tycka det", sa Winter.

"Å andra sidan finns det ju ingen anledning för honom att ljuga om det."

"Varför inte?"

"Vore det inte helt naturligt att de hade känt varandra förut? Om det var sant?"

"Jo."

"Varför då ljuga om det? Även om han mördat Hirschmann?"

Winter svarade inte. Han satt med ansiktet mot fönstret och såg den sista resten av dagen motvilligt släppa ifrån sig ljuset till kvällen. Det hade ännu inte gått ens ett dygn sedan han steg in på restaurangen tillsammans med Angela. Han hörde inga fåglar längre. Också de hade försvunnit i mörkret.

"Varför ljuga... om han ljuger?"

Winter flyttade blicken till Ringmar. De hade inte tänt belysningen därinne. Ringmars ansikte var en ljus skugga.

"För att de *har* ett förflutet tillsammans", sa Winter. "Ett förflutet som han inte vill att vi ska finna."

"Fortsätt", sa Ringmar.

"Dom har gjort... upplevt... nåt tillsammans som till slut ledde fram till Hirschmanns död."

"Har det med yrket att göra?"

"Kanske. Kanske inte."

"Har det med deras vuxna liv att göra?"

"Kanske och kanske inte."

"Deras ungdom?"

"Kan vara det."

"I det här landet? Eller utomlands?"

"Svårare att hitta spår utomlands", sa Winter.

"Då säger vi utomlands", sa Ringmar. "Dinter och

Hirschmann upplevde nånting tillsammans utomlands. Kanske för flera år sen. En hemlighet."

"Hemlighet för vem? För båda? För bara den ene?"

"En hemlighet på en hylla?"

"Ett hemligt recept som dom båda kände till? Eller som nån stulit? Hirschmann? Stulit från Dinter?"

"Varför inte?" sa Ringmar. "Ska vi släppa loss vår vilda fantasi så är det nu."

"Eller nåt helt annat", sa Winter. "Nåt som inte alls har med recept att göra, inte har med mat att göra."

"I den här historien har allt med mat att göra", sa Ringmar.

"Vi får inte glömma att Hirschmann anställde Dinter."

"Vi får undersöka omständigheterna kring den anställningen."

"Varför?"

"Ville Hirschmann anställa honom? Varför anställa nån som man kanske har nåt grumligt förflutet tillsammans med?"

"Detsamma gäller i så fall Dinter", sa Winter. "Varför låta sig anställas?"

Ringmar sträckte plötsligt fram handen och tände skrivbordslampan.

"Nej, Erik, vi famlar i mörkret här."

Winter kunde inte se Ringmars ansikte utanför halvcirkeln av ljus. Den föll på alla papper och fotografier som låg ordnade i olika högar på Winters skrivbord. Bara han kände till ordningen.

"Vi uppehåller oss vid Dinter eftersom vi inte har nåt annat, eller nån annan."

"Vi har *något*", sa Winter. "Det har inte gått ett dygn än. Alla rutiner är i gång." Han log. "Och du och jag är i gång med fantasierna."

"Det här är nåt slags slutna rummet-mysterium", sa Ringmar. "Vi har ett ensamt offer i ett låst utrymme och runt honom finns det en väv av hemligheter."

"Slutna rummet", upprepade Winter. "Där sa du nåt, Bertil." Han reste sig. "Vi åker tillbaka till restaurangen. Jag tror inte vi har varit tillräckligt uppmärksamma."

De stod i köket igen. Det blå ljuset var som en liksvepning nu. Ytorna var som ben.

"Den andre delägaren ringde i förmiddags", sa Ringmar. "Först försökte han ge uttryck för sin sorg en gång till och sedan sa han att dom har beslutat att öppna igen så fort som möjligt."

"Jag kan förstå det", sa Winter. "I restaurangbranschen är tid i högsta grad pengar."

"Han frågade när vi skulle låta dom öppna."

"Vad svarade du?"

"Att det är du som bestämmer."

"Hälsa honom att det kan ta tid", sa Winter som med ögonen försökte mäta avståndet mellan dörren in till matsalen och dörren till kylrummet.

"Hur gör dom med alla stjärnor?" sa Ringmar och gjorde en rörelse med handen uppifrån och ner som kanske skulle föreställa ett stjärnfall.

"Stjärnorna? Menar du Guidens stjärnor? Guide Rouge?"

"Ja, vad den nu heter. Du förstår vad jag menar."

"Mhm... dom finns väl kvar till nästa inspektion och sen finns dom inte kvar längre."

"Det är därför dom har så bråttom att öppna igen."

"Vilket är lönlöst", sa Winter.

"Så allt stod och föll med Lars Hirschmann?"

"Han var den ende som är värdig tre stjärnor häruppe i kalla Norden", sa Winter.

"Hans ställföreträdare då? Dinter?"

"Han är inte i Hirschmanns klass. Hade han varit det hade han haft ett eget ställe för länge sen."

"Han har det nu", sa Ringmar och vände sig mot Winter. "Han har det bästa stället nu i kalla Norden."

"Det är en alldeles riktig slutledning", sa Winter.

"Du har rätt", sa Ringmar. "Vi får nog ta en närmare titt på den där soppchefen."

"Souschefen", sa Winter. "Det heter souschef."

"Är det nån skillnad?"

"Ungefär som mellan dig, herr kommissarie, och väktare Richardsson."

"Aha", sa Ringmar, "Richardsson har uniform men det har inte jag."

Winter gick försiktigt över golvet. Hade alla tekniska rutiner fungerat kunde de båda mordspanarna röra sig relativt fritt i alla utrymmen.

"Vi får rekonstruera lite härinne", sa han. "Du är väktare Richardsson."

"Vem är du då?"

"Jag är Hirschmann", sa Winter och gick bort till den lilla nischen under den hemliga hyllan. "Jag står här."

Han tänkte tillbaka på förhöret med väktaren. Han hade fortsatt att fråga Richardsson om var exakt Hirschmann stod när Richardsson kom in, hur Richardsson hade gått, hur Hirschmann hade rört si...

Det slog honom plötsligt att han inte hade frågat Richardsson om Hirschmann tagit ner någonting från den hemliga hyllan. Eller lagt upp något där. Det måste ha berott på chocken. De omtumlande omständigheterna. Att han, kriminalkommissarie Erik Winter, trots allt inte var mer än människa.

Nu fick han ny insyn i hur människor påverkades av omskakande och fruktansvärda händelser i den egna omgivningen. Han var inte bara en observatör av det här fallet. Inte bara en outsider, som annars. Han hade ett personligt engagemang. Det var en svaghet men det var också en styrka. Han kände den nu.

"Klockan är några minuter över ett", sa han och vände sig mot Ringmar som stod i andra änden av köket. Winter höjde rösten. "Dom två killarna i disken har torkat händerna och gått hem. Hovmästaren gick för tjugo minuter sen. Dinter gick för en halvtimme sen. Det är en timme kvar tills Richardsson kommer. Hirschmann är ensam härinne. Vad gör han?"

"Ska vi stå här och gapa en timme till?" ropade Ringmar. "Innan jag gör min entré?"

"Stå kvar", ropade Winter tillbaka.

Han tänkte. Hirschmann är ensam. Han är inte ensam. Han är ensam. Han är inte ensam. Han är ensam. Vi säger att han är ensam. Han hör något. Någon kommer in därborta där Ringmar står. Det är någon han känner. Någon går genom köket. Hirschmann säger något och får ett svar. Tar han ner calvadosflaskan? Har han den redan på bänken framför sig?

Winter tittade på bänken.

Han återvände till sin rekonstruktion av natten före. Hirschmann står tillsammans med besökaren. Besökaren är där för att mörda honom. Han har ännu inte hotat Hirschmann. Mästaren är trygg. Står han bredvid en kollega? En gammal vän? Någon ur personalen? Det är någon han känner, eller känner igen. Det är inte en inbrottstjuv.

Det kan vara en inbrottstjuv, tänker Winter nu, men en inbrottstjuv med nycklar. Det finns inga skador på några lås därinne. Det finns inga uppbrutna fönster. Främlingen smyger efter Hirschmann när denne befinner sig inne i kylrummet och överraskar honom där. Hirschmann har inte en chans. Det är över på några sekunder.

Winter återvänder till bilden av Hirschmann som samtalar med någon han känner. De står här. Av någon anledning går Hirschmann in i kylrummet. För att hämta något? För att kontrollera något? Hade han inte redan gjort det? Brukade han gå in där vid den här tiden på dygnet? Svar nej. Winter hade frågat om det. Men Hirschmann gjorde det i går natt. Hans besökare följde med. Eller följde efter. Varför gick de in där? tänkte Winter igen. Vad var det Hirschmann skulle hämta? Eller kontrollera?

Eller lägga dit.

Han kanske skulle lägga dit något.

Finns det en uppdaterad inventarieförteckning över kylrummet? tänkte Winter. Vi måste kontrollera det. Finns det något därinne som inte fanns förut? Före mordet? Tog mördaren med sig det? Var det därför Hirschmann mördades?

Ett liv av frågor. Winter levde ett liv fyllt av frågor och tomt på svar. Livet var en fråga.

Han tittade upp. Ringmar stod kvar borta vid dörren. Han verkade befinna sig i egna tankar.

Plötsligt förlorade Winter intresset för att gå in och sätta sig på stolen i kylrummet. Det var en annan stol, den stol Hirschmann placerats på fanns i en plastpåse uppe på tekniska roteln.

”Du är inte Richardsson längre”, ropade han tvärs över köket. ”Du är kommissarie Ringmar igen.”

Ringmar gick över golvet. Winter såg hans bleka skugga speglas i golvet. Hirschmann hade stått här och sett en annan skugga komma glidande mot honom på det här golvet. Golvet hade registrerat skuggan men bara för några sekunder, eller någon minut. Det fanns inget avtryck kvar i golvet. Winter önskade i tre sekunder att han befann sig hundra år fram i tiden, då kriminaltekniker uppfunnit en metod att registrera skuggor i blanka golv. Som ett fotografiskt negativ. Någon gick över det nybonade golvet och avtrycket fanns kvar. Ett negativ. Ett fotografi. Winter såg en fotoblixt för sin inre syn. Hirschmanns sista fotosession. Hirschmann hade antagligen varit en av de mest fotograferade männen i Europa. Det måste finnas tusentals fotografier av honom, jorden runt.

Hirschmann på fotografier.

Winter tittade upp mot den tomma hyllan. Han gick ut i

matsalen och hämtade en säkrad stol och ställde sig på den framför hyllan och tittade in men den var tom som förut.

"Vad tänker du på?" frågade Ringmar.

"Fotografier", svarade Winter och klev ner igen.

"Vilka fotografier?"

"Tänk om det inte var ett recept, eller nåt annat som hörde ihop med hans arbete?" sa Winter utan att se på Ringmar. "Inget så... konkret." Han tittade på Ringmar. "Det som mördaren var ute efter. Om han nu var ute efter nåt. Det kanske inte var anteckningar, inget sånt."

"Vad var det då?"

"Det kanske var ett... fotografi."

"På vad?"

"På... mördaren." Winter grep i Ringmars kavajärm. "Ett fotografi på mördaren och Hirschmann tillsammans."

"Som han inte ville att vi skulle se?"

"Precis."

"Varför?"

"För att det avslöjade honom, förstås."

"Men var det verkligen det han var ute efter?" sa Ringmar.

"Hur menar du?"

"Hade han inte begått mordet kunde ju fotografiet ligga kvar."

"Han kanske behövde det", sa Winter.

"Varför?"

"Jag känner igen den frågan, Bertil."

"Det kan finnas andra motiv", sa Ringmar. "Men när mordet begåtts var det livsviktigt att få bort bevis... eller indicier... till exempel ett fotografi."

"Dödsviktigt", sa Winter.

"Så nu har vi ännu en vild hypotes", sa Ringmar. "Foto-hypotesen."

"Är du inte glad för det?"

"Vi får snart börja sortera", sa Ringmar. "Innan vi börjar jobba på allvar."

"Har vi inte börjat på allvar?" sa Winter. "Hur mycket har du sovit det senaste dygnet?"

"Jag tog en tupplur borta vid dörren när jag föreställde Richardsson", sa Ringmar.

"Du såg ut som om du tänkte", sa Winter.

"Det är ett av mina trick."

"Jag tänkte nyss på Hirschmann, och eventuella händelser i natt, och på det här köket", sa Winter och tog ett steg ut på golvet, som om han ville pröva det. "Det är nåt som inte stämmer här. Vi har lyssnat på vittnesmål men det är nåt som inte stämmer. Han vände sig om, mot Ringmar. "Allting låter logiskt men vi har inte lyssnat tillräckligt uppmärksamt. Det är nåt som är fel."

"Vi får ju läsa vittnesuppgifterna igen", sa Ringmar och ryckte på axlarna. "Det är ju rutin. Hur många tjogtals gånger har du inte läst en och samma eländiga vittnesutsaga?"

"Det är kräftor som räknas i tjog", sa Winter, men för sig själv.

"Vi har aldrig problem med att hitta kvällslektyr", fortsatte Ringmar, "det kan ju bl..."

Han avbröts av signalen från Winters mobiltelefon. Winter tog upp telefonen ur kavajens innerficka och svarade.

Det var Möllerström, registratorn på roteln.

"Jag fick ett samtal från en väktare på Securitas", sa han.

"Ja?"

"Han ville prata med dig. Jag har namnet här... Richardsson. Väktare. Han ville prata med dig."

"Han har ju mitt mobilnummer", sa Winter.

"Han hade visst slarvat bort det."

"Lämnade han nåt nummer jag kan nå honom på?" frågade Winter.

"Jag har det här", sa Möllerström.

Winter slog numret.

"När man talar om trollen", sa Ringmar medan Winter väntade på svar.

"Richardsson? Hej. Du hade sökt mig."

Winter lyssnade.

"Jaså?"

Han lyssnade igen.

"Är du säker på det?"

Ringmar hörde ljudet av den andres röst i luren, men inga ord. Det kunde vara vilket språk som helst.

"Hur många gånger?" hörde han Winter säga. "Du är säker på att du kommer ihåg det? Va? Ja, det kan verka lite märkligt. Va? Ja, jag förstår. Du var förvirrad. Okej. Tänk efter lite mer så får vi träffas i morgon och gå igenom det igen. Vad sa du? Nej, vi är inte där nu. Okej. Okej. Min kollega som du talade med förut kommer att ringa upp dig och ge dig en tid för besök i morgon. Hej."

Winter tryckte av och stoppade tillbaka telefonen.

"Vad var det där om?" frågade Ringmar.

"Richardsson har plötsligt kommit ihåg att han såg en person vandra på gatorna runt restaurangen i natt", sa Winter.

Ringmar visslade till.

"Fattas bara att han identifierade den där personen också", sa Ringmar.

"Erland Dinter", sa Winter.

"Berätta från början", sa Ringmar.

"Richardsson har ju sin runda i dom här kvarteren. När han kom hem i natt, och hade lugnat ner sig, som han sa, och sedan sovit och vaknat och gått omkring så började han minnas lite klarare."

"Det må man säga", sa Ringmar.

"Han hade passerat en man tre gånger under rundan som slutade hos Hirschmann. Han kommer ihåg nu att han kände igen honom."

"Hur kan han känna igen Dinter?" frågade Ringmar.

"Han har sett honom på restaurangen."

"Men Dinter har ju bara jobbat där några veckor?"

"Skulle inte du känna igen hans utseende efter en enda dag?" sa Winter.

"Jo..." svarade Ringmar, "om jag träffade honom." Ringmar strök sig över hakan. "Han såg alltså Dinter när han var ute på promenad. Han såg honom möjligen inte intill det här stället vid halvtvåtiden?"

"Tvärtom, om jag kan geografin i den här stan rätt. Enligt Richardsson var Dinter så långt bort från Hirschmann som ett gångavstånd är möjligt, just vid tiden för mordet."

"Uttryckte han sig så?" frågade Ringmar.

"Det är mina ord", sa Winter. "Men innebörden är densamma."

"Det här kom ju lägligt för Dinter", sa Ringmar.

"Richardsson kunde ju ha sagt det redan i natt när jag förhörde honom", sa Winter. "Han kanske verkligen var chockad. Annars är han en duktig skådespelare."

"Hur många duktiga skådespelare har vi inte stött på i det här jobbet?" sa Ringmar.

"Många", svarade Winter.

"Vi har inte behövt betala dyra pengar för att gå på Stadsteaterns föreställningar."

Winter kunde inte låta bli att le.

"Har vi rekonstruerat den här Richardssons väktarrunda?" frågade Ringmar och såg sig om, som om Richardssons runda i köket skulle vara utmärkt med pilar på det glänsande golvet.

"Inte än", svarade Winter.

"Han kan ju ljuga", sa Ringmar.

"I så fall står vi inför ännu ett jättelikt varför", sa Winter.

"Det var nåt jag reagerade på när du pratade med Richardsson nyss", sa Ringmar. "Du sa nåt om att 'vi är inte där nu' eller nåt liknande. Vad handlade det om?"

"Richardsson frågade om vi var här nu."

"Varför frågade han det?"

"Jag vet inte, Bertil. Jag ska fundera på det när jag kommer härifrån."

"Du ljög om det", sa Ringmar.

"Jag ljög", sa Winter, "och jag har en känsla av att han visste det."

"Han vet att vi är härinne?"

Winter nickade.

"We've gotta get out of this place", sa han och började gå mot matsalen.

"Det där är The Animals", sa Ringmar.

"Då passar det ju härinne", sa Winter.

Winter försökte koncentrera sig på caponatan. Han lade upp den på ett serveringsfat för att den skulle svalna. Han kände de sötsura dofterna. Angela kände dem också. Hon stod bakom honom, med armarna om hans mage.

"Det var länge sen du gjorde det där", sa hon.

"Det är till... Lars ära", sa Winter.

"Är det så du ser det?"

"Ja, faktiskt. För ett halvt dygn sen trodde jag att jag aldrig mer skulle vilja stå vid en spis, men redan nu känns det annorlunda."

"Du är hungrig", sa Angela och log.

"Det är inte bara det."

Hon drog in de mättade dofterna av den sicilianska aubergine-, tomat- och paprikaröran igen.

"Har du kapris i?" frågade hon.

"Kapris och russin och hackade oliver och socker och rödvinsvinäger och lite salt och rostade pinjenötter", svarade Winter.

"Det doftar... Italien", sa Angela.

"Det är meningen", sa Winter.

Angela släppte greppet om honom och bröt en bit toskanskt bondbröd och doppade det i en liten fonduegryta med varm bagna cauda som hölls varm under en spritlåga. Hon kände den distinkta smaken av sardell- och vitlöksdipen.

"Jag dukar", sa hon.

"Det gick visst inte att hålla Elsa vaken", sa Winter.

Han hade gärna ätit middag med sin treåriga dotter. Han hade inte sett henne särskilt många minuter det senaste dygnet.

"Hon gillade sardellröran", sa han och Angela hörde att han lät stolt.

"Barn tycker om salta smaker", sa hon.

"Vi får spara lite till i morgon", sa han.

Angela nickade och gick bort till en hylla och tog ner två stora djupa tallrikar.

"Du vill väl ha dom här till pastan?" frågade hon.

Winter nickade och lutade sig ner och doftade på peston som låg i morteln. Den var klar. Han satte en stor kastrull med vatten på spisen och slog på gasen. Efter att de ätit caponatan skulle han koka skivad potatis och sedan färska skärbönor i sammanlagt åtta minuter, och sedan blanda dem med peston i den rykande nykokta linguinepastan till en enkel men mycket god trenette al pesto.

Han kände sig lugn, eller lugnare, som han ofta gjorde när han lagade mat. Det var en lugnande sysselsättning. Den var... helande. Plötsligt tänkte han på det svenska ordet för att tillreda mat. Matlagning. Att laga mat. Att laga något, en helande process. Var det så Lars Hirschmann hade betraktat sin konst? Winter visste inte. De hade inte talat om det, inte på det sättet.

*

Han hade druckit ett glas chianti till pastan, vatten till capo-
natan och bagna caudan. Det var sent, det var lördag kväll.
Det kom in ljud från natten genom köksfönstret. Det var
fyra våningar ner till marken. De kunde höra fragment av
röster som steg upp från gården nedanför. Det var ett säkert
vårtecken, röster i natten, människor som valde att sitta ute
när vinden blev varmare, också efter mörkrets inbrott. Han
tänkte på uttrycket mörkrets inbrott när han smuttade på
vinet. Inbrott hos vem? Hos vad? Han tänkte plötsligt på
Dylan Thomas, don't go gently into that good night, rage,
rage, against the dying of the light, men ljusets död kunde
ibland komma som en mild befrielse, som en smekning ef-
ter det skarpa ljuset över himlen.

I kväll behövde han mörkret. Han tänkte sitta här, mitt i
det, med bara de två levande ljusen på bordet.

Det skulle inte bli så.

Det var Angela som var upphovet.

"Jag såg en bild på Lars Hirschmann för inte så länge
sen", sa hon och snurrade på sitt glas. Det röda vinet blänkte
svart i glaset när hon förde det närmare ljuslågan. "Det var
i... Elle, tror jag. Eller... jag vet inte." Hon satte ner glaset.
"Har jag inte sagt det till dig?"

"Nej."

"Där var han, i vilket fall. Omgiven av sina elever, och ett
par andra lärare."

"Elever? Lärare?"

"Från hans skola i Italien."

"Hade han en skola i Italien?" frågade Winter och kände

282

plötsligt den första kalla fläkten från vinden utanför. Han kunde se gardinen röra sig i fönstret.

"Talade ni aldrig om den?"

"Nej."

"Varför inte?"

"Vi talade om mycket annat. Jag hade ju ingen anledning att fråga honom om nåt jag inte visste, och han hade uppenbarligen ingen lust att berätta det."

"Ibland förstår jag mig bara inte på män", sa hon.

"Och vad ska det betyda?"

"Allt ni utelämnar när ni talar med varandra. Eller vad ni gör."

"Vi talade om Italien", sa Winter. "Om han också ledde nån matlagningskurs var det väl inte så viktigt." Winter hällde upp lite mer vin. "Det låter inte så viktigt för mig." Han drack en liten klunk. "Det låter faktiskt inte så intressant. Eller roligt."

"Han såg inte direkt ut att vantrivas på den där bilden", sa Angela.

"Har du den här?" frågade Winter och ställde ner sitt glas. "Tidningen?"

"Jag tror det", sa hon och reste sig. "Jag får titta i högen i sovrummet."

Hon var tillbaka efter några minuter. Winter hade rest sig under tiden och stängt fönstret. Rösterna därnere hade tystnat. Ljuden från staden var som ett stilla surr nu, och han tänkte på luftkonditioneringen inne i Hirschmanns restaurang. Den hördes bara när tystnaden och mörkret kom.

Angela bläddrade i tidskriften och tittade upp.

"Här är den", sa hon och vände på sidan.

Winter lutade sig framåt och betraktade bilden. Han såg Hirschmann stå vid ett bord fyllt av grönsaker och ostar och flaskor. Hirschmann var omgiven av kanske tio personer, men det var ingen tvekan om vem som var i centrum. Bakom personerna på fotografiet fanns ett slags mur, eller en vägg som påminde om en mur. Ovanför alla huvuden syntes en inramad skylt som var fastsatt på muren. Winter läste: *Viareggio.*

Några av personerna höll vinglas lyftade i handen, som om de skålade med fotografen. Hirschmann var en av dem.

Winter läste bildtexten. Den berättade kort att den berömde stjärnkocken Lars Hirschmann sedan flera år drev en mycket eftersökt fjorton dagars workshop i den vackra italienska kuststaden. Eleverna kom från hela Europa.

"Work shop", sa Winter. "Det låter som om han drev utbildning i bågfilande, eller hyvleri."

"Verkar vara en exklusiv kurs", sa Angela.

"Faktiskt konstigt att han inte sagt nåt", sa Winter.

"Kanske är det som du säger", sa Angela. "För honom var det inget exklusivt."

"Men jag visste att han åkte till den toskanska kusten", sa Winter.

"Se där. Det var det viktiga för honom."

"Viareggio. Den stan blev badort redan på 1800-talet", sa Winter. "Jag var där en gång i min ungdom. Innan jag blev mogen nog att träffa dig. Men jag tror du skulle uppskatta stans belle époque-byggnader."

"Jag uppskattar allt vackert", sa Angela och höjde sitt

vinglas på samma sätt som personerna på fotografiet i tidskriften, som Winter nu lade ner på bordet.

"Viareggio", upprepade Winter.

"Hur mycket gillade Lars egentligen att bli fotograferad", sa Angela och tittade på bilden igen. "Han ser faktiskt rätt bekväm ut i rollen."

"Jag tror inte det var ett problem för honom", svarade Winter. "Han var nog lite fåfäng."

"Han kanske sparade vartenda fotografi av sig själv."

"Tror du?"

"Jag tänker på fotona från den där workshopen", sa Angela. "Om han bedrev kurser där under flera år så kanske det finns många såna här bilder." Hon nickade mot tidskriften igen. "Den där bilden ser ju lite... arrangerad ut. Du vet, nu är det dags för årets bild med årets lilla gäng."

"Årets lilla gäng", upprepade Winter.

Han reste sig och blev stående.

"Vad är det, Erik?"

"Nåt du sa", svarade han. "Om fotografier. Och Italien. Och Hirschmann." Han satte sig igen. "Jag var hemma hos Hirschmann i dag, i huset ute vid havet, som hastigast. Jag funderade över vad som kunde finnas hemma hos honom, vad som kunde hjälpa oss i sökandet efter hans mördare. Jag tänkte på anteckningar... hemligheter... kanske kulinariska hemligheter så värdefulla att dom var värda att döda för."

"Är sånt möjligt?" sa Angela.

"Jag vet inte. Jag tror det kan vara möjligt. Ingenting förvånar mig längre när det gäller människor."

"Hittade du nånting hemma hos Hirschmann?"

"Jag hann inte börja leta, hann knappt komma in i huset ens. Ringmar ringde om ett spår."

Winter reste sig igen, abrupt.

"Vad ska du göra, Erik?"

"Åka tillbaka till huset."

"Nu?" Hon tittade på klockan över spisen. "Den är fem över elva."

"Då är det exakt ett dygn sedan jag stod i Hirschmanns kök och pratade med honom över ett glas calvados."

"Du har druckit i kväll också", sa hon.

"Bara ett glas", sa han. "Jag är under gränsen."

"Men det verkar överdrivet att ge sig iväg till Hirschmanns hus när det snart är midnatt."

"Det är ditt fel", sa han och nickade ner mot tidskriften som fortfarande låg uppslagen på köksbordet. "Hade du inte visat den där bilden hade det inte varit aktuellt."

"Mitt misstag", sa Angela.

"Det var inget misstag." Han sköt in stolen mot bordet. "Kanske hade det en mening."

"Erik..." sa Angela och tittade ut mot det kompakta mörkret på gårdens baksida, "det är väl inte... farligt att åka ut dit?"

"Farligt? Varför skulle det vara farligt?"

"Försök inte. Ni jagar en mördare, eller hur? Han går ju lös, eller hur? Han vet ju att ni är efter honom."

"Det sista ställe han skulle bege sig till är Hirschmanns hus", sa Winter. "Mördaren är långt därifrån. Han är sannolikt långt från den här stan."

Han körde utefter älven. Det var andra gången detta långa dygn. Himlen var klar och svart, han kunde se stjärnor över havet. De var mer än tre. Där gick gränsen för världens bästa restauranger. Han undrade varför. Bara tre. Himlen var ju full av stjärnor, miljoner stjärnor.

De döda varvskranarna på andra sidan älven var belysta av kraftiga strålkastare som fick kranarna att se ut som skeletten efter sedan länge utdöda dinosaurier. Stjärnor blev dinosauriernas död, tänkte han, eller en stor meteorit som kraschade på jorden. Kanske inte en stjärna i egentlig mening men ändå en kosmisk kropp, som trängde in i jordatmosfären och orsakade död. Vi behöver inga stjärnor här på jorden, tänkte han. Låt dem stanna i himlen. Lars Hirschmann hade stjärnor och det kanske ledde till hans död.

Fiskhamnen var stilla och mörk, utan ljud eller ljus. Han såg konturerna av några trålare som fallit i sömn vid bryggan. Han tittade på klockan på instrumentbrädan. Den var tjugo i tolv.

Han tyckte han hörde vågskvalp när han parkerade framför Hirschmanns hus. Antagligen var det segelbåtarna som sakta rörde sig i dyningarna efter något osynligt skepp som passerat långt därute till havs. Han kunde se silhuetterna av segelbåtarnas master mot den ljusare stadshimlen, som en skog av döda träd. Det var en paradox. Den senaste månaden hade naturen exploderat överallt i Göteborg och tusentals segelbåtar hade satts i sjön, men alla master var nakna, som naturen på vintern. De borde åtminstone lövas, tänkte han. En krans med kvistar och löv, som för att fira våren, och livets återkomst. Som en liten men viktig gest.

Winter låste bilen med fjärrkontrollen. Ljudet lät högt i natten, på gränsen till ett pistolskott. Han var ensam. Det lyste i några fönster i husen längre ner mot vattnet. Han hade inte mött någon bil på den sista smala vägen ut till Långedrag, bara sett ljusen från två strålkastare borta vid färjeläget samtidigt som han svängde in på vägen som ledde till Hirschmanns hus. Det hade sett ut som om strålkastarna snurrat i en cirkel när föraren vänt sin bil.

Winter öppnade med dubbletten som han låtit tillverka sent i eftermiddags.

Han gick genom hallen utan att tända någon lampa. Den svaga belysningen från gatlyktan snett utanför huset fick allting därinne att skimra som av silver. Det var inte svårt att hitta därinne, det skulle inte ha varit det även om han aldrig hade varit inne i huset.

Han stod i matsalen. Plötsligt fick den en annan glans, som av matt guld. En bil passerade utanför och strålkastarna slungades utefter väggarna. Han tänkte på stjärnor som faller. Det elektriska ljuset var borta lika snabbt som det kom, och efter några sekunder hörde Winter inte längre någon bilmotor.

Han gick genom matsalen och in i Hirschmanns arbetskammare. Här hade han stått när Ringmar ringt honom om Dinters bil och han fått bege sig härifrån. Han hade stått framför Hirschmanns bokhyllor, proppfulla med kulinarisk litteratur, kulinariska anteckningar. Egendomligt nog hade han just då tänkt på det som var orsaken till att han nu återvände i natten: de små städerna utefter den toskanska Medelhavskusten, med sina fisk- och skaldjursrätter, de var besläktade med den här staden uppe vid Nordsjön. Han hade dröjt här sent i eftermiddags, framför bokhyllorna. Vad hade han tänkt? Han hade tänkt att någonstans måste flygbiljetterna till Italien ligga, någonstans fanns en voucher till ett hotell, eller en bekräftelse, någonting. I morgon skulle de sannolikt få napp hos något av flygbolagen angående Hirschmanns resa, men Winter var inte säker på att det skulle hjälpa dem.

Han visste vart Hirschmann varit på väg.

Viareggio.

Någonstans i de här hyllorna fanns Viareggio.

Kanske fotografier.

Kanske någonting om Hirschmanns tid på det där matlagningsinstitutet, eller vad det var för något. Också det skulle de ta reda på, men Winter ville veta NU. Han ville ha ett besked NU, som om allting berodde på om han fann svar här, i denna kväll som just gått över i natt. Han såg på sitt armbandsur, klockan var över midnatt.

Han närmade sig det klockslag när Hirschmann ett dygn tidigare mist sitt liv. Det var bara ett dygn. För Winter kändes det redan som en vecka, en månad, ett år. Vinet han druckit till middagen hade gjort honom sömnig, men plötsligt var allt det där borta.

Han stod fortfarande i mörker. Papper och bokryggar glödde diskret i silver från belysningen därute. Winter såg sig om och gick fram till skrivbordet och tände den starka lampan.

Han skulle just rikta ljuset mot bokhyllorna när han såg att någon redan gjort det.

Den breda skärmen var redan vänd mot hyllorna.

Han såg sig om efter fler ljuskällor men där fanns inga.

Var detta Hirschmanns sätt att rikta ljus på sina böcker? Inte vad Winter visste. Plötsligt kom han ihåg att Hirschmann hade en knapp bakom den vänstra bokhyllan som reglerade en sofistikerad hyllbelysning. Den hemliga knappen, som Hirschmann sagt. Hemlig hylla, hemlig knapp.

Winter gick bort till hyllorna och sköt in handen bakom den vänstra och fann knappen ett tiotal centimeter in. Han vred på den och ljuset föll över böckerna, uppifrån och ner. Winter drog tillbaka handen och tittade på skrivbordet och lampskärmen igen.

Han hade stått härinne i eftermiddags. Tänk. Tänk, Erik. Hade lampan sett ut så då också? Tänk. Han hade gått... några steg mot skrivbordet. Han hade tittat ut genom fönstret och sett ett par måsar cirkla över ett par master. Var hade han stått?

Winter tog några steg framåt. Ungefär här. Ungefär här hade han stått. Han såg mot skrivbordet, och lampan, och sedan mot fönstret.

Han kunde bara se en liten del av fönstret.

Lampan skymde nu. När han var här i går hade lampskärmen inte varit vriden på samma sätt som nu. Han var säker på det. Han mindes nu hur det sett ut på skrivbordet. Han var bra på det. Det var hans jobb, och han var en stjärna.

Winter vände sig sakta om, mot böckerna, och mot dörren ut till matsalen.

Någon hade varit här i kväll.

Någon hade sökt något.

Kanske var det samma sak som han själv sökte nu, och som han kommit hit för att söka efter när han blev avbruten av Ringmars telefonsignal.

Telefonen ringde i hans kavajficka. Han kände vibrationen. Han kände igen numret på displayen.

"HERREGUD, Bertil. Är det du igen. Jag står här och försöker tänka."

"Var står du?"

"I Hirschmanns arbetsrum. I hans hus."

"Vid den här tiden?"

"Varför ringer du vid den här tiden?"

"Nu ska du få hö..."

"Nån har varit här", avbröt Winter.

"Va?"

"Jag tror att nån har varit här och letat efter nåt."

"Efter världens bästa recept", sa Ringmar.

"Jag tror det är ett fotografi." Winter stod vänd mot fönstret igen. Han tyckte att han såg en reflex av en strålkastare avspegla sig i vattnet på andra sidan viken. "Varför ringer du nu, Bertil? Du borde sova."

"Så jävla gammal är jag inte än. Och du avbröt mig nyss. Jag sitter nämligen här med vittnesförhören. Vi snackade ju i eftermiddags om vikten av att läsa och läsa och läsa för att se nåt nytt. Så det är vad jag har gjort i kväll."

"Ja?"

"Framför mig har jag förhöret med en av diskarna. En av dom nya killarna på span pratade med diskaren. Det kom upp till registrering efter sex, så ingen av oss har ju hunnit läsa det, så jag tog med det hem tillsammans med den andra skiten. Okej. Det här är en viss Johan Stridh. Som du kanske kommer ihåg så slutade diskarna sitt jobb klockan ett."

"Jag kommer ihåg."

"Denne Johan Stridh får frågan när han lämnade restaurangen och han säger att han var utanför stället ett par minuter över ett."

Winter hörde Ringmars andning i luren. Det var som om alla ljud förstärktes också i telefonen när det var natt. "Sedan får han frågan *hur* han kom därifrån, och då säger han att han hade sin bil parkerad hundrafemtio meter bort eller så och han gick dit."

"Ja?" sa Winter och strök med handen över några bokryggar. De kändes mjuka.

"Sedan får han frågan om han såg några andra bilar i närheten av restaurangen, alltså innanför den där förbudszonen, och han säger nej."

"Vart vill du komma med det här, Bertil?"

"Lyssna nu, Erik. Vet du vad han säger sen? Han säger att den enda bil som han såg i närheten den räknas ju inte." Ringmar andades hörbart igen, kanske häftigare. "Han säger att *den* kan ju inte räknas."

"Nu är jag inte med här", sa Winter.

"Han talar om *väktarbilen*", sa Ringmar. "Securitas bil. Bengt Richardssons bil. Den bil som samtidigt skulle ha patrullerat gatorna på annat håll, om vi får tro Richardsson. Stridh säger att han såg en glimt av den när den sakta körde på en parallellgata. Han såg den stanna till."

"Har du talat med den här Stridh?" frågade Winter.

"Ingen svarar hemma hos honom."

"Har du talat med Richardsson?"

"Nej. Jag ville prata med dig först. Men jag kollade, och Richardsson är ute i tjänstenatten."

"Så en Securitasbil kör på en gata en bit bort... kan inte det vara helt naturligt? Det finns väl fler Securitasbilar i stan?"

"Inte i den stadsdelen."

"Det kan vara nån kollega till Richardsson, på väg till sitt distrikt. Han kanske tog en genväg."

"Jag har naturligtvis tänkt det också", sa Ringmar. "Så du behöver inte vara rädd för att göra mig besviken."

"Richardsson själv kanske tog en genväg", sa Winter. "Utan att tänka på det. Och därför sa han inget till oss om det."

"Jag har tittat på kartan och jämfört med Richardssons beskrivning av sin rutt i går natt", sa Ringmar. "Han är inte i närheten av den där parallellgatan."

"Som jag just sa. Han tänkte inte på det."

"Mhm. Jag vet inte."

"Han lär vara kvar i morgon", sa Winter. "Och diskare Stridh lär väl heller inte ha flytt stan."

"I morgon? Kan vi inte ta ett snack med Richardsson redan i natt?"

"Jag... håller på med nåt här, Bertil." Winter kände utefter bokryggarna igen. "Det kan vara... viktigt. Det också. Vill du få tag på Richardsson så varsågod. Behöver du ett par bilar så ring Nilsén på ledningscentralen."

"Jag får se hur jag gör", svarade Ringmar. "Jag får tänka lite."

"Vi hörs", sa Winter och ringde av.

Winter hade lyft ner böcker och papper från hyllorna. Det hade gått tjugo minuter sedan samtalet med Ringmar. Han hade hittat litteratur och anteckningar om hela världens kök, men inga fotografier.

Han stannade upp och tänkte.

Hirschmann hade varit mycket för hemligheter, halvt på skämt, halvt på allvar.

Fanns det en hemlig hylla också här?

Var den mer på allvar än på skämt?

Winter plockade ner så pass många böcker från den vänstra hyllan att han kunde rubba den. Han släpade möbeln en halvmeter ut från väggen. Därbakom såg han knappen till belysningen.

Bredvid fanns en annan knapp, en mindre, liksom dold bredvid belysningsknappen, och omöjlig att nå med fingrarna för den som bara stack in handen utifrån.

Winter tryckte på den.

Ingenting hände.

Han såg sig omkring men ingenting rörde sig i arbetsrummet, som hade ett blått skimmer från belysningen över bokhyllorna. Det påminde om belysningen i Hirschmanns restaurangkök.

Winter tryckte igen, hårdare nu.

Han hörde ett egendomlig ljud, som ett läte från en fågel. Ljudet kom från väggen med bokhyllor på andra sidan rummet. Han tryckte igen och ljudet upprepades. Det var inte en fågel. Det var ett lås som öppnats, en osmord dörr som motvilligt glidit upp.

Winter gick över till andra sidan av rummet. Han tog ner böcker från hyllan närmast, så mycket att också den gick att rubba. Han drog ut den från väggen.

Kassaskåpet var öppet. Det var ett av de enklare. Vilken inbrottstjuv som helst med knapphändig utbildning i tjuveri skulle ha fått upp det utan svårighet.

Men då måste man veta var det finns, tänkte Winter och böjde sig ner och tittade in. Först såg han ingenting, men efter en halv minut hade ögonen vant sig. Han vågade inte sticka in handen i ett okänt utrymme. Det var en bra grundregel.

Han kunde urskilja en pärm inne i det lilla utrymmet. Han tog fram den. Det var det enda som fanns i kassaskåpet. Han höll pärmen framför sig. Det stod ett enda ord på den, skrivet rakt över: Viareggio.

Han öppnade den försiktigt. Första uppslaget innehöll några recept. Längst till höger fanns en kolumn med årtal. De gick tillbaka femton år i tiden, men hoppade över två eller tre år.

Nästa uppslag innehöll fler recept.

Det fanns en rubrik: "Världens bästa recept."

Winter vände försiktigt till nästa uppslag utan att läsa recepten. En ny rubrik: "Forts. världens bästa recept."

I ett annat sammanhang kunde det ha varit komiskt. Men Winter fann ingenting komiskt i det han nu såg. Han kände en plötslig kyla genom kroppen, som om temperaturen därinne sjunkit tjugo grader på tjugo sekunder. Han tyckte att han hörde ett ljud någonstans i huset och tittade upp, men allt var stilla därinne. Gamla hus gav ifrån sig ljud, ständigt, de gnällde som gamla knarriga gubbar. Eller yngre knarriga gubbar.

Winter vände fram till nästa uppslag och möttes av en uppsättning fotografier, prydligt fästade fyra och fyra per sida.

Han bläddrade till nästa uppslag, och nästa, och nästa igen.

Det var samma miljö på alla fotografier.

Han kände igen miljön från bilden i Angelas tidskrift.

På alla bilder stod Hirschmann omgiven av människor.

Det var olika människor från bild till bild. Winter studerade dem på det första uppslaget. Det var bara Lars Hirschmanns ansikte som återkom. Hirschmann, och den murade väggen bakom med namnet på staden de befann sig i.

Winter bläddrade fram och tillbaka. Så många ansikten. Män, kvinnor, yngre, äldre. En del i vita mössor, andra inte, alla i vita förkläden, några i vita rockar. Han kunde se på frisyrerna att tiden hade gått. Männen hade längre hår på bilderna som han gissade var tagna under 80-talet. Det fanns ingen datering någonstans på sidorna. Det var som om Hirschmann hade velat att dessa fotografier skulle tala för sig själva, precis som recepten. Winter försökte läsa ett recept men han kände sig plötsligt ledsen över sin väns öde, förtvivlad över vad som hänt. Vad som blancherades hur, och hur länge, och tillsammans med vad, allt sådant förlorade sin betydelse i skuggan av det senaste dygnet.

Det knarrade till i det gamla huset igen, någonstans på samma våning. Winter hörde vinden sekunden efter, det hade blåst upp därute. Vinden hade sannolikt ryckt tag i dörren, men Winter hade låst efter sig.

Han vände upp en ny sida i pärmen. Den hade tre bilder, vilket betydde färre ansikten än på de tidigare sidorna.

Han studerade den mellersta bilden. Den var något större än de två andra. Hirschmann stod som vanligt i centrum av en samling människor. Hirschmanns frisyr avslöjade att detta var dåtid. En del frisörer skulle nog ha betraktat det som forntid. Hirschmanns ansikte var i halvprofil, som om han sa någonting till mannen som stod till höger om honom. Winter följde Hirschmanns profil, följde hans blick. Mannen till höger om Hirschmann tittade rakt fram.

Det var Erland Dinter.

Winter kände kylan i kroppen igen.

Herregud, det var Erland Dinter, en kanske tio år yngre Dinter, men det var han. Tiden hade förändrat honom men inte så mycket.

Dinter som för mindre än ett dygn sedan hade sagt att han aldrig arbetat med Lars Hirschmann. Aldrig umgåtts med honom.

Här stod de tillsammans på en skola i Italien.

Winter började studera de övriga ansiktena på fotografiet.

Han behövde inte flytta blicken långt.

Snett bakom Dinter stod Bengt Richardsson.

Winter rös till av kylan som spreds genom kroppen igen.

Ljuset föll över Richardssons ansikte på ett sätt som gjorde att han var tydligast belyst av alla i den där lilla folksamlingen.

Richardssons ansikte hade inte förändrats av åren. För honom hade tiden stått stilla. Det ungdomliga ansiktet var kusligt oförändrat, som om det inte existerade något förflutet för Richardsson.

Dinter och Richardsson. Kocken och väktaren. Det lät som namnet på en pjäs, ett drama kanske. En tragedi.

De två på plats på samma bild någonstans i det förflutna.

De två på plats i samma lokaler i framtiden. Det var i går. Den ene med ett vittnesmål om den andre. Båda i självklara roller i ett verkligt drama. Oskyldiga roller. Då, för ett ögonblick, hade Winter misstänkt Dinter, precis som han misstänkte alla för ett ögonblick, men en rättskaffens väktare hade så gott som oskyldigförklarat Dinter.

Men båda hade en gammal förbindelse till Lars Hirschmann.

Just nu spelade det ingen roll VARFÖR, eller hur många VARFÖR det fanns. Det räckte att Winter *visste*, att han här, i detta gamla hus vid det kalla Västerhavet, hade hittat mördarna på en och samma bild.

"Eh... förlåt", hörde han en röst.

Han tittade upp från pärmen.

Bengt Richardsson stod i dörren.

Han hade sin uniform på sig. Han hade en pistol i handen. Det första Winter tänkte var att väktare inte hade tillåtelse att bära eldvapen. Men pistolen var inte riktad mot Winter. Richardsson såg inte farlig ut. Han såg inte ut som om han skulle göra ett utfall.

Han vet inte att jag vet, tänkte Winter.

Han vet inte vad som finns på det här uppslaget som jag håller i händerna just nu.

Han vågar inte chansa, inte nu. Han vet inte om det finns

några bevis kvar, bildbevis på den gamla kopplingen. Han har letat men han hittade inte den här pärmen. Han vet inte att det är *den här pärmen*. Om han förstår det skjuter han mig i huvudet.

"Jag såg att... det lyste", sa Richardsson.

"Har du bytt bevakningsområde?" frågade Winter.

"Vi... roterar", svarade Richardsson. "Det här är första kvällen härute."

Första natten, tänkte Winter. Det är natt igen.

"Jag såg ju avspärrningstejpen utanför", sa Richardsson. "Jag såg en bil."

"Och så drog du pistolen", sa Winter och nickade mot vapnet som Richardsson fortfarande höll i handen. "Den där ligger utanför tjänsten, va?"

"Ja... jag hoppas du inte... rapporterar mig." Richardsson stoppade ner pistolen i hölstret. "Jag behöver den här som skydd. Hur tror dom vi ska kunna skydda oss utan vapen?"

Winter svarade inte. Han slog igen pärmen och tog ett steg framåt och lade ner den på skrivbordet.

"Vad är det där?" frågade Richardsson. Hans ansikte såg lika ungt ut som på fotografiet i pärmen. Hans ögon avslöjade ingenting av vad han visste, eller vad han gjort.

"Bara några recept", sa Winter och gjorde en gest mot bokhyllorna bakom sig. "Det finns gott om dom. Hundratusentals, tror jag." När han rörde armen bakåt kände han trycket av pistolhölstret under armhålan. Det var ett tomt hölster. SigSauern låg kvar på golvet bakom hyllan, framför kassaskåpet. Han hade tagit fram pistolen när han hörde det egendomliga ljudet av kassaskåpet som öppnades, och när han pressade sig in bakom hyllan och kikade in i skåpet hade han lagt pistolen på golvet, och där låg den nu, utom synhåll för Richardsson, och utan värde för Winter.

"Letar du efter nåt... särskilt?" frågade Richardsson och tog några steg in i rummet. Han pekade mot hyllorna som stod utdragna från väggen. "Du har gjort ett grundligt jobb."

"Tja", sa Winter och ryckte på axlarna." För mig kan vad som helst vara nåt särskilt."

"Hur då?"

"När man inleder en förundersökning kan vad som helst vara intressant", sa Winter.

"Som den där pärmen", sa Richardsson och nickade mot skrivbordet.

"Tyvärr inte", sa Winter.

"Får man titta i den?" sa Richardsson.

Innan Winter hann svara ringde mobiltelefonen som Richardsson bar fastsatt i bältet. Richardsson verkade inte höra.

"Ska du inte svara?" sa Winter.

"Det är inget viktigt", sa Richardsson.

"Hur vet du det?"

Men Richardsson svarade inte. Han tog ett steg till, med den bleka blicken riktad mot skrivbordet.

Plötsligt ringde Winters mobiltelefon. Richardsson tittade upp. Winters mobiltelefon var synlig i hans bröstficka. Richardsson nickade. Winter svarade i mobilen. Han höll handen över den.

"Ja?"

"Vi kan inte få tag på Richardsson", sa Ringmar. "Jag tror det är bra om vi hör honom i natt."

"Fortsätt leta", sa Winter.

"Han svarar inte i telefon", sa Ringmar. "Jag undrar var han håller hus."

Winter tittade på Richardsson. Han stod vid skrivbordet nu och lyfte pärmen utan att titta på Winter. Richardsson kunde inte höra Ringmars röst, inte på det avståndet.

"Hirschmanns hus", sa Winter och höll blicken på Richardsson som bläddrat upp den första sidan, den med världens bästa recept.

"Förlåt?" sa Ringmar.

"Ja, Hirschmanns hus", upprepade Winter med neutral ton.

"Är du kvar där?" frågade Ringmar.

"Ja."

"Är... han där?"

"Just det."

"Är du i fara."

"Ja, tack", sa Winter och försökte låta obesvärad.

Richardsson tittade upp och log. Han hade bläddrat sig fram till receptsida nummer två.

"Vi är på väg", sa Ringmar och tryckte av.

Winter stoppade ner mobilen i bröstfickan.

"Du har det visst som jag", sa Richardsson. "I tjänst hela natten lång."

"Skillnaden är att jag svarar när det ringer i tjänsten", sa Winter.

Richardsson ryckte på axlarna.

"Jag vill inte att du rör nånting härinne", sa Winter. "Det är vanlig rutin."

"Men jag är ju så gott som polis själv", sa Richardsson. "Och snart kommer vi att göra det mesta av erat jobb."

"Det blir skönt med avlastning", sa Winter. Han försökte avgöra om han skulle hinna nå fram till Richardsson och slå honom medvetslös med ett slag innan den jäveln hann få upp pistolen ur det oknäppta hölstret. "Vi behöver all hjälp vi kan få."

Richardsson bläddrade sig igenom pärmen. Han verkade inte lyssna. Han var fördjupad i en sida. Winter visste vilken. Richardsson rörde sakta handen, mot pistolhölstret, som om hjärnan ytterst långsamt började registrera något. Winter tog ett steg framåt och Richardsson tittade upp, plötsligt snabb som en reptil.

"Ska du gå?" frågade han.

"Det börjar bli dags", sa Winter.

"Du får allt vänta", sa Richardsson och drog pistolen och släppte pärmen på bordet. Den slog i bordsskivan med en elak smäll. "Stå still!"

"Lägg ifrån dig pistolen", sa Winter.

"Så du kan ta fram din egen, va?"

"Jag har ingen", sa Winter. "Den är på service."

"Tror jag på så mycket jag vill."

Winter sträckte ut händerna från kroppen.

"Om jag får dra upp den vänstra kavajsidan så kan du se att hölstret är tomt", sa han.

Richardsson höjde sin pistol och siktade rakt mot Winters huvud.

"Gör det långsamt", sa han. "Ljuger du så blir det sista lögnen."

Winter blottade det tomma hölstret.

"All right", sa Richardsson men han riktade fortfarande vapnet mot Winter. "Behåll armarna utsträckta."

"Du är dig lik från det där fotot", sa Winter och nickade mot pärmen på bordet.

"Jag förstod att du hade sett det", sa Richardsson, "förstod med en gång när jag kom in här."

"Du kunde blivit en bra detektiv", sa Winter.

"Jag är så gott som detektiv", sa Richardsson.

"Då kanske vi ska åka iväg tillsammans med det där bevismaterialet?"

"Vadå för bevismaterial?" sa Richardsson.

"Det vet du bättre än jag", sa Winter.

"Jag är en bättre detektiv", sa Richardsson och log. Det var ett kusligt leende. "Jag kan förklara allt för herr kommissarie Winter."

"Varsågod", sa Winter och började sänka armarna.

"Ge fan i att röra dig!"

"Jag är inte tränad för det här", sa Winter. "Det gör ont."

"Ta ner dom men försiktigt", sa Richardsson och höjde pistolen igen.

"Du skulle förklara det här fallet", sa Winter och sänkte armarna.

"Ja... just det. Förklara..."

"Vem mördade Hirschmann?" frågade Winter.

"Har du inte ens räknat ut det? Vad är du för detektiv?"

"Jag väljer mellan två misstänkta", sa Winter.

"Det är en bra början. Femtio procents chans."

"Men båda får betraktas som lika skyldiga", sa Winter

och nickade mot Richardsson. "Såvida inte nån av dom samarbetar."

"Samarbetar? Försök ingen bluff med mig. Det här är inte USA."

"Jag är alltid intresserad av samarbete", sa Winter.

"Det var inte jag som gjorde det", sa Richardsson.

"Bra", sa Winter.

"Jag bara höll koll på saker och ting."

"Okej."

"Jag tycker inte om knivar", sa Richardsson och log igen. Han höll fortfarande pistolen i handen. Han kanske inte tyckte om knivar men han hade inga problem med pistoler. Han skulle kunna skjuta Winter med samma slappa engagemang som när man sköt prick på ett nöjesfält. "Usch. Så bra blev jag aldrig på knivar."

"Du försökte ändå bli kock."

"För stressigt", sa Richardsson. "Erland passade bättre för jobbet."

"Varför dödade han Hirschmann?"

"Vad spelar det för roll? Han är död, eller hur? Vem bryr sig om varför."

Richardsson höjde pistolen igen. Winter visste att han kunde vara död inom en minut, en halv, sekunder. Richardsson trodde att han skulle kunna skjuta Winter och att alla problem då skulle vara ur världen.

"Jag bryr mig om varför", sa Winter. "Det är det enda jag vill veta. Varför." Han höjde blicken. "Det kan du kosta på dig att berätta, Bengt."

"Pengar", sa Richardsson. "Bland annat."

"På vilket sätt?"

"Erland var skyldig Hirschmann en massa pengar. Dom hade haft affärer ihop förr." Richardssons hand darrade till. "Dom hade gjort flera grejer ihop."

"Erland jobbade ju åt Hirschmann", sa Winter.

"Gratis", sa Richardsson.

Winter sa ingenting.

"Hirschmann var ett svin", sa Richardsson. "Han förtjänade att dö som ett svin."

Och det var så han hade dött. Stucken som ett slaktsvin. Två snitt. Tömd på sitt liv.

"Erland är en mästare på kniv", sa Richardsson.

"Hur känner du honom?" frågade Winter.

"Det är min bror", sa Richardsson.

"Jag ser ingen likhet", sa Winter.

"Det är för att han är min styvbror", sa Richardsson och log ett leende som fick Winter att känna kylan i kroppen igen. "Och man måste hjälpa sin bror, eller hur?" Han höjde pistolen igen. "Eller hur?"

"Hur gick det till?" sa Winter snabbt. "Hade Erland planerat det länge?"

"Nej, nej. Han stannade kvar för att prata med Hirschmann om skulderna, men Hirschmann hade bara skrattat åt honom." Plötsligt gav Richardsson till ett skratt. "Och sen skrattade han inte." Richardsson pekade på sig själv med den fria handen. Och sen ringde han MIG och jag fick komma och ta hand om allthop." Han pekade på Winter med pistolen. "Precis som jag får ta hand om allting nu. Erland gör ingenting. Jag får göra allthop."

"Vad ska du göra sen?" frågade Winter. "Åka tillbaka till Italien?"

"Italien? Ja, kanske det. Jag tyckte om Italien."

Richardsson såg ut att drömma sig bort, som om han svävade genom en egen rymd, ett eget universum med egna stjärnor.

Han blinkade till och fokuserade blicken på Winter.

Jag måste vinna tid, tänkte Winter. Nu är tid allt jag har, och den rinner iväg fruktansvärt snabbt.

"Vad ska du göra nu då, Bengt?" frågade han.

"Jag måste nog skjuta dig", sa Richardsson.

"Det behöver du inte göra."

"Varför inte?" sa Richardsson.

Varför, varför inte. Winter kände en plötslig komisk desperation, som om detta VARFÖR, som han ständigt varit upptagen med i sitt yrke, som han alltid återkom till, nu skulle bli det sista ord han hörde en människa uttala, och det sista ord han själv tänkte.

"För att jag inte kommer att säga nåt till nån", sa Winter.

Han såg en reflex i fönstret snett bakom Richardsson, bara för en tiondels sekund.

"Jag tror dig inte", sa Richardsson.

Han såg plötsligt rädd ut. Rädd och livsfarlig.

"Jag lovar", sa Winter. "På hedersord."

"På hedersord?"

"Jag svär på att jag aldrig ska avslöja vår hemlighet", sa Winter.

"VARFÖR SKULLE JAG TRO DIG?" skrek Richardsson och höjde pistolen mot Winters huvud, "VARFÖ..."

och det var det sista han skrek eftersom en kula från ett annat tjänstevapen krossade fönstret och träffade honom i bakhuvudet och hans bleka ögon vändes inåt och han slungades till golvet en meter från pärmen med världens bästa recept.

Innehållsförteckning